2015中国年度精短散文

葛一敏 乔叶 选编

漓江出版社

图书在版编目（CIP）数据

2015 中国年度精短散文 / 葛一敏，乔叶选编 . —桂林：漓江出版社，2016.1
ISBN 978-7-5407-7712-8

Ⅰ. ① 2… Ⅱ. ①葛… ②乔… Ⅲ. ①散文集—中国—当代
Ⅳ. ① I267

中国版本图书馆 CIP 数据核字（2015）第 295619 号

2015 中国年度精短散文

选 编 者	葛一敏　乔　叶
责任编辑	孙精精
封面设计	石绍康
责任监印	周　萍

出版发行　漓江出版社
社　　址　广西桂林市南环路 22 号
邮　　编　541002
发行电话　0773-2583322　010-85893190
传　　真　0773-2582200　010-85890870-614
电子信箱　ljcbs@163.com
网　　址　http://www.lijiangbook.com
印　　制　北京大运河印刷有限责任公司
开　　本　710mm×960mm　1/16
印　　张　12.5
字　　数　202 千字
版　　次　2016 年 1 月第 1 版
印　　次　2016 年 1 月第 1 次印刷
书　　号　ISBN 978-7-5407-7712-8
定　　价　38.00 元

目　　录

◎ 民间手记 ◎

◎ 杯里春花 ◎

◎ 百姓的壶 ◎

◎ 民 间 手 记 ◎

遥远的向日葵地

李 娟

浇 地

就算是在鬼都不过路的荒野里，我妈离开蒙古包半步都会锁门。

锁倒是又大又沉，锃光四射。挂锁的门扣却是拧在门框上的一截旧铁丝。

我妈锁了门，发动摩托车，回头吩咐："赛虎看家。丑丑看地。鸡好好下蛋。"然后绝尘而去。

被关了禁闭的赛虎把狗嘴挤出门缝，冲她的背影愤怒大喊。丑丑兴奋莫名，追着摩托扑扑跳跳、哼哼唧唧。在后面足足跑了一公里才被我妈骂回去。

我妈此去是为了打水。门口的水渠只在灌溉期的日子里才来几天水，平时用水只能去几公里外的排碱渠取。那么远的路，幸好有摩托车这个好东西。

她每天早上骑车过去打一次水，每次载两只二十升的塑料壶。

我说："那得烧多少汽油啊？好贵的水。"

我妈细细算了一笔账："不贵，比矿泉水便宜。"

可排碱渠的水能和矿泉水比吗？又咸又苦。然而总比没水好。

这么珍贵的水，主要用来做饭、洗碗，洗过碗的水给鸡鸭拌食。剩下的供一大家子日常饮用。再有余水的话我妈就洗洗脸。

脏衣服攒着，到了水渠通水的日子，既是大喜的日子也是大洗的日子。

其实能有多少脏衣服呢？我妈平时……就没怎么穿过衣服。

她说："天气又干又热，稍微干点活就一身汗。比方锄草吧，锄一块地就脱一件衣服，等锄到地中间，就全脱没了……好在天气一热，葵花也长起来了，穿没穿衣服，谁也看不到。"

我大惊："万一撞见人……"

她说："野地里哪来的人？种地的各家干各家的活，没事谁也不瞎串门。如果真来个人，离老远，赛虎丑丑就叫起来了。"

于是整个夏天，她赤身扛锨穿行在葵花地里，晒得一身黢黑，和万物模糊了界线。叶隙间阳光跳跃，脚下泥土暗涌。她走在葵花林里，如跋涉大水之中，努力令自己不要漂浮起来。大地最雄浑的力量不是地震，而是万物的生长啊……她没有衣服，无所遮蔽也无所依傍。快要迷路一般眩晕。目之所及，枝梢的手心便冲她张开，献上珍宝，捧出花蕾。她停下等待。花蕾却迟迟不绽。赴约前的女子在深深闺房换了一身又一身衣服，迟迟下不了最后的决定。我妈却赤身相迎，肝胆相照。她终日锄草、间苗、打杈、喷药。无比耐心。

浇地的日子最漫长。地头闸门一开，水哗然而下，顺着地面的横渠如多米诺骨牌般一道紧挨着一道淌进纵向排列的狭长埂沟。渐渐地，水流速度越来越慢。我妈跟随水流缓缓前行，凝滞处挖一锨，跑水的缺口补块泥土，并将吃饱水的埂沟一一封堵。那么广阔的土地，那么细长的水脉，她几乎陪伴了每一株葵花的充分吮饮。地底深处的庞大根系吮吸得滋滋有声，地面之上愈发沉静。她抬头四望。天地间空空荡荡，连一丝微风都没有，连一件衣服都没有。世上只剩下植物，植物只剩下路。所有路畅通无阻，所有门大打而开。水在光明之处艰难跋涉，在黑暗之处一路绿灯地奔赴顶点。那是水在这片大地上所能达到的最高的高度。一株葵花的高度。这块葵花地是这些水走遍地球后的最后一站啊。整整三天三夜，整面葵花地都均匀浸透了，整个世界都饱和了。花蕾深处的女子才下定决心，选中了最终出场的一套华服。

即将开幕。大地前所未有地寂静。我妈是唯一的观众，不着寸缕，只踩着一双雨靴。她双脚闷湿，浑身闪光。再也没有人看到她了。她脚踩雨靴，无所不至。像女王般自由、光荣、权势鼎盛。她是最强大的一株植物，铁锹是最贵重的权杖。很久很久以后，当她给我诉说这些事情的时候，我还能感觉到她眉目间的光芒，感觉到她浑身哗然畅行的光合作用，感觉到她贯通终生的耐心与希望。

水

水渠通水那几天跟过年似的。不但喂饱了葵花地，还洗掉了所有衣服，还把狗也洗了。家里所有的盆盆罐罐大锅小锅都储满了水。幸亏我家家什多，可省了好多汽油钱。

那几天鸭子们抓紧时间游泳，全都变成了新鸭子。放眼望去，天上有白云，地上有鸭子。天地间就数这两样最锃亮。

丑丑天天在渠水里泡澡，还冒充河马，浮在水里装死。可把赛虎吓坏了，站在岸上冲它狂吠，又扭头冲我妈大叫。好几次伸出爪子试水，终究不敢下去救它。

大约渠水流过的地方水汽重，加之天气也渐渐暖和了，到第二次通水时，渠两岸便有了杂草冒头。而水渠之外，除了作物初生的农地，整面大地依旧荒凉粗砾。

鸡最爱草地，整天乐此不疲。一个个信步其间，领导似的背着手。我猜草丛的世界全部展开的话，可能不亚于整个宇宙。鸡如此痴迷，这瞅瞅，那啄啄。有时突然歪着脑袋想半天，再单脚撑地呆若木鸡。它不管看到什么都不会说出去。

天苍野茫，风吹草低见芦花鸡。两只狗默默无言并卧渠边。鸭子没完没了地啄洗羽毛。在荒野中，窄窄一条水渠所聚拢的这么一点点生气，也丝毫不输世间所有大江大河湖泊海洋的盛景。

面对这一切唯有兔子无动于衷。每天瓜分完当天的口粮，就一个个尾随我妈进了葵花地。太阳下山还不回家。显得比我妈还忙。我妈说："兔子，快看！水来了！"人家耳朵都不侧转一下。

水从上游来。上游有个水库。说是水库，其实只能算是一个较大的蓄水池。位于荒野东面两公里处，一侧筑了一道栏坝，修了阀门。简陋极了。可是对于长时间走过空无一物的大地的人们来说，简直就是一场奇遇！

　　我曾去过那里。走啊走啊，突然就迎面撞见。那么多的水静止前方，仿佛走到了世界的尽头。不见飞鸟，不生植物，和荒野一样空旷。仅仅只是水，一大摊明晃晃的水。镜子一样平平摊开在大地上，倒映着整面天空。又像是天空下的一面深渊。

　　这一大摊水灌溉了下游数万亩的作物，维系了亿万生命的存活。可这番情景看来，又像是它并不在意何为葵花，也从没理会过赛虎丑丑鸭子与鸡们的欢乐。它完整无缺，永不改变。与其说此地孤寂，不如说我们和我们的葵花地多么尴尬。我们从不曾真正触动过这个世界的内核。

　　在水的另一方，遥遥停着一座白房子。湖水是世界的尽头，那里便是世界的对面。住在那里的会是什么样的人呢？有好几次我想要过去看看，但每次绕着水岸走了很久很久，也无法抵达。

　　后来我离开了。常常会梦到那片荒野中的大水。梦到南方来的白鸟久久盘旋水面，梦到湖心芦苇静立。却没有一次梦到生活在遥远白房子里的那个人。秋天来临的时候，我们的葵花地金光灿烂、无边喧哗，无数次将我从梦中惊醒，却没有一次惊醒过他的故乡。

（选自 2014 年 12 月 18 日《文汇报》）

生命诚可贵

——眼见三位抗日志士之死　他们曾唱过同一首歌

铁　扬

　　生命可贵，有时生命消失地使人猝不及防，你又会觉得生命的脆弱，这常祸及于战争和天灾。

　　抗战时，我尚是一位少年，曾有机会和抗日志士"相处"。你怎么也想不出他们还有从你身边消失的可能。我说的身边就是身边，因为昨天或者今天或者刚才他们还和你说着家长里短，还哼唱过那首《建设新中国》的歌，突然他们就消失了，就消失在你身边。

那首《建设新中国》的歌是一位不知名作者的作品，作者怀着一种超前的意识，在尚是抗战残酷的相持阶段，他就预示着有一天我们要建设新中国了。歌中唱道："抗战胜利后，建设新中国，新中国，到处开遍美丽的花朵，创造出自由、独立、幸福的新中国。新中国，多快乐，啊，全国男女老幼不受别人压迫，大家互让互助，国事要大家管，为人民谋利益求幸福……"歌曲首先在抗日学校中传唱，后来又遍及抗日根据地。

一

那时，我的家乡属冀中第六军分区，分区司令员叫王先臣，在我的印象里，他是抗日阵营中最英俊的一位指挥员，他身躯挺拔，面目表情坚韧，面对他我就常想到屹立着的一块岩石。

王先臣来了，穿着整洁的灰军装系着皮带，腰佩一把装在皮套里的橹子枪，他哼着那首"建设新中国"的歌，进门就喊："老屈在家吗?"老屈是我父亲——我爹，是抗日政府的督学，也是位医生。我爹从屋中迎出来说："哟，王司令。"王先臣说："叫我先臣。"我爹又说："叫先臣就先臣，咱俩的名字就差一个字，你叫先臣，我叫清臣，你看巧不巧，真应了那句军民一家亲的话。"王先臣笑着坐在院里一棵树下说："老屈呀，快给我找点碘酒吧，你看胳膊上被蚊子咬得。"

我爹折回屋里找碘酒，王先臣就把站在远处的我叫过来说："三，《建设新中国》这首歌我就是拿不准调，你一定是按谱子学的，我是模仿而来，这第一句唱就唱不准。"

我小名叫三，排行老三，我知道王先臣的错误，我对他说："第一句的谱子是哆梭咪发梭，不是哆梭咪来梭。"

王先臣说："看，到底你是按谱子唱的，无比正确。"

我爹拿来碘酒，王先臣挽起袖子自己往胳膊上擦，胳膊上有一串疙瘩，他说是昨天钻青纱帐被蚊子咬的。

王先臣擦着碘酒，我爹就向他问起欧洲第二战场的事，王先臣说盟军从诺曼底登陆，第二战场的开辟不光对欧洲战场有利，也会加速抗战的胜利进程，也是同盟国之间的壮举。

已是晚饭时间，我娘端出了小米粥，王先臣和我们一起就着老咸菜喝粥说，北方的小米把他养胖了，还治好了他的脚气，他的家乡在南方，没有小米，光吃大米爱长脚气。后来他又对我爹开玩笑似的说起那首"建设新中国"的歌，问我爹将来的新中国遍地开的是什么花。我爹说："那要因地域而论，我知道你们南方有茶花有映山红，咱北方无非就开个月季花，馒头花还有牵牛。"

王先臣说："不管什么花吧，作者用遍地开花形容新中国也算是个聪明人。"我爹说："实在聪明，可是在咱们看到的歌谱上也不署个名。"

过了些天王先臣又来了，这次带着兵，他的部队占了整个村子。

我爹说："司令啊，要打仗？"

王先臣解下皮带用皮带掸着身上的浮土说："欧洲战场胜利结束，希特勒垮台，我们也不能坐享其成，也得给日本人一点厉害了。"

第二天王先臣的部队包围了一个叫前大章的村子，前大章是我县一个重要据点，住着日本人和伪军。前大章战役打了一整天，我们趴在房顶上能听到密集的枪声。战役以日伪军的完全被消灭而结束，在打扫战场时，王先臣手拿一把芭蕉扇出现在街里，他摇着扇子对打扫战场的战士们说："同志们，你们打了一个大胜仗，我们胜利了——"话音刚落他自己中弹倒在了街上。中了潜藏于街巷中敌人的子弹，一位战地记者亲眼目睹了王先臣的死。来到我家对我爹说。

我们听到王先臣牺牲的消息，我爹把全家喊出来说："来，脸朝北站成一排，悼念先臣吧。"我们面朝北站成一排掉着眼泪，前大章在我们村子北面十五里。

二

李泽民是抗日区政府的粮秣助理员，头上经常包一条白毛巾，不像抗日干部，像当地不脱产的农民，与当地农民不同的是，他腰里常系着一个小包袱，包袱里是可供区干部们消耗的"钱粮"。

李泽民来了，"喝咧"唱着"建设新中国"的歌。"喝咧"是我爹对他唱歌的形容，喝咧是唱不准调吧。李泽民喝咧着进了门，我爹隔着窗户在屋里说："泽民，咧调了，咧到二狗家了。"有句形容唱歌咧调过分的话叫咧到二狗家。

李泽民唱歌调不准但他也唱，唱时摇着头，白毛巾的两个角在脑后悠搭着。李泽民对我爹说："老屈，习惯成自然，改不了了，咧调不重要，能看到那个遍地开花的新中国就行了。"

这正值抗日战争最残酷的那一年——1942 年，根据地军民一面打仗，一面响应延安的号召，开展大生产运动，李泽民这次来就是帮助老百姓开展大生产的。晚上四区的几位干部在区长李力的带领下来到我家，要为我家拉水车浇地。当晚月亮很亮，一挂水车就在我家墙外响起来，墙外是我家的一块谷地，歌声也跟上来，还是那首"建设新中国"。哪知不多时就有了情况，也许是歌声招来了敌人，也许是村中的暗线向敌人告了密。月光下一个敌人的包围圈迂回过来，李泽民和他的同伴发现情况便翻墙跳入我家钻入地道，我们全家也一起钻进来。我母亲端着油灯在前面引路，拉着我的就是李泽民，他一面弯腰领我前进一面对我说："还是个头小点好，不用弯腰。"他个子高腰弯得就格外吃力。这时，人群里却没有李力区长，李泽民就要钻出地道去找，说话间，他把腰中的小包袱解下来交给同伴，又匍匐着钻了出去，但他没有再回来：当他再次翻到墙外寻找李区长时，已经跳入了敌人的包围圈……

第二天当人们找到李泽民时，发现他身上被敌人刺了 17 刀。

李区长哪里去了，他告诉大家，当大家翻墙进院后，敌人离院墙已很近，他若再翻墙进院就会殃及大家，于是他钻进了庄稼地。后来，李泽民的死得到证实，是我村后街一位女人暗线告了密。几天后，她被锄奸科崩在李泽民的遇难处。

李泽民下葬时按照上级规定，以两匹白布缠身，葬在他牺牲的那块谷地里。下葬时我爹在一旁说："摘点鲜花吧，越多越好，也算让泽民看到了遍地开花的新中国。"我们就地采来大坂花，馒头花，牵牛花扔在李泽民的墓穴里。

三

1945 年 8 月 15 日是日本投降的日子，这晚来我家报消息的是当时的区长李攀贵，我们全家正就着月光在枣树下吃晚饭，李攀贵来了，进门就喊："老屈，还有我的饭没有？"我爹说："刚吃完，喝水吧。"李攀贵说："不喝了，唱歌吧。这下可该唱'建设新中国'了。"我爹一听就明白了，说："哪来的消息？"李攀贵说:"县里听了延安新华社的广播,是正式传达,小日本不是还有个天皇吗,是天皇亲自宣布的。败了,投降了,无条件。"

有时候,人在兴奋过头时,反倒无言以对了,李攀贵就这样和我们全家呆坐了几秒钟吧。临走时他对我爹说,他还要去别处做正式传达,又特别嘱咐我爹说:"老屈呀,胜利了,可还有暗箭,暗箭难防。咱们都要活得节待点啊。"

李攀贵哼唱着"……创造出自由、独立、幸福的新中国……"走出家门。

李攀贵唱歌不咧调,一字一句一板一眼,准确无误。谁知他走出家门,街里就传来一声枪响,枪声闷声闷气。我们全家人一愣,我父亲说"不好"。他忽地从座位上站起来。

李攀贵死了,倒在离我家十几米的黑暗处,他中了"暗箭"。

李攀贵遇害案始终未破,又是一位没有看到遍地开花新中国的抗日志士。

生命诚可贵,当可贵的生命就在你眼前一闪即逝时,你总会为生命的脆弱而疑惑。可贵的生命本应该更顽强的。假如没有战争,没有天灾。

相关链接

王先臣,1915 年出生,江西吉安人。生前为冀中第六军分区司令员,1945年 7 月 1 日牺牲于赵县前大章战役中。

李泽民,赵县焦家庄人,生前任赵县第四区粮秣助理员。1943 年牺牲于赵县停住头村。

李攀贵,籍贯不详,生前任赵县第四区区长。1945 年 8 月 15 日牺牲于赵县停住头村。

(选自 2015 年 7 月 4 期《燕赵都市报》)

北中原民间环保手记

冯 杰

与一条河流的关系

我记录的是北中原一条河流史,"现代河流简史"。

这条河流与我休戚相关,我上小学、初中几家学校都离这一条河流不远,后来降级复习一年,在一个叫堰南初中学校,学校几乎坐落在黄河大堤下面。

临河而校的好处有二:一个是洗澡优先。上学时便于逃学,在河里偷偷游泳。另一个则便于捉鱼。

同学间有很多关于向大人隐瞒洗澡的方法和秘诀,上学前,家长在孩子后背用圆珠笔画上符号,近似画押。如果回来不见,就是游泳洗掉了。挥掌开揍。为解决这一难题,我会帮助重新画上。我模仿能力好,奠定我以后的局部绘画事业。

有时洗完澡肚饿,情不自禁去偷河岸瓜地的菜瓜、黄瓜、茄子。传说两岸有水鬼出没,一般在中午后出场,偏偏这时正是我们洗澡的最好时机。有时水鬼们化装成小孩子混在一块儿洗澡。趁机拉走一个,灵魂可以托生了。计算一下,我们中间洗澡的孩子群里,必藏有一个水鬼。那时,大家不具有分辨妖怪的能力。

最焦急的是父亲。父亲看我午饭后早早上学,形迹可疑,就戴一顶草帽,冒酷暑在远处的黄河大堤上远远寻觅、跟随。看到后来实在管控不住,采取"开放政策",主动下河教我们凫水(游泳)。我和同伴后来会游泳,踩水如平地,都是父亲教的。让我受益终生。

没想到我与这条河有着缘分,父亲在这条河里教我游泳,如今我又带着小儿子在这条河里游泳。我把河流混淆了,因此我关注着这条河的水清水浑。

以下是一段小众环保者的记录。

我记录这些文字，是对一条河流的速写，对一条河的纪念，是河两岸小人物的"草根环保"在这一年行走的片段。附带还可衡量两岸的鸟情。

鸟　道

在我家上空，高处有风，风上有星星，星星周围有一条神秘的天空之路。

地理坐标为东经114°29′、北纬35°24′，在这个地方，有一条"鸟道"低于银河，高架一条通往东北亚的鸟道。

我自私地称为"北中原鸟道"。

雁之语

我在黄河大堤下面的孟岗小镇生活，夜半在梦中，常被黄河滩上南归的大雁惊醒，仿佛它们在头顶鸣叫。出来撒尿时看，三丈高的月色里，大雁一群接着一群，"之"形或"人"形，连绵不断，它们过了整整一夜。第二天，人们开始扛着篮子去拾大雁粪，在村里，雁粪的用途主要是喂猪，也有晒干当柴烧的，号称"有焰"。

大雁景象近似做梦。现在看不到如此壮观的雁队。

第二天，小镇集会有卖雁者。我们悄悄在上面拔雁翎。

捉大雁的方法有两种：毒杀、捕杀。过去两岸的村民在黄河滩上主要用火铳长枪射杀，远距离就可打雁，两百米之外就可怀揣心机。如今火铳长枪多被收缴毁掉，猎杀大雁只用另外两种：

一，用一种叫呋喃丹的剧毒农药，此药毒性强，我老舅说过，在树下埋上少许"呋喃丹"，树上十年都不会生虫。可见毒性之烈。

村民将小麦、玉米拌上农药，撒在大雁栖息路过的黄河沙洲上。早上下药，下午便可去捡拾。

比起火铳，药雁更是毁灭性的打击。火铳多是击伤部分，而下药则是大小老幼都可药死。还有一种是将粮食拌上呋喃丹和火碱，大雁吃下后喉咙发渴，焦躁地要找水源拼命喝水，最后有的脖子被烧烂，死在河沿。

二，设连环铁夹，十几个夹子连在一起，中间有细绳连着木棍，插在地上，被夹住腿的大雁飞不走挣扎，雁是有着团队意识的鸟类，一只大雁被夹，其他雁哀鸣不止，围着照应，纷纷营救或喂食，恰恰中了捕雁人的诡计，在周围会有更多的大雁踩中铁夹。

2007年12月冬至来临前，在黄河长垣段，有一次毒杀大雁的行为，几天后，黄河里漂满数百只药死的大雁，浩浩荡荡，随水漂流，幸存的在天空发出哀鸣。昔日曾一路同行者，如今不能同归故里。

我去调查时，老马说，你早来一天还能看到，河里早过完了，漂一河面的死雁。

两只小苇鳽的下场

中国汉字带鸟字旁多，字典里满是清脆鸟声，能滴落下来。只怕多年后，鸟不仅消失，有关的字也随着鸟消失。无法对应。

这一天，我家的两只狗在门口叫，是小儿子冯登的同学在喊门。冯登出去不一会儿，紧跟来了两个孩子，带来一个纸袋子放在院里。狗的嗅觉极好，围着纸袋子转来转去，一脸狗笑。狗显得比人都激动。

孩子们从纸袋子里面掏出一只鸟，脖子黄褐色，尾短，黑色，两羽颜色深，有明显的浅色翼斑。像水鸟。

问我。

我鸟类知识有限，也叫不出名字。我说可能是灰鹭的一种。

这只鸟前天落到一个孩子邻居家的鸡窝上，飞不动了，他养起来。刚开始鸟还吃一条蚯蚓，之后开始绝食。今天已飞不起来，站在那里，摇摇晃晃，像个小醉汉。一只眼看不清楚，还是一只"独眼龙"（称独眼鸟更准）。我看它时，鸟脖子围着我转弯。我一伸手，它长喙本能地竟忽然往前一伸，要叨人。

冯登回厨房砰砰啪啪剁了几块鱼肉，三个孩子掰着嘴喂它。鸟勉强咽下几块鱼肉。

那两只狗被关在屋里，焦急地在喊叫开门。

门开了。

老石来了。我电话里喊来民间环保协会的老石。他有经验，抓起来看了看，说叫"小苇鳽",属国家二级保护鸟类。

他说前一段路过村里一片杨树林,也在地上捡了一只这鸟,交到县里林业局。第二天,他不放心,去林业局再看,鸟没有了,问局里负责人,说放生了。

老石说不可能的事,那是一只幼鸟,尚不会飞。去交涉时,他看到林业局院子里有一只猫在窗台上从容散步,就知道八成叫猫"协助"飞了。

小苇鳽是鹭鸶的一种,属"小型的鹭",喜与芦苇为伍,才叫小苇鳽。鸣叫时发出"kok——kok"的声音,多出现在四到十月份这一时期,相当有规律。我家的这只可能是穿越黄河湿地时,被人误伤或误食了毒药。

大家商量后决定先把它带到县城北面的陈墙林场养一段,我和陈场长是朋友,林场还有一方大水塘,有鱼有虾,有蒲有荷,自然环境好。

这一只误入城市陷阱的小苇鳽命大,能养活的话,估计到八月十五时我们就能放生。

两天后,陈场长自林场发来一条手机短信:"对不起,老冯哥,那只鸟一时没看好,飞走了。"

鸟眼看不见的天网

在北中原,有一种捕鸟的工具,当地叫"天网"。

鸟网是用柔韧的尼龙丝织成,埋伏在空中的白色陷阱,鸟眼根本看不到,何况人眼。一般是捕鸟人张网后,两天后去收网(北中原方言叫"起网")。这种网对鸟最有杀伤力,有时一张网下来,上面密密麻麻,粘住的鸟像秋天的树叶子。古人说的"天网恢恢,疏而不漏",大概说的就是这种天网。

2006年4月的一天,省和县电台的人要到黄河湿地录些民间环保活动镜头,我们几个人带着他们去湿地。竟发生一件巧合之事。

林子那边有人喊"有下网的",到跟前一看,路边的杨树林里布有一张大鸟网。刚开始我还以为是同来的小周在"作秀",怀疑是他提前布置的。没想到这是真的。

刚扯下一张鸟网,那边又有人喊"这里还有一张"。

真是露脸了。更大的收获是抓住了一个下网者,是附近赵堤乡人。

捕鸟人黑瘦,一条腿瘸,六十多岁,推一辆旧自行车,后座上挂两个空塑料袋子。

　　大家质问他，不好好在家，为啥捕鸟？

　　他说卖给饭店，换钱。

　　那你不会找个其他营生，非得捕鸟？

　　说自己是风湿腿，其他活儿干不了。

　　最后大家要把他交给乡派出所。至少罚几百块。但看那可怜样子，只会造成恶性循环。

　　我对老石说，不如把他放了，以后和他勤联系，说不定日后还能成为我们环保协会的一个护鸟人。

　　我统计一下，捕鸟人主要捕斑鸠、鸽子、麻雀、鹌鹑，这些鸟饭店收。其他鸟如喜鹊、乌鸦，随手扔掉不要。问原因，说喜鹊肉酸。我就想起来时在树林里看到弃掉的几只喜鹊骸骨。

　　那天，一共收缴了大大小小十来张鸟网。都装在车上，带回县城。

　　一个冬天，我们累计已收有二十多张鸟网，保守计算，也有近千只鸟免于触网入口。

　　冬日的一天，冯登告诉我，在我家北地一片空闲的草地，他前几天发现有人偷偷在支天网捕鸟，我俩就骑自行车去了。

　　在一个不易被人发现的空地处，横起一道天网，十多米长。如果不是两边支撑的竹竿高高立着，在风中，那一道透明的天网根本看不见。地下还有一张弃置的残网，上面粘着一只早已死去的喜鹊。

　　我说拆网。冯登问我要是支网人来了咋办？我说，就说我们是环保协会的。

　　我俩把竹竿拔下，把天网用小刀子割断，揉成一团。路沟草丛里有一只早已干枯的小鹰，我看是一只小隼，是被捕鸟人网住弃去的。冯登随手带回家做标本。他是照着一本《黑龙江鸟类志》书上的图案，制了一个鸟标本，因没有专业制作的药物，到第二年一过夏天，生蛆了。

　　关于拆收的那些天网，猛一看它们像一团团假发，装在我家一个空花盆里，再来看，觉得暧昧不清。

　　冯登后来怕家中的狗好奇吃掉天网，卡住喉咙，干脆一一剁碎，一把火就烧掉了。

猫头鹰的书签

它是午夜的歌手。

近几年，北中原猫头鹰逐渐多了。

在陈墙村林场里，老陈悄悄支一张网，三天后网住一只猫头鹰，它垂挂着，一动不动，已在网上死了。老陈说猫头鹰烧灰可治头疼，说自己因贷款的事发愁一直头疼。老陈摘下来那只猫头鹰放在地上，只见猫头鹰依然躺着，一动不动。空当之余，突然，只听噗的一声，那只猫头鹰飞向天空。

原来它是装死，北中原的猫头鹰聪明啊。老陈说他妈的也不头疼了，大家都笑，让我想起苏东坡写的那只老鼠。

我劝说他还是把天网收了。想尝鲜的话让老石捎来一只道口正宗的"义兴张烧鸡"。

2006 年春天，老石作为民间环保代表去日本交流时，他说要给友人送礼，说要争取项目。我们的民间环保协会是一群乌合之众的组合，自己没钱，又买不起大礼，他想起用我的画来出国送礼。

我画了两只猫头鹰。二目炯炯有神，像牛睾丸。

老石出发时就带着我画的两张猫头鹰斗方作礼品，他要东渡日本了。老石从日本回来说，有一个日本人收到后，感动得直流泪，说在日本，猫头鹰是吉祥物。

老石在酒桌上趁着酒兴，交给我一张一千面额日元的票子，我干过银行职工，知道一千日元不值钱，只相当于七十元人民币，一千日元是我两只猫头鹰的价钱。我以后夹在一本诗集里当了书签。

国　兔

环保会员宋太国原名小国，最善于打兔，一年四季都在经营"兔事"，他电兔、卡兔、网兔、套兔，会多种捉兔大法。大家说干脆称他"国兔"。

隔三岔五，他都邀请我们聚会，吃他捉的野兔。他有成就感。打下新兔，见他用中药配料把野兔肉的青草气息拿了，一院子装满兔肉香。煮肉时，家里的狗都在兴奋地转圈。

好长时间没见他邀请去吃兔肉了。

后来听说他不再捉兔，问原因，他不说。后来听他邻居说，原因还是起源于一次打兔。

初春那一次打兔，他追赶一只受伤的大肚子野兔，撵了三里，眼看撵到跟前，那只兔站住，竟立起来了，抬起双爪给他作揖。

回家以后，他大病一场，从此把那一杆兔枪毁了，再不打兔。

老　马

我们第一次去马寨找老马，不在家，邻居说八成到黄河边又看鸟了。问手机号码，邻居说老马就没有手机。

我们也没事，干脆溜达到黄河边。走过一道堤堰，远远见一个人骑着自行车，东张西望，到跟前，果然是老马。

老马是民间环保协会最老的一员，1949 年生，老马属牛，他卖老，说自己按说也算新中国成立前的人。

2007 年 12 月的一天，老马打电话来，说有人在黄河当中的沙洲上，下了拌上毒药的玉米，在药大雁。老马骑车在黄河沿跑了好几趟，手都冻得结痂了，也没有捉住一个下毒者。

几天后，黄河里漂满死去的大雁，有一只在天空哀鸣。西岸边几个村里的群众开着"三马车"去捞死雁，有一天装了满满一车。

老马通过调查打听，药雁的是河对过山东省东明黑岗村的人，他们和饭店有约，把野味卖给饭店。一只大雁能卖三十元。

老马生长在黄河边上，知道大雁的规律，说大雁从北往这儿准时是九月九，到三月三就往南飞。他对我说，自己靠观察和听老一辈人讲，雁有雁语，大雁之间都能听懂，飞行中当有雁受伤，其他雁都会来营救。

老马在黄河滩里有七十多亩地，这数字听起来很大，有时靠不住，每到汛期黄河发水"漫滩"后，只剩下二十来亩。

老马对我说，他人生有点倒霉，五年里，姑、父、母、叔和三儿子相继去世。三儿子是在县里医疗事故死去的，在打官司，至今还背了几万元的债。

老马忽然说，他自己有一套治理黄河的秘诀，最主要一项是风力发电，风力抽水，一台风车能浇十来亩地。但相信他话的人不多，他把自己的发明反映到县委，许多人都认为老马有精神病。

他对我说，有一次给河南省省长寄信，最后也没结果。说前年还向中央写信反映，也没结果。他怀疑邮递员根本没有投出去。

后来，民间环保得到一共三笔申报环保项目的大钱，按道理是专款专用，专门用于协会环保使用。老石是会长，认为环保协会是自己创办的，自己先挪用盖房了。老马和他理论，老石说自己在村里住的还是破屋，老婆整天埋怨他"鳖囊"，儿子也马上要娶媳妇了，没有新房，新媳妇横竖是不进门。

他问老马有啥要求。

老马说，你起码得给我配一个手机、一件棉大衣。

（选自 2015 年 2/3 期《黄河文学》）

田里的文学女人

石淑芳

一个人的庄稼

村子周围都是大山，村民和大山抢占地盘，就在山脚、坡顶、谷底，凡可开垦的地方，蚯蚓一样拱过去。山被农人画出很斑斓的纹理，方形的一片玉米，椭圆的一片油葵。再涂上色彩，黄的清新，绿的浓烈。我在山旮旯里长大，和所有的禾苗一起呼吸、生长，抵抗着冰雹寒霜，满身粘着庄稼的草腥味儿和汗水味儿。

手提竹篮挖菜的时候，我选择河谷边的麦田，水分充足的麦田被季节唤醒得早，地里的面条菜、拉拉菜和荠荠菜肥厚得冒油。我穿一件红色的小棉袄，手里一把小铲铲，蹲在麦田绿色的波纹里。犁铧在田里的曲线是本真柔和的，像一个小孩稚拙的画作。农活的松散闲适造就精神的飞翔，我的思绪常常飘到泰戈尔的哲思中。一个大山里挖菜的小女孩和一个外域的诗人常常这样密语不止，心灵的交接神秘而自由，两情相融。

其时的麦田，是村里最浩瀚的风景，凡有土的地方，无一不站满麦子飒爽的身影。麦香是世间最醉人的芳香，而我，恰恰享受过和它们的肌肤之亲。我认为村子最激情最沸腾的一面，就是麦场的战斗，现在的孩子已经体味不到其间的乐趣了。打麦场彻夜的灯泡，脱粒机欢快的马达，麦垛里的跟头，还有星空中浸染麦香的明月，木锨中跳荡的鲜嫩麦粒，粘着麦芒的瓦罐中的水，树荫下金色的麦秸蝈蝈笼，还有麦秸帽下伴着汗水的俚语笑话。这些不仅是我成长的背景，也是我终生不再复返的温暖和旷达。那才是村子，一个真正属于村子应有的表情。

后来，村办企业兴起，笤帚厂、石子厂、砖瓦厂和黄磷厂相继在村里安营扎寨。小学生加班加点排练节目，被村长引见着接待各种奠基剪彩和接待仪式，欢迎欢迎的童音脆生生地响彻村庄。山村变了模样，河流被挖开，石子被淘光，小山被挖掘机硬啃了半边，村子飘荡着一股黑乎乎的浓烟。庄稼受到前所未有的虐待，苹果树的腐烂病势不可挡，菜蔬的叶子上挂着雨水洗不掉的尘埃。我锄地在山坡，身边总有外地的小伙哎哟哟地唱歌。十八九岁的我，和山野的庄稼一样迷惘，不知前路。露天电影、神秘录像、简陋舞厅，像小村一个个兴奋点，被小工业的魔手抚弄。

然而不过一夜之间，村办企业迅速垮塌，虚拟的繁华瞬间逝去，它短促的寿命却遗留下绵长的外债和相邻之争，因为村干部的互相推诿和外撤的民工私卷了谁家的老婆或女儿。殃及受伤的还有庄稼——种地，已有几分勉强了，麦子也没有往日的神采，东一绺西一注，维系生活的不再是温饱，小村在一阵外在的激荡里，已经更换了核心。

现在，我是田野上一个留守的女人。南方的工厂像一块魔力的磁石，吸走了村里的男男女女，那是一支怎样庞大的队伍，春节前后村里出动所有的机动车辆来运送，也供不应求。他们从四面八方飞来，一个节日的小憩后，又飞到城市的丛林觅食。我因着老人和孩子的牵绊，只提供丈夫这一个劳动力给某个城市。我承认我一直是一个人，少女是，现在依然是。一个人的背影，映照我的是我的庄稼。祖辈们开垦的土地，从山坳里刨出来的黄土，正一点点地回归给大山。没人种的地，退耕还林又种上了树。大山雄伟了，人迹稀少了。村子像一个沉默不语的老者，孤寂成了最真实的写照。流浪的猫和狗成群地在地里溜达，一个老大娘为了她繁衍不断的动物们焦头烂额，不得不频频给它们吃避孕药。

和别的守候孤寂的女人相比，我可以享受孤寂，我在孤寂中思考。"大自然充满诗意的感染，往往靠作家传染给我们"，这是福楼拜在《包法利夫人》中说过的话，我不是真正意义上的作家，我守候着真正意义上的土地。和下乡体验生活的作家们比起来，这是我的幸运。那一年年冒出来的，恰是相同却又不断变化品种的绿，土地给我的东西，那连接血肉的酸甜苦辣的质感，是我无法言喻的。

背靠着庄稼，至少，我不会轻易陷入虚妄。

从连翘花开始

扛着锄把上山，其时，麦田刚刚苏醒。春雪的甘醇，还在昨夜哺润过麦子的干渴。饱盈水分的麦苗，渐渐松开娇嫩的毛茸茸的手掌，不寒的微风荡过，由此吹开了一大片望春的眼睛，连翘花便是其中之一。

麦田的杂草并不蓬勃，我锄草并不是情非得已，而是我作为一个本性的农民，出于职业的惯性。所不同的是劳动在我，已从十几年前的体力内涵演绎到今天的精神内省。挂着锄把子望天，望着望着，我会望出一篇合乎我心意的小说来。在杏娇桃艳，在律动着春意的山村，在麦田，在被连翘花包围的山冈，我不怀疑我的小说因为浸染着花魂，而有个浪漫的开始。

就算在花店，我青睐的还是细碎的山花，它们因风霜而个性，因个性而璀璨。连翘花，则因平实和惠及农人，而受到更多的牵挂。春寒来临，不知有多少人为它祈祷：老天，别把连翘花祸害了，俺还指着它供孩子上学呢。

连翘，又名青翘，黄花条，果实可入药，有清热解毒作用。基于此，我们这里是野生连翘的产地。每当连翘成熟的夏秋季，山上拥满采摘连翘的农人。我不例外是捷足先登者，所不同的是，我的劳动成果还有一部分的用途是：买书。当然还有买纸笔买邮票，用于寄送我那些命运叵测的文字。我一直是一个人，羞于自我表白为文学青年。身后没有任何支撑，唯一的支撑是梦想。偶尔从别处听闻和我有类似信仰的人，敬慕之外，一笑了之，从没有想到会合，我自我定位为走在文学的边缘。

掩饰，已经很小心了，别人还是会从我的言行看出蛛丝马迹。他们说笑的时候，我心不在焉，他们沉默了，我却对着一只过路的小鸟神采飞扬。我把用于生活的精力，分给了他人看来一些莫名其妙的东西，比如诗歌。我在捡来的一本中学生读本中读到一首诗：《假如优美的文字离我们而去》。

我喜欢开满连翘花的山坡，丝丝连连，扯不断地蔓延，是黄色的梦幻。一朵朵娇蕊，是抛给春的媚眼。连翘花是我的舞台，就此开启的文学追逐，不会畏惧风霜。就算一次凋零，来季依旧微笑在春风里。

连翘花结果的夏秋，是山坡最丰满的时节，茂盛的野草和荆棘覆盖了采摘人的身影。这些匍匐的、跪地的、打着趔趄的，或者滚下山坡的、淌着粘着草香汗珠的农人，无一不是连翘的膜拜者。粗糙的手或混着泥土，或挂着血丝，伸向自己微薄的希望：一件花衬衣，一个小家电，或者一次从没实现的生日蛋糕。我的愿望也是执着的，我被粗壮的枝条弹向谷底，但是很快会在又一条山梁出现。我要我的名字继续拓展疆域，从市刊到省刊。我需要读我想读的书，结识我要结识的人。

一颗，两颗；半篮子，一篮子。连翘次第在我手里堆积，劳动因为希望而有愉悦的理由。半个干硬的馍，一瓶山谷打来的水，拿在黑绿色的手掌里，吸纳了过多日光而显黑红的脸上，是正能量的昂扬。我为自己喝彩，优美的文字，就在前方。

有时候，没找到结伴而行的上山人，我就自己去。在这方面，文学的浸润给我特立独行的特质。一个人，也不见得会走错方向。没踩过脚印的荆棘草，我也会仗着青春的勇气攀过去。况且，没有人迹的地方，收获会有意外。熟悉的植物们一个个拥抱我，挑逗我。蹭过鼻梁的，掠过耳际的，滑过胸脯的，山女喜气洋洋地接纳各种草们的热情。从初夏到秋末，我是一个早出晚归的采山人，迎着枝条下斑驳的阳光，默想，微笑，朗诵诗歌。

很多人在我耳边聒噪，连带着各种表情。还有我看到的各种事实也间杂进来，规劝着我对文学的态度。但是多年书籍的渗透下已然增加的底蕴，使我淡定地看待一切，看待树木、花草和自自然然的开花结果、生老病死，以及和文字平和地恋爱。

文路上，我慢慢地走，从满山卑微而壮观的连翘花开始。

长成我愿意长的样子

刘亮程先生笔下，他和他的小山村在一起，和虫子、狗、驴还有庄稼们在一起。我是地道山女，没有例外我也是守着乡村。可是因着太熟悉的缘故，我找不到陌生感，而是略略审美疲劳带来的盲视。城里人急于寻根，急于亲近自然，为找到一丁点记忆中的旧物，兴奋地在报纸一角呓语时，我和我的土地保持着别样的沉默。我自认是一个飞扬的人，至少在天性中。然而，水土改变了我的品质，来自泥土的凝重，那么深的潜入，栽植在我的灵魂中。

春季到来，总陷入种植押宝的无奈选择。种什么，成为萦绕心怀的问题。玉米稳产抗灾，可是收成没有弹性，亩产最高不到两千块。西瓜产量重，但到卖瓜时必逢天时地利人和：天气需足够热，自家的瓜要足够甜，还没有外地商贩冲击。辣椒和西红柿不像西瓜那样短寿，但是，没有订购保障，种出来一样面临市场筛选。种蔬菜相对比种庄稼高产一些，这是农人的共识。春寒料峭的田间和麦场，塑料薄膜，水桶和冒着热气的农家肥，构成了孕育各色苗床的简单道具，寂寥的身影和着这些寂寥的农具铺开了春的序曲。

和我挨着苗圃的是王婶，她的男人出了车祸，儿子去医院侍候，留她看家。她说，今年菜蔬依旧要多种，收不收的看老天爷吧，咱有什么办法？眼看孩子快要娶妻，现在不去城里买房，还有哪个姑娘愿意嫁？现在人收入是增多了，可是开支也是翻倍地增加了呀！我低头不语，我的孩子还小，我蚂蚁一样在田间穿梭，恨不能平白多出一双手来，是为了孩子有个好学校。

萌动已经开启，春雪却不肯退场。屡屡要压垮我的塑料棚。我一次次往返麦场，打扫积雪。打麦场是四季变换的布景，春育苗圃，夏季打麦，秋长蔬菜，冬天储物。我的生活就是不断重复的麦场奔波。花开了，叶红了，雪落了，造物的优美打开人们上演的背景，也把酸甜苦辣摆放其中。我享受过盛大，也领略了琐碎。山女历经了岁月的淘洗，但愿增添的是一点点内慧。

把步子放轻快，是一种灵魂的需要。虽然我没有刻意浇灌表情，让它开出貌似激情的花，但是内在有必要达观。采摘一直是我沿用的和日子对话的最本真的方式。山坡，永远有无穷的魅力。二花、连翘和山韭菜；药材、地软和柏树籽，当我和我的篮子点亮山梁的时候，我并不孤单。我有清风、树影、野兔、山鸡、斜阳、露珠、芒刺和嶙峋的山石，还有虫鸣、断涧、蜂窝和诡异的花草，我引领的风物浩浩荡荡，脚尖和舌尖如梦行走。每一次穿行，都是对过往的回望。

那年，我十岁，我在山上寻找刷白教室墙皮的白石灰。那是一种怎样稀珍的石头，我走了好多山头，最终揣着几个野鸽子蛋回家。后来，为了一棵歪脖子杏树上的甜杏核，我和它较量了几个回合，终于结束了山女不会爬树的耻辱。再后来，为了峭壁上的一株药材，我练就了身轻如燕的身手。大山，以它独有的特质把我扔进它的熔炉。现在，没有男人庇护的屋子，我就要成为一根脊梁，跟着我的不仅有我的影子，还有迟钝的老人和懵懂的孩子。

村头的一棵老柳树，爷爷告诉我，他小的时候，它就是这么大。它一定收集过村里每个人的脚印，它疙疙瘩瘩的纹理，轻而易举就映照了生命本质的脆弱。一个人漫长的一生，在它只不过是长出一截枝条的工夫。最近，它的身上披了彩带，钉上了标签，被林业局列入保护范围。春风浮动时，它身上一定张开无数双慈祥的眼睛，我每每路过总要内心膜拜。我需要来自某种智慧力量的昭示和支撑，为我肉身和精神的坚守，增加一分笃定。

上学时，学校的老师难挨课后寂寞，让我从家里拿书给他看。我没有书，却珍藏着一本从旧报纸堆里翻检出来的散文杂志，我拿给老师时，他焦躁地说，那也是书啊？我奇怪老师怎么只会把《今古传奇》之类的文字当书，在我看来，散文杂志不仅是书，还是一本好书。光华烁烁的句子和精准的思想表达已为我辈所倾倒，我祈望有一天我也会写那些字。

辣椒苗是我和孩子一起劳动的结果。筛土、薰虫和撒种，孩子的小手一一搌过，他亲眼目睹一棵幼苗的发育，我相信他会从此多一点根基。暖阳下，塑料棚里的禾苗会如期蓬勃，我守护的老人和孩子也会安详。

老柳树站在我上地必经的道旁，抚着它茂密的胡须，送给我一阵阵睿智的朗笑。与它映照的日月，让我生出无限惶恐，我还没有实践年轻时的想法，无论我以后在哪里，做的是什么事，在滚滚洪流的人潮中，我想长成我愿意长的样子——写字，写许多字。

长成我愿意长的样子，让文字把身体的劳累变轻，以另一种方式焕发天性中的飞扬，对于今天的我，一个守护山乡的孤寂女人，依然重要。

（选自 2015 年 8 期《黄河文学》）

万里归来年愈少

闫文盛

　　太忙了，或者心乱了，我就想回故乡去。故乡不远，坐长途大巴车两个多小时即到。2005 年之前，我还单身一人的时候，每一年里，我大约总能回七八次乡。那时父母五十出头，我的弟弟妹妹都还在他们身边，所以我回去一趟，也不会带去更多的离愁。在母亲那里，唠叨虽然也有，但我渐渐地听得不耐烦。那些陈谷子烂芝麻的事，对那时的我来说，总是显得不合时宜。没想到五六年后，却是我寻着母亲来说这些事了。这时我已经成家，孩子也两三岁了。母亲的白发已经满头，望去像一个老人了。我说孩子现在如何如何，并且追问母亲我幼年时如何如何，母亲说说停停，有时反倒是她觉得我啰唆。母子相对黯然的时分，我观察着屋里的陈设，一切都未有大变，只是屋子也显出老态了。我想起二十年前老屋初建的时候，我的年龄还小，三十多里外的县城对我还是一个遥远的梦。仅仅数年后，我到县城里参加中考，看着那与我的乡下相比已显得繁华十分的街道，内心里潮水涌动。那是介休撤县设市的第二个年头。不久之后，我便外出上学，此后兜兜转转，最终也没有在哪里定居，而是落脚在更远处的省城。如此忽忽也十来年了。

　　我在大约安定之后还总免不了这样的设想，譬如我从来没有离开故乡那么长的时日，那么如今我又该是如何光景云云。这个设想非常符合母亲的意愿。她在弟弟成家、妹妹出嫁之后的那一两年，曾经反复地向我提起这个话题。那时我忙于婚后的建设，正在想着法子赚钱购房，对于母亲的暗示，总是一笑置之。但在那些日子过去之后，我住在离母亲一百多公里外的地方，常常会念及母亲的寂寞以及我在过去二十年中的长长的漂泊。有时黉夜独坐，我突然会困惑于自己的选择。但这种困惑刹那即逝。我向母亲解释过我为什么无法留在故乡县城的缘由，母亲淡然地听着，事后她又重复着自己的那套说辞。此前很久，我却是在县城里工作过的，那时我刚刚离开学校，因为迷恋于写作，而回到生活节奏很慢的故乡，就在县城里谋一份临时性的文字职业。差不多整整四年，每逢周末，我往返于县城与乡村之间。在那四年里，我的年岁渐长，但事业与婚姻皆无所成。母亲大约也是知道我的痛苦的，她会在我的身边一次次地叹息，同时对外面的世界充满着不解。2001年夏天，我终于离开那里的时候，脑海里确是风雷激荡，似乎又只在眨眼之间，一切也都过去了。

这些年里，我常常觉得，在我所有的写作库藏中，故乡是最弥足珍贵的一部分。但时至今日，我又不能否认，恰恰是那一次出走，使我得以清晰地看到自己。关于世界的广大，在最初的那段时间里得以强化了，而我作为一个乡下人的身份，从此也被更深地确认。我的一切行事仍然是故乡式的，那曾经哺育过我的村庄，在我的印象中也变得如此僻远。其实这种印象毫无依据，但我以十五年的乡村经验形成了一种思维定式。原先那个自以为是核心的部分突然就被目为边缘了，我再也无法保持自己固有的浅见，于是就抵达了另一个极端。后来有无数次，我确实走到了更为繁华的都市，但也有无数次，我经过那比我的故乡远为贫瘠的地域。我向我乡下的母亲一次次地描绘着外面的场景，但母亲毫无兴趣。我邀她来到我居住的省城，她只住了十来天就坚持要回去，此后再邀，她是说什么都不愿意再来了。是母亲的存在，从根本上强化着故土的概念。在我离乡的二十年中，是她一次次地告诉了我故土的变化。而她也在这一次次的述说中，与她在年轻时代着手构建的住所一同老去。她目睹着村庄的扩张，某某人的生死，那崭新的一所所院落，把我们的房子衬托得更加老旧，昔年间曾经遍地泥泞的村道，也已变成了平展展的水泥路。所有这些，都一次次地闪烁在她的唇齿间。我带着妻儿回去，父亲和她曾经跟我们商量，要不要把房子翻修一下，要不要把院子也扩一下，诸如此类，几乎成了他们的心病。

我很快也有了自己的心病，与父母的既有所关联又不尽相同。这心病使我在省城的生活变得压抑起来。我似乎厌倦了现在的状况，那日复一日的忙碌，与我幼年在故乡时的想象多么不同。那时我常常站在村口看南来北往的车辆，那些由我所不了解的人群构成的另一种生活，大概是我后来努力读书的最大动力。1990年我开始读初中的时候我们那里的乡镇企业已在发展。每逢上学下学，我骑着自行车走在焦化工厂的旁边，烟雾缭绕，我看不清自己的路在何方，直到三四年之后，这种迷茫感才渐渐消散。那时我已在数百里外的中专就读，而我此前几年读书的初中也已经搬迁，旧校址被日益扩大的工厂收购，就在我们奔跑过的操场上，开始竖起了巨大的工业烟囱。此后时间日渐加速，村北也很快建起公路，整个村庄被包围在南来北往的车辆的汽笛声中。人们的生活是前所未有地富裕了。如今我与父母聊起那些年，母亲常常提及，你当年读书的费用，就是你父亲在工厂里挣来的。父亲身无长技，他依靠出卖苦力挣钱的方式古老而原始。在我开始赚钱之后，我曾经幻想父亲可以不用整日劳作，但后来我才发现了自己的浅薄。那些年，但凡我在家里整日整日地写字，母亲便说，原以为读书人挣钱容易，却没想到比你父亲还累。我那时笑话母亲，但时至今日，我方知母亲所说无大谬。而我自己也在度过了将近二十年的文字生涯后，开始对自己的生存方式产生怀疑。我说不清楚，今天的这一切，是否吻合了当年的预期？有时候我确实想回到故乡去长住些日子。

但我知道，那里的一切与我已经没有什么关系了。当我领着四岁多的儿子走到县城的街道上，那在新近十年中突然冒出的高楼常常会提醒我，当年我寄居县城时所看到的旧有的事物大多已不存在，即使曾经熟识的那些街巷，在经过时光的层层汰洗后，也早已不复昔日容颜。在 1997 年前后毕业的我的那些同学，现在大都聚集在这座城市里。如果从我们中考那几年开始说起，这撤县改市后的小城已经变更了几回面孔。我对似懂非懂的儿子喃喃着昨日旧事，但从他的脸上，看不出丝毫认同。他催促着我尽快离开这个陌生的地方，他今日所熟悉的那些人，那些事物，与我二十年前离开故乡时，早已无异于霄壤。但我迟迟滞留不动。那一刻我想的是：那些年里，我在这里疲疲沓沓地活着，有时烦闷了，会去找相熟的师友聊天，我以前深信事无不可对人言。但自打背井去乡，那种坦荡荡的日子渐已不再，我像是有了城府似的在慢慢变化着。伏低做小地活着，脾气本应该收敛，却奇怪的是，似乎也变坏了。我先前抱的是改变生活的决心，但到头来，却是生活把我改变了不知多少。我大约只有在虚构中可以再假想一下我在这里的人生。如果二十年的光阴可以重新来过，这个城市是否还会以同样的方式待我？答案却是不存在的。

苏东坡《定风波》词云："常羡人间琢玉郎，天应乞与点酥娘。自作清歌传皓齿，风起，雪飞炎海变清凉。万里归来年愈少，微笑，笑时犹带岭梅香。试问岭南应不好？却道：此心安处是吾乡。"一代人是一代人的活法，每一个不同的人又各自有不同的气场。我钦慕着东坡式的豁达，只是我却不知自己是否有一天可以有那样的雅量。我读贾平凹的《在二郎镇》，其中结尾我看了想笑："当我离开二郎镇的那个早晨，立在赤水河的桥上回头再看着镇子，又想起了那个老头的话，是的，老头的话说得好啊，站在这里，北京是偏远的，上海是偏远的，所有的地方都是偏远的。"这话我也可以说，或者说，"我发誓我正在忘却故乡"，但我明白故乡不会因我的挂念与否而有丝毫变化。她如今是我的亲人们起居之地，尽管二十年中没有朝夕相守，但我知道，终此一生，我忘不掉她。

（选自 2015 年 9 期《四川文学》）

相　　亲

单振国

那年真背得要命，高考预选就被刷了下来。大约是在我们小巷槐树花刚刚开放、清醇花香正醉人的时候，我就算彻底毕业回家，成了一个其实也没有什么职业可待的、无所事事的"待业青年"了。

几乎每天，都是鲜艳的太阳把我从睡梦中晃醒。我除了给忙碌的父母做一点零碎的家务事外，整天就是坐在房檐底的阴凉下打瞌睡，或者看一些在父亲来说屁事不顶的"闲书"。实在无聊时也招来巷子里的几个闲汉，甩扑克赢烟抽。

这样一个多月后，父亲害怕我学坏，就打算让我跟上邻院的二哥去学手艺受些苦。父亲叫来当小工头的二哥说了这事后，二哥满嘴答应，并保证照应好我，不让我吃亏。末了，二哥就笑哈哈地对父亲提起这么一码事：他的一个朋友央他给乡下的侄女介绍个对象，条件是只要城里人有房住就行，他想把我介绍给那女娃。二哥还说：那人家也是周围几个村子里有名有望的好人家，女子漂亮得更是远近知晓的人尖子，况且我也快二十岁了，如果真能说成，倒也算是一门好亲事。父亲寻思：我这捣蛋小子虽还不到那年龄，可肩上压了担子或许会更稳当地走上正道，先认识交往几年也不是坏事。于是父亲就答应了。

几天后，二哥来叫我，说他要带我到那个村子去，顺便拉些木料。母亲就煞有介事地给我换了一身新衣服，还叮嘱了好些话才打发我起身。其实，我压根儿就没考虑要娶妻成家，之所以随二哥去，除了想帮二哥这个忙外，更想出去散散心。

坐着二哥的拖拉机出了城，突突突地颠簸了两个多小时后，我们一身尘土地开进了黄土高原上的一个小山村，停在我来相亲的那人家脑畔上。很快，我看到有几个人出院子来迎我们，其中披着白褂、戴顶瓜壳帽，看似五十来岁的那男人，二哥说就是我的"丈人"，紧挨着咧嘴憨笑的那女人是我的"丈母"，另一边站着的两个少女是他们的女儿二美和三美，而我来相的则是她俩的姐姐大美。

二哥边和"丈人"高声搭话，边拉着我，紧走下一道缓坡拐进了院子。正如二哥所说的，这确是不错的人家，一溜五孔新砌的窑洞，都装着亮堂堂的玻璃，一看就很殷实。"丈母"帮我们打扫了浑身上下的黄尘后，就让进了中间那孔窑洞，接着端来一盆水。我和二哥洗罢脸，坐在了铺有一对五彩地毯的炕上。说着，"丈人"喊：二美，给你叔叔倒杯茶。站在一旁大约十六七岁，穿一件粉红色的确良上衣的俊女子，就给我们倒过来茶，双手放在炕桌上。然后她又和妹妹靠站在一顶红油竖柜旁，支起耳朵专心致志地听着二哥天南地北地海聊，不时把新鲜的目光忽闪在我身上，显出乡村少女那俏美迷人又淳朴可爱的神情来。

一会儿后，"丈人"说：三美，叫你大姐去，让她过来也给你叔们倒杯茶。三美就应声出去了。我的心倏然有点忐忑，脸上也有了些发烧的感觉，我知道我相的对象马上就要来了。正想着，门开了，跟三美进来的是一个比二美个头还高点、也穿一件粉红色的确良上衣的漂亮姑娘。姑娘白里透红的脸蛋似浮了层花儿初绽般不宜打动的羞涩，在我眼前亮亮一闪，就怯怯地坐在地角边一个矮凳上，忽而又站起来给我们加满茶后回坐到原处，开始用一只纤巧的手指抠弄着另一只纤巧的手指。后来她就敢大胆地看我，再后来她就笑嘻嘻地表露出山村姑娘朴实与不拘束来了。

晚饭是羊肉臊子面，羊肉很多很香，大约是特意为我们做的。饭做好后，端饭的大美把第一碗就放在了我面前，惹得"丈人"狠狠地剜了她一眼，又伸手递给我二哥。细心的二美早看出了她大姐这点拙劣心事，立在门旮旯里抿嘴偷笑，惹得还算孩子的三美直嚷：二姐你笑啥？二姐你笑啥？调皮的二美就一把拉过三美，直直地看我一眼后，在三美的耳畔嘀咕了一句什么，跟着三美的嫩脸蛋上便浮出了一抹桃花般的红晕来。

吃罢饭，二哥和"丈人"继续拉话，直到天快黑的时候，"丈人"才有意把二哥引过另一孔窑洞，跟着"丈母"也过去了，这里就只剩下了我一个人。一会儿，二美过来提茶壶，我问她：这儿有没有小说之类的书，我想看看。

二美说：前几天倒是进城买回来一本，书名叫《人生》，是咱陕北一个叫路遥的人写的，讲的也是咱本地事，挺好看的，可是被邻村来串门的同学借走了，现在家里就什么书也没有了。

我说：《人生》我看过，那书写得蛮好的，书中描写的咱陕北那俊女子刘巧珍，我看倒像和你差不多！

二美听了我这话，脸蛋就红艳艳的了，再一句话也不敢说地避开我的目光，悄然走出窑洞。后来，我也想出外走走，顺便偷吃一支烟……

高原的夜宁静在一片沉沉的黑暗中，盛夏的燠热也被山野的风抖薄了许多，让我顿然感到一种少有的舒服。很快，我听到从另孔窑洞里传来二哥的话："我兄弟也是个高中生，考大学才短几分，家里过得也不错，房子都有好几间哩。"

二哥显然在给我吹牛，我不禁一笑。

接着"丈人"说："高中生能咋？顶屁用！我们村倒也有个高中生，考了几年也没考上，花了家里一大把钱不说，到头来还落了个高不来低不就，连牛屁股都不会戳！"

停了片刻，"丈人"又说："这娃看是面善，周处都好，就是单薄了点，凭苦吃饭怕是不行。"

二哥说："现在政策放得这么宽，人都活套了，摆个摊、开个小卖部什么的，照样能赚钱养家。"

"丈人"说："话倒说得也对，可我受了大半辈子苦，还是觉得靠苦水吃饭踏实！前些天，她姑姑给大美介绍了个城畔畔阳崖村的，这女子高低不愿意，嫌人家没文化，可她就不看看人娃娃能把锅口大的一块炭一把扔到大翻斗车上！"

　　这时我听到二美插话了："爸，我看人没点文化还是不行。"

　　跟着三美也说："爸，我二姐说得对，把我大姐可不能嫁给那些黑笨汉啊！"

　　"丈人"显然有点恼火地凶道："你们嫩女子知道啥？少给老子多嘴！"

　　二美跟着反驳："我看这人就不错，我敢担保以后也赖不了，你现在又嫌人这又嫌人那，还怕人家还看不上咱哩！"

　　此刻二美的这些话犹如火一样烙进我的心口，让我不禁浑身一热，慌然跑回窑里……

　　第二天，我匆匆吃了点早饭后，即催二哥返回，"丈人"全家把我们送在了脑畔上。大美二美三美一字儿站着，在高原灿烂的阳光下，表情都木木的似有一丝掩不住的清凉。当二哥的拖拉机喷出几股肮脏的黑烟后，我们就开始奔跑在苍老的黄土高原上了。我看到二美把手低低地举起，向坐在木料上的我挥了挥，但很快就被浓重的黄尘遮蔽了我的视线，可我知道，她们的眼睛将一直会把我们送到看不见为止……

　　回到了家，我的心久久不能平静，二美们的那些话依然一遍一遍地响在我的耳畔。几天后，我对父亲说：我想去补学。父亲诧异地看了我一眼，就给我掏出来一把碎钱来。第二年，我终于考入了一所三类大学，一时在邻居间成了个"浪子回头"的典范。

　　三年后，我圆满完成了学业，并找到了一份满意的工作。等我有机会再一次向二哥问起那码事时，二哥说：他自从那次去过也再没有去，人家后来倒是有过那意思，可我已上了大学人家觉得攀不上，所以他也就没来给我说。大美最终还是找了城畔畔阳崖村的那家，日子过得很是不错；二美当了民办教师，找的对象也是个教师，都在乡镇教书；三美考上了省城一所中专，去读书了……我听罢二哥的这些话，心里不禁平添出怅惘的感觉。我想她们肯定不会知道，曾经是她们的几句话激励了我，改变了我的命运，我会永远都感激她们三个美丽纯洁的山村少女、并为她们默默祝福的！

（选自 2015 年 9 期《延河》）

鸟迹蝶影随想录

许　淇

鸟的世界，是光的世界，爱的世界，音乐的世界……

唱歌，除此之外，什么也干不成。

据说，百灵鸟唱得那么专注，那么投入，直到把眼睛唱瞎，或者相互间把眼睛啄瞎。什么也看不见，什么都能听见。

古代的师旷是盲乐师。阿炳也是盲乐师，他听到的月光，比看见的月亮更圆。

鸟鸣的颤音，琴弦上的滑奏和拨奏，一种高难度的和声，使我想到某年欧洲街头的流浪者，奏着自制的类似我们乡间灶边简易的风箱风琴，带着老斯堪的纳维亚的民歌情调。

中国的汉诗绝句，往往一字一世界，一句一宇宙。

金子般永固。

日本的俳诗虽似绝句却远不及。我读小林一茶的"露水的世，虽然是露水的世，虽然是如此"。

废话的反复。但你念一念，有一种弃世的特别的感伤，率直地击中灵魂。

如同一只鸟在林中哀鸣，最普通的布谷鸟，藏在叶丛中，但闻其音，不见其形。它唱道："庄哥——好苦！""庄——哥——好——苦！"

此之谓"禅"。

禅，应是最简单也是最深刻的思想。

一生中顿悟的瞬间，邂逅际会的顷刻，都是值得载入生命史册的大事。今夏有缘，重游武林，借榻北高峰下灵隐寺侧之孟庄茶园，得十日之暇，有明窗，有绿荫，晨鸟雀鸣心，午佳茗沁梦，暮灯下夜读。忽一日，闲坐间，见窗外横枝栖一双白头翁鸟，良久不辞，如友一见如故，相晤相对相通。盖白头翁非翁，唯白头而已，又名"白头鹎"，羽衣素净缟洁，体态娇小伶俐，曾见张大千写意画有《红叶白头图》，归塞北后，特意伸纸挥毫写此梦境，并题小跋记之，亦可谓我生平之大事也！

"子非鸟，安知鸟之乐？"

"子非我，安知我不知鸟之乐！"

其实关于鸟的知识，我知之甚少，正如同关于这个世界，我看懂了么？我能说出几种鸟的名字？苏格拉底有句药石之言："我知我无知。""认识你自己"，也是很难做到的。知我无知，方求知。

我起初以为蒙古百灵和角百灵是一种鸟，所以我写入文字喜欢用角百灵少用蒙古百灵，其实它们长相不同，很易区别的。内蒙古西部草原，大青山南北，是它们的故乡。阴山后山丘陵地带多岩石，角百灵成群结队地奔跑和低飞，雄鸟头两侧有黑羽耸立像长出双角，雌鸟则无。乡亲们给它们起外号叫"土画眉"。大概镇上养鸟协会老头豢养的画眉，才是经过训练的"洋嗓子"，"土画眉"使的是"原生态唱法"。

> 莜麦田一片片铃铛铛多，
> 土画眉唱的是咱爬山歌。

蒙古百灵更爱开阔地。在达尔罕茂名安草原，见到它们像飞机模型似的沿"跑道"飞奔滑翔，然后，猛地一下起飞，越飞越高，直冲蓝空，于是它们的歌声水似的融入一片蔚蓝中。

蒙古百灵和角百灵同名同类，但它们肖似云雀。

云雀又名鱼鳞燕，其实和燕子无关。有一种小云雀，名叫"小阿勒"（Alauda gulgula）。有歌唱道："百灵鸟，双双飞，为了爱情来歌唱……"指的是蒙古百灵，但也许歌者见到的是小阿勒。蒙古百灵和云雀太相似了。小阿勒，亦双双飞，只有在爱情崩溃的时刻，才弃家集群，像古代的蒙古骑士，纷纷归队出征。

我在草原上放羊，躺在向阳的暖坡，时常百无聊赖地拔一根狗尾巴草含在唇间，跷起二郎腿，望着天空游移的云朵出神。忽然，在身旁草丛中，蹿出一只云雀，仿佛献给我一支歌，不，是奉献给整个草原的一支歌。

云雀习惯于一面飞翔一面高唱，一面拼命扇动翅膀，借助于千万次来回上下吹风的力量，鼓足了肺活量。倘若逆风，似乎反而益发亢奋，毫不迟疑地向高处更高处冲刺，在升腾中歌，在歌中升腾。眼见它在半空中停顿了，仿佛已经精疲力竭，立刻会像一粒石子坠落深渊似的，穿透我的心，但并没有。它漂浮如云的碎片，萌绽希望的芽，音符擦亮的璀璨的火星……一会儿，它又开始继续飞向天海天心的深处，一直到再也看不见，再也听不见。

云雀消失了，化作天堂的鸟，想必在那里。小阿勒始终处于极度忘我的狂欢状态。

也许极乐的天堂里充满云雀的歌。

鸟爱天空。

有许多鸟，爱天空也爱水。如天鹅、大雁、鹭和鹤……水的波纹是它们秘密的年轮纪事，而天空不留任何痕迹。

我和那些水鸟涉禽一样，喜欢和河流对话。二十世纪六十年代初，我在塞北的乌梁素海（内蒙古巴盟境内），记录几种水鸟的习性，拟古代笔记体，便是首发在当年《光明日报》上的《乌梁素海水鸟志》。

记得有一种骨顶鸡，额正中嵌一块白玉似的骨头，水洗羽黑，骨顶愈白，沿着水面簌簌低飞的样子，很像林风眠先生画上的鹜鸟。渔民们捕杀它们。那时人们饿肚子，河北白洋淀的乡亲们，纷纷迁居这里。"靠山吃山，靠水吃水"，靠水的涉禽不免被吃。但骨顶鸡有骨气。若受伤不支，一个猛子扎潜湖底，咬住水草根须，宁死也不使自己当人们的盘中餐。

我们宿在乌梁素海坝头生产队伙房里。夜晚，月当中天，队长叫我们划着小船，悄悄地荡桨在芦苇荡，近处，一只苍鹭在啼，声音如嫠妇夜哭。

"我不爱听！死了人似的！"队长说，"这种鸟，本地人叫它'长脖子老等'，咱河北人称'青桩'……"

白天，我看清楚苍鹭单腿站立在浅水边，眼睛都哭红了，眼圈、嘴和腿是黄绿色的，像吐出苦胆汁染的，头顶有一根黑色长形瓣状冠羽，也就是说，真如同"翘"着一根"辫子"。它清瘦修长，呆呆地，始终保持同一种姿势，俨然一位打坐的道丈。

本地人叫它"长脖子老等"，伸长了脖子，等待着什么呢？等待美味的鱼虾从天上掉下来么？

很像道丈冥想着一个玄学问题——关于"天鸟合一"的"一"。

老子说："天得一以清，地得一以宁，神得一以灵，谷得一以盈，万物得一以生。"苍鹭得"一"呢？

网张开了……

遇到危险，苍鹭竟然不慌不忙地弯曲着脖子，伸直了腿，慢慢地拍打翅膀，它以为自己有逃脱一切的魔法。

蝴蝶比人类早出现两千两百万年。设想，当世界上还不曾出现进化了的智慧又丑恶的人类，那奇山丽水间，荒古峡谷里，竟有一万七千种翅脉各异、彩色缤纷的蝴蝶漫天飞舞，这世界难道不值得寄寓和贪恋吗？

蝴蝶们珍惜每一寸时光，不再顾虑短促的生命。秋夜的寒露是冷的，比易碎的瓷器更娇贵。蝴蝶深知"永远"不属于它们，在霜晨来临之前，落花般地离异枝梢，从容地吻别泥土。

在巴西，犹太人茨威格临终的眼里，有没有见到被称为光明女神蝶的出现？一只紫玫瑰凤蝶，如同那个陌生女人的信函，落在他执笔的袖扣上。

乌干达的亮波蛱蝶，是否和黑皮肤姐妹们的彩裙一般鲜亮？

高更的血统里，有秘鲁的红鸟蛱蝶般红的血色么？为什么他笔下塔西提的土地和他十四岁的新娘巴胡拉的嘴唇一样红？

墨西哥的神母袖蝶、珠丽袖蝶从玛雅神像的耳孔里钻出来。吉他弹奏网状斑纹在印第安女人的头饰里。

印度尼西亚的迷纹凤蝶会在巴厘岛迷路。

巴布亚新几内亚的二尾蓝灰蝶，既不蓝也不灰，恰恰如燃烧的柠檬黄纸片。

中国台湾岛上阿里山的台湾飒弄蝶啊，在幽暗的樟树林翩飞……

在中国，蝴蝶是"幻美"的象征，因为有庄周和蝶的故事。为什么偏偏梦见蝴蝶？幻化成蝶？中国的哲学家往往又是文学家。磨眼镜片的斯宾诺莎是决不会梦到蝴蝶的。

人生飘忽不定，生命又十分短促，是不是庄周梦蝶的深层意识？

蜉蝣朝生暮死，蝴蝶的日子也屈指可数，有一种寿命最短的只能活三天的蝴蝶，叫"伊莎贝拉"，在无人知晓的山谷中，寻找了又寻找，呼唤已经过了三天时间的"伊莎贝拉"，我只听到我自己的回声：伊莎贝拉，美丽的精灵，你在何处？

追寻伊莎贝拉，正如海德格尔所说："是对存在真正出现的行踪的追寻，是对存在的第一声呼唤的回声。"也是诗的回声。

蝴蝶是翅膀各异的会飞的花朵。破茧而出时，是经过重生的前世花朵。唯有过去的死亡，才幻变为奇丽斑斓的今世的瞬息。

因美而遭人妒，世所常有。究竟是害虫还是益虫？莫衷一是。据研究，竹蚜灰蝶的幼虫还吃害虫，成虫后能传授花粉。蝴蝶无用，除了美——美亦无用——非功利的存在。而加缪竟然说："人生越没有意义越值得过。"那就像蝴蝶一样，过没有"意义"的生活吧！

将蝴蝶喻为花，也将花譬若蝶。因而"花如蝶，蝶如花"或"花即蝶，蝶即花"；倘若升华入禅的境界，做到"物我两忘"了，"恍兮惚兮"，便"花非花，蝶非蝶"了，只剩下形而上的"道"与"美"……

（选自 2015 年 7 期《上海文学》）

赣 南 七 则

雷平阳

南赣的蝉

那一年，天下狼烟。王阳明在通天岩讲学，弟子六七人，蝉数枚。阳明先生年轻时，也是一个神神鬼鬼之徒，此时他的心室敞亮了，杀尽心中贼，也让南赣山河之间的瘴气消散了不少。有弟子问儒、问道、问佛，只有南赣的蝉，一个劲地叫，什么都不问。尽管先生一再坚持心外无事，但还是隐隐觉得，这些叫蝉，似乎就是死去的山中贼，就是些孤魂野鬼。弟子陆澄曾经问过他："有人晚上怕鬼，怎么办？"他的回答并不服众，明显地道貌岸然："如果平时行事合乎神明，有什么好怕的？"

南赣的蝉一直叫着。五百多年过去，我到通天岩，曾与某人说，到不了天国，也入不了地狱的鬼魂，全部都会变成蝉，它们的叫鸣，意在让人心不得安宁。所以先生诗曰："醉卧石床凉，洞云秋来扫。"某人一笑，接着说了一句："这些该死的蝉！"

宋城墙下夜饮

从郁孤台上下来，城墙就高大了，人就渺小了，世俗生活的底部，没有那么多的悲愤，江岸上摆着的是一张张可以狂饮的酒桌。一个老和尚赋诗曰："老僧笑指风波险，坐看江山不出门"；另一个老和尚则诗曰："人间诗草无官税，江上狂徒有酒名。"我喜欢后者。庞培、郑骁锋、葛芳、我以及我的十岁小儿雷皓程，坐在了江边的酒桌上。花生、干鱼、鸭肝，一件啤酒。酒桌上的话题不能嗜血，但可以论道，以道诛心，道的偏旁部首里埋着数不清的人骨和刀枪，似乎是酒席之外的另一酒席。江风总是晚上才吹来，这些见不得太阳的风，或说这些被太阳驱逐到夜晚的风，它们在江面上赛跑，与江水形成并行的两支队伍。我们推杯换盏，江西酒薄，谁都不醉，木然地望着江面，不知道这条一次次浮尸千万的江，今夜，它是站在幸存者的一边，还是继续履行它秘密的使命。后来，晚风冲上岸来，带着雨水，将我们赶回了旅馆——那旅次中小小的避难所。

登汉仙岩

过一线天，两边通天的绝壁上长满绿茸茸的苔类植物，他们贴附、斜着针尖之躯，样子像经书里的文字。到了出口，巨石之下有几张茶桌，凉风里饮绿茶，味苦，香无。来自海南的散文家赵瑜，临风铺纸，默写《心经》，我内心无经，另桌写了"太初有道"四个字。

在白鹭村

我的心胸里有一群白鹭在飞。水做的，风做的，血做的，木做的，铁做的，气做的，骨做的，土做的，草做的，黑做的，死做的，火做的，空做的，纸做的。一大群白鹭。偶然进到一座家祠，香樟树的躯干长满苔藓，一大片竹林里，所谓七贤：落叶、野草、石头、塑料袋、腐殖土、影子和静默。出祠门时，见台阶下站着一个石狮子，头颅被削掉了一半，十分诧异。老乡长告诉我，这儿曾被征用为屠宰场，屠夫们在狮子头上霍霍地磨刀。

城市中央公园

赣州古城的地下排水工程由一堆汉字组成，这是汉字无所不能的功能之一。在中央金脊人工建造的城市中央公园则由一批符号组合在一起，这说明符号学的隐喻与象征主义，已经坐实为我们时代的文化灵魂。其占地1002亩，其中湖区626亩，水系323亩，引水渠53亩，这意味着有相应体量的镇静剂和致幻剂同时出现在人们的生活中。作为对反自然的修正，再造自然从根本上衍生了一大批景观设计与绿化公司，而它们又自然而然地与公园周边的地产公司媾和为一体，从而形成了尖锐的土地伦理学。当真的山水故乡消亡殆尽，这种替换方式无疑是强硬而又具有合法性的补救措施之一。为此，湿地、溪林、亭台、水面、水榭、广场、八月桂，乃至每天涌进公园的上万人的面孔，似乎都逃不掉"设计"的嫌疑，都曾经是规划图、效果图和施工图上的专业符号。按照现代建筑学观念，城市是带状的，它拓展边界的进程中，遇到河流、山丘、寺庙、村庄，都要一一绕开，然而，如果我们事先就构建了一座城市中央公园，即城市的原点或说核心地标，其风险也就悄悄降临了——在一些才华平庸而内心充满建筑暴力的规划师的蓝图上，中央公园就是棋盘上的天元，他们会围绕天元不按棋理地在四周展开一轮又一轮的厮杀，也就是四面摊大饼，以中心象征主义荡平文化的多元性，让一座新的城市也迅速地沦落为脸谱化的集体主义人本营。章江和贡江是自然之神散步的走廊，可一旦只有江面是空的、动的，一座壮丽的大城，人们也很难在内心将其视为故乡。那天黄昏，我和儿子坐在中央公园的一条长凳上聊天，儿子认为这座城市的心脏是郁孤台，并读出"青山遮不住，毕竟东流去"做例证，我认可十岁小儿的说法，但直面了这座公园的"人民性"，或说当我意识到这座公园以人民的名义建造又得到了人民的认可，什么也没说，而是指着一棵树问儿子："这是棵什么树？"儿子不知道。那是一棵香樟。

郁孤台上

登楼的人，帝子或平民，都熬不过江水。江水也在替换，但因为没有阶级性，一味地致力于史诗性结构，所以我们都觉得它们不变，拒绝变。其实这不变也是一种令人恐慌的暴力，静悄悄地就拆散了王阳明、文天祥和辛弃疾等人的骨架。知识分子都认为，少数人会借文字而永远活着，殊不知这活，是一种死掉的活，就像我们的活约等于活埋一样。死掉的活，活给活埋者看，这是地府里面才有的话剧……悟到这些的时候，我已登上郁孤台，不敢贪恋台上的清凉，吓得立即转身下楼。

石城县看荷花

荷花都有佛的气象，尤其是残荷。在看荷花时，能看见污泥的人，都是心理阴暗的人，看见荷花完美开放，却想着残荷的人，都是悲从心来的人。我一直想做荷花的邻居，看它露出水面、长高、开花，但我却只是一个江西省的过客，看到荷花时，它开得正艳，绿色里能滴出血。

（选自 2015 年 4 期《作品》）

雨水和惊蛰

乔洪涛

雨　水

自然界本身就是一个矛盾体。譬如春和秋，夏和冬。譬如落叶和发芽，冰冻和融化。这一切的本质都是在进行着自然宇宙的加法和减法。秋日过后，大自然就在做着减法运动——减去繁华，裸呈真实。它告诉我们：一切的遮蔽都是虚假的，一切的荣耀都是浮华的，百花齐放全是匆匆过客，霜凝大地，泥土板结，木叶尽脱，萧萧而下，紫黑的泥土上，唯余下赤裸的真诚才是永恒的。真诚还不够，还要落下雪花，用琼玉洁白遮掩一切，扫除虫豸蚊蚋，只剩下白茫茫大地真干净。土地更是如此，南坡的那半亩泥土，在我收获之后，采摘了果子，收拾了棉花，拔掉了棵秧，砍倒了高粱，最后只剩下泥土——那一粒粒细微的看不清的泥土的分子凝结起来，坚硬起来，它封存了养料，蜷缩成无用的黑紫色。整个冬天，我去看了好几次，除了几垄略微绿色的麦苗（麦苗对于冬天的泥土来说大概就是一个反动），满眼全是暗苦色。山枣树和垂柳树只剩下黑色的枝条，绿和黑，也是一种生命的背反吗？人总是和大自然背道而驰，自然和泥土越是裸露，人越是穿上厚厚的衣装，皮毛已经退化，御寒只有借助外物。赤裸的肉体披着的全是动物的毛发，剥去掩饰的外衣，人体上仅剩下一撮阴毛和几根稀疏的头发（有的连腋毛也刮掉了）证明着人曾经是一个动物，和那些猿猴一样，曾经归属于大自然。

那么，人就是大自然的一个反动。自然界做减法的时候，人是做足了加法的。所以，我讨厌冬天，我觉得只有在夏天里，炎热的夏季，男人和女人们赤身而卧，或于溪中游水，或于泥土中耕耙，累了匍匐大地，或枕着坷垃遥望星辰，人才是最自然的。立春过后，我脱掉臃肿的棉衣，伸胳膊展腿，整日在南坡半亩田地中劳作，我踏上泥土，捧起泥土，汗水滴落泥土，才感到了活着的乐趣。

我端了一个簸箕，把山阴的积雪弄到我田里的麦苗上去，干了整整五天的时间才把那些麦苗全部"浇灌"完毕，我知道，也许过不了多久，雨水就会到来，我的这些沽计也许只是徒劳，但是，我却从中得到了快乐。尤其是那天我坐在田塍上休息，顺手攀过一条植物的藤蔓——那是一株迎春花的茎——我突然就看到了满枝的芽苞。是芽苞。暗色的枝条上，规则地密布着这种嫩芽，不仔细看还以为是去年叶子落尽后的残梗，可是它的的确确是芽苞。我细数了一下，一个枝条上的芽苞高达76对，一个个呈枣核形状，两三个未展的外衣套包住的是嫩绿的浆液。这嫩绿先是花朵，一朵，一朵，一朵，一朵，一朵……一直到76对花朵，然后，一棵迎春花又有四五十条花茎，展开的时候是嫩黄色，继而是黄色，金黄，三四千朵迎春花热烈而奔放地铺展开来，不见叶子，只有满枝条的花朵，那是春天的颜色吗？我向来对这样的枝条上直接布满花朵的植物充满了好奇，我纳闷那些叶子们哪里去了？那些粗黑甚至丑陋的枝条怎么会生出这样娇嫩漂亮的女儿？报春的消息从一个花枝开始，从 76 对细小的花朵开始，向整个自然蔓延，向整个春天蔓延，向无数个 76 对蔓延……我记得妻子种的君子兰这几天也正在蓓蕾欲放，妻子每天都要数一数花朵，14 朵，16 朵，18 朵，今天都到了 20 朵了，君子兰的花瓣中空，像一个个小灯笼，里面一定是等待出世的更粉嫩的花蕊，花瓣的颜色开始泛红，它们次第开来，由素而粉红，而雅红。那些花朵儿呀，朵，朵，我不知道古人是怎么造出这个字来的，我常对着这个字发呆，太漂亮的一个字，它漂亮，美丽，长腿，匀称，木之上的灵魂就是朵吗？要让我评选汉字，最漂亮的就是这个"朵"字，我告诉妻子，我们出生的宝贝要是个女孩子，一定就取名叫朵的。朵朵，朵朵，朵朵。美丽如花的孩子。乔朵，乔一朵，乔朵朵。我对这几个字爱极了。

立春之后，下一个节气便是雨水。今年的立春是年前，腊月二十一这天立春，过年之后初六便是雨水。《逸周书·时训》说："雨水之日獭祭鱼。"按照古书上的解释，雨水这个节气之后，要"东风解冻，蛰虫始振，鱼上冰，獭祭鱼"，就是说水獭开始活动，要破冰捕鱼吃了。而《礼记·月令》云："（仲春之月）始雨水，桃始华。"郑玄注："汉始以雨水为二月节。"我田里也是有一株桃花的，我过去认真查看了桃树的枝条，尚没有发现桃树的萌动，但我知道桃树枝条的里面一定春意萌动的。只是这一株迎春花枝条绽绿，含苞待放，煞是明显，如此看来，《礼记》当中的记载不能说不准，只能说不确，或者也许把它更为"始雨水，迎春始华"更为确切。雨水这天上午，我站在田里，天色是阴的，微雨将到未到的迹象，却突然听到了一声春雷。那声春雷来得那样突然，那样美妙，那样遥远，让我一时百感交集，立若木鸡。

雨水飘落下来了。雨水如丝，细如马毛。眼前很快烟雾朦胧，这是今年的第一场雨水，正好在雨水这个节气落下来。一切都是这么准确。我知道，今日之后，雪将变作雨，雪和雨其实是迥异的物理过程，雪是凝结，雨是散落。雪花让大地禁锢自封，雨水溶解泥土颗粒，让大地解冻。雨丝落在田园，也落在我身上，脸上，虽然有些凉，但已经没有了逼仄的冷。微凉。湿润。我从坡地的南边走到北边，感觉到大概有一亿条丝线钻入我的田园里，雨水落在山枣树上，枣树枝更加黝黑。落在桃树上。落在柳树上。落在麦苗上。落在麦苗的微白的积雪上。落在尚硬的土地上。落在迎春花的芽苞上。落在迎春花的茎条上。迎春花的枝条很快就柔顺起来，我掐断一条细茎，看见枝条里有一条小溪，那是另一条细小的瓦河。里面流淌的是生命的浆液。那浆液里有花有叶，也有看不见的果。

邻地的刘三跑过来，刚才他正在旁边的地里翻地。他有好几个大棚，种菜卖给城里，但他也有一块自留地，和我一样，拒绝使用一切现代科技来耕作土地，也拒绝使用一切现代工具来收割庄稼。去年我和刘三合作得很好，我们互相帮忙照看田园，收割的时候我们一起拿着镰刀收割，累了一起坐在田埂上抽烟。我记得麦子收割下来，我和刘三一起拉着石磙轧场；刘三是个好把式，起风的时候，他扬起木锨扬场，我给他打下手；去年耕地的时候，我拉耧刘三摇耧播种，刘三摇耧摇得均匀，播下的种子出苗率高；去年我的菜园里收获了蔬菜，我跟着刘三挑着黄瓜茄子去赶集卖菜，卖完了菜我请刘三到酒馆里喝酒。结果菜钱还不够我们喝酒的，刘三笑话我不会精打细算地过日子，我也哈哈大笑，告诉刘三，我有工资，不缺酒钱，我缺的是劳动，是参加耕耘土地收获果实的劳动。刘三说，你们城里人日怪，放着清福不享，跑到这农村来受罪。我说，人活着享福太多身体就不行了，这里也不行了（我指着我的心脏说），你看我劳动一年，颈椎也好了，腰也不疼了，前列腺也不肿了，脚气也没有了。刘三就明白了，刘三说，你是个活明白了的人。刘三那天和我都喝醉了，我们相互搀扶着回家，他去乡村，我去田园的草棚睡了一觉。

刘三戴着个草帽过来，把草帽摘给我，说，快戴上吧，你这个脑袋不禁雨淋。我说，你是秃顶，还是你戴着。刘三说，别看是个秃顶，却也是个不怕雨的葫芦。我拗不过他，戴上他的草帽，夸他有先见之明，知道今天要下雨。刘三撸一把湿漉漉的脸说，我知道节气准哩。我掏出一棵烟递给刘三，一只兔子从远处山坡上跑来，歪着头看着我们两个怪人点烟，我和刘三也歪着头看了它半天。刘三说，我认识这只兔子，去年咱们的豆苗子被它啃掉过半垄，我得吓唬吓唬它。刘三弯腰拾个坷垃，兔子扭头就跑，跳出去多远还回头张望。我和刘三哈哈大笑，我说，就当咱们救济扶贫了它一家子。刘三吐口烟说，扶贫个×！过年我还得给它发红包哩！我知道刘三心疼庄稼，他才是真正的庄稼人，我的慈悲在刘三面前其实很肤浅。但我知道刘三不吃兔子肉，我是放心的，要是碰上胡二，这只兔子大概就要倒霉了。刘三扛着抓钩，他刨了一片地，他说要种点儿菜，问我是不是也要种点儿。我说，当然要种，我还得等着和你一起去卖菜呢。刘三说，等雨停了你也得抓紧翻地了。我说，好，下次我就带铁锨和抓钩过来。刘三说，那好，菜种子菜苗的事就包在我身上了。我把兜里的那盒烟都掏给刘三，说，拜托你了。刘三拍了胸脯说，老弟放心，种菜我是老行家了。

这样聊了一阵子，身上有些冷，刘三说，咱们回吧。我说好，天晴了咱们再来。我和刘三挪动着脚，鞋上都沾了厚厚的泥巴，一走一扭，一走一扭的，像个笨鸭子。刘三离家近，过了瓦河朝村上走去，我推上自行车，往相反的方向回家去。骑车走在路上的时候，我在想，我得在田间好好拾掇间房子，到时候庄稼活儿多的时候，我就不回去了，直接在田里睡觉。那间草棚子已经有些漏雨，我得好好地苫些草，覆覆顶。还得垒上墙，不用砖，直接用泥垛墙，泥土房子冬暖夏凉，我住在这里舒服得很。等妻子休息的时候，我也让她一块到这里来度假，渴了就到坡下瓦河里去汲水，饿了就吃这田里收获的果实和菜蔬，晚上在田地里看月亮数星星、吹山风、听落雨，没事的时候把刘三和胡二喊来喝酒。反正我有的是时间，我有一个好职业，文化馆的创作员，不用坐班，我的任务就是到处闲逛，到处溜达，观察观察自然，体验体验生活，收集收集民歌，写点儿文章交差了事。我今年给自己定的任务就是，侍弄好这半亩田园，收获一排子车蔬菜，几布袋粮食，然后写一部书，就写这半亩闲田，写它的春夏秋冬，它的繁华与孤独，写它生长的庄稼蔬菜，写在它仓库里生活的田鼠、蚂蚁和蚯蚓。

等那间房子修缮完毕，我也算是有了山间别墅了，收获的季节，我打算邀请我的家人和朋友来这里，赏赏月，品品茶，我还要邀请刘三过来，他是村上的厨子，做得一手好菜，让他给我打个下手做席。

惊　蛰

前几天下了一场春雨，雨量不大，却不紧不慢下了两天。这些雨丝就像是一根一根的细针，在给板结的大地做针灸按摩。两天过去，大地经络舒畅，血脉通顺，僵硬变作柔软，踩在土地上，到处都变得泥泞起来。我换了胶鞋，去南坡看了一次。刘三在他坡地的一角垒了一个土炕，老远就看见那里冒起的袅袅白烟。那个土炕，上面遮了塑料布，塑料布上苫了稻草，里面则是刘三养育的瓜苗菜苗。土炕下面留了烟道，刘三每天去那里烧上点木柴，保持土炕里泥土的温度。那里面的泥土里始终插着一个温度表，随时检测泥土的温度，温度低了就烧点儿火，高了就停了烧柴。刘三说，这样可以防备倒春寒对秧苗的伤害。我说你这是大棚种植呀？刘三说，这可不是大棚种植，我大棚种植的菜苗都是从别人那里进货的，这种小地炕多少年前就有，他父亲就是这样教他育苗的。自留地的菜可不能马虎。我原来是反对刘三提前育苗的，按照自然法则，晚些时再育苗不迟。但刘三是菜农，有经验，说这样育苗不影响蔬菜的品质，这样在收割麦子之前就吃上西瓜黄瓜，早早把苗儿育好，等春分一过，撤掉棚子，秧苗已经长了一拃多高，根茎肥硕，除了两个瓣芽外又长出了几片叶子。这时候的秧苗最泼实，比那种直接在泥地里点种生苗要好得多。我不懂这些，就由他去，我只负责提供点种子，育苗的工作归他管理。到时候，刘三会把各种瓜菜秧苗分给我一些，我那一点儿土地，也费不了多少秧苗的，百儿八十棵就够了。

刘三这一炕秧苗可以培育出几千棵苗子，也要费不少的劳力工夫。他自留地那块一亩多地，蔬菜除了供自家食用外，还有一家专供的高品质饭店，是他妻弟开的，据说用的蔬菜都是有机蔬菜。刘三这里是饭店的专供菜园，质量可靠，据说那饭店不大，但是菜价很高，还是人满为患。雨水节气过后，点种上炕的那天我来帮忙过的。那天刘三还请了胡二、张四和赵五过来帮忙。去年我有事耽误没有参加，今年是我第一次参加这样的劳动，我还有点儿兴奋。那天早上我早早地骑车来到南坡，刘三和他老婆已经在地里忙活了。头一天他和张四已经把土炕垒好了，头天晚上也已经试烧了一个晚上，我把头伸进棚子里，只觉得里面热烘烘的。棚子里的温度表显示在16度上，刘二说，这个温度正合适。等装上了种子，温度还要稍高一点儿，大概在20度正好。我去的时候，刘三正把年前晒好的猪粪和地里挖出来的新鲜泥土掺匀混合。培育这种秧苗，就要使用最原始最绿色的肥料，那就是粪便。人的粪便太臭，鸡的粪便力度太大，一般使用猪粪最好。刘三家里养着一头老母猪，一年的粪便刘三都积攒着，足足往地里拉了三大车。猪粪晒干后，敲碎，砸细，和经过筛子筛出的细土均匀掺合在一起，做菜苗和瓜苗的养料。这样不用使用化学肥料，绿色种植，我很赞同。为了移苗时候的方便，一个种子要栽种在一个小筒子里。这个小筒子用报纸卷起来，高约 15 厘米，直径 5 厘米左右。装上粪土混合物后是一个圆柱体。我去的时候，报纸已经按照要求割好粘好了，晾干了糨糊的报纸折叠着，拈出一个来，一撑就是一个空筒。张四、赵五和胡二也都陆续来了，我们很快就开始工作。抓一把粪土，塞进报纸筒里，然后摁上一粒种子，一个瓜筒就做成了。不同种类的蔬菜种子分批装进不同的报纸筒里，排放到炕里的时候是刘三亲自排放的，他都做好了标记，这一片是西瓜，这一片是黄瓜，这一片是豆角，这一片是西红柿……胡二看我一把一把抓着粪土往纸筒里装，取笑我说，你这作家不怕粪土脏啊？这可是臭臭的猪粪哩。我用抓粪土的手点一支烟吸上，说，劳动人民亲近粪土最幸福了，脏什么脏呀？张四冲我挑大拇指，说，你这话说的是理，古人说，不脏不净，吃了没病。人太干净了就得了洁癖，就爱生病哩。赵五也说，勤抓粪土，增加抵抗力免疫力哩。他一句话把我们说得都笑起来，胡二捏了腔调说，粪土牌高钙片，补钙一片顶五片。那天我们干了一天的活计，我虽然有些累，但一点儿也没有腰酸腿疼，晚上吃饭的时候，我喝了半斤白酒，一口气吃下了四个馒头，喝下了两碗饭汤，浑身觉得熨帖不少。一天的工夫，我们就把活儿干完了，晚上的时候，晚饭是在刘三家里吃的，刘三的老婆杀了一只鸡，炖了一锅小鸡炖蘑菇，那是我吃得最香的一顿饭。

挨近惊蛰的时候，雨停了，我穿上胶鞋，踏着泥泞，又去了一次南坡。我老是牵挂着刘三的那一炕秧苗，不知道苗儿钻出来后，长出了几个芽瓣了，新叶子生出来了没有。我过去的时候，刘三还撅着屁股在那里往炕底下的炉道里送柴火呢，柴火是去年风干的棉花柴。这几天下雨倒春寒，温度有些低，外面差不多在三四度，我过去掀开棚子门，一股潮气扑过来，把我的眼镜都遮雾了。里面热烘烘的，慢慢看清，上面刘三是撒了一层水的，每个纸筒里的种子已经钻出了泥土，弯弯曲曲地卧着脖子，好像豆芽菜一样。两个深绿的芽瓣，脱了一层皮，还没有完全舒展开来。但是，一眼望去，一大片同样喷薄的生命的色彩却震撼了我，那就是新生的生命，那就是汁液肥硕，蓬勃欲出的生命。一个两个感觉不出来，几千粒种子，几千棵伸展脖子的幼苗，真是壮观呀。我对刘三说，要是用相机拍个照片，就取名为"生命"，这个照片一定可以获奖的。刘三嘿嘿地笑起来，说，那你就拍吧，得了奖金咱们买酒喝。我说，下次我一定拿相机来，太美妙了。

　　和刘三聊了半天，到田埂上走了一圈，我的胶鞋上全挂满了泥巴。我仿佛带了几十斤重的沙袋子在脚上，走路都趔趄了。我说，等泥巴干些，我就打算把那间草棚翻盖了，垒一间结结实实的泥屋子，冬暖夏凉，我也可以在这里住住，当个落脚点。刘三抽了一口烟，说，行。趁这些天活计还不多，我们赶快把你这屋子盖起来。我说，要不明天就动手？刘三摇摇头说，不急不急，垒房子脱泥坯必须得等到惊蛰之后，否则的话，泥坯还容易上冻，冻坏了就不结实了。过了惊蛰就没事了。我说，这么准？刘三笑笑，老辈子传下来的话，还有假？我说，那好，我准备好材料，找木匠物色根大梁，找几根檩条，到时候两天的工夫就把梁上了，房顶泥了苫了。刘三说，行，你先准备着，等一过惊蛰，咱们就把这房子盖起来。

　　惊蛰这天，天气有些阴。我扛了把铁锨又去了南坡。中国古代将惊蛰分为三候："一候桃始华；二候仓鹒（黄鹂）鸣；三候鹰化为鸠。"描述已是桃花红、李花白，黄莺鸣叫、燕飞来的时节，大部分地区都已进入了春耕。这一天开始，春雷始鸣，惊醒蛰伏于地下冬眠的昆虫。《月令七十二候集解》中说："二月节，万物出乎震，震为雷，故曰惊蛰。是蛰虫惊而出走矣。"我知道，在我这一片不大的土地里，是蛰伏着许多生物的。泥土就是一个仓库，我不知道这些泥巴的颗粒有没有生命，我只知道，春来化冻，冬来凝结，我只知道，养料滋生，万木可以葳蕤。去年的时候，我的田里是有着两条红花蛇的。那是在夏天的早晨，我卷着裤脚，蹚着露水来田里锄草，我就看见了那两条红花蛇。它们正在交配，身子扭在一起，像一团麻花。我知道大自然造化有主，万物都有性爱。一条蛇，也是要追逐异性，取悦异性，交配异性的。或许它们交配的目的更直接，就是为了繁育后代，但是我想它们一定有其他事情无可比拟的交配的快感。我知道螳螂交配是要以生命为代价的，雄螳螂把生殖器插进雌螳螂的生殖器内，那一定有一种幸福的极度的快感在流淌，否则它怎能忍受雌螳螂将其头咬掉的危险去交配呢？两条红花蛇，正在幸福着，我差点踩到了它们身上。我驻足绕道，即使是这样一个卑微的生命，我也没有理由剥夺它们的"性福"，没有理由剥夺它们繁殖后代的计划生育特权。人自己可以去追求爱情，感受青春的偾张和胴体缠绕带来的战栗，蛇也可以。这一定是两条相亲相爱的蛇。它让我想起十年前我青春的日子恋爱的美好季节，那种只有开花没有结果的爱情永将沉淀，那种性交的萌动是最初生命的馈赠，人生应当收藏。我还知道，在这一块泥地里，蛰伏着许多只青蛙。前些日子我挖地的时候，就挖到过一只冬眠的青蛙，我真是亵渎了生命，打搅了它的美梦，我为此祈祷忏悔，重新为它挖了坑让它继续酣睡。那只青蛙，也许就是那只青蛙，让我在去年的多半年里，倾听了多少天籁？它鼓起了肚子不怕劳累为我歌唱，那呱呱的声音让我数次回到童年。我还知道，在我的这片田地里，在泥土深处，还住着一家田鼠。它虽然不用冬眠，但是整个冬天里，它和它的孩子们都蜷缩在泥土里，相偎取暖。我曾经偷偷在它的洞穴口为它们一家老小放过二斤黄豆，我怕这个漫长的冬天它们断粮。那一窝子小田鼠应该也长大了吧，它们的父亲老 K 是不是给它们讲了一个冬天的故事和童话？它们是不是也会提到我，这片土地的耕作者老乔？它们是用什么语调来评价我的？我很想知道它们对我的印象，我在它们心目中的位置。

当然不止这些，这泥土里的活物们多得很呢。有无数条蚯蚓，无数只屎壳郎，还有许多瞌睡虫和我叫不上来名字的动物吧？它们既然选择了这一片土地去休息，去蛰伏，我就应该把它们当作朋友，和它们好好相处，和谐共生。我热爱它们，尊重它们，一如尊重我自己的生命。生命无罪。至高无上。但是我的朋友们，今天惊蛰了，天上虽然阴着，但我听到了滚滚的春雷。那么响亮，轰隆隆从南山而来，这是你们起床的闹钟吗？醒来吧，伙计们，让我们一起春耕，来翻这片土地，一起来侍弄这片土地，种上庄稼和蔬菜，收获我们生命需要的粮食。我用铁锹挖了下去，还有一片，有二三十平方的地方我没有挖翻起来，这个位置在整个地块中比较高，土厚，也有些碱。我专门把这里留出来取土，我盖房子用土就要从这里取土。我要和上麦糠，做成土坯，然后垒一间房子，那是我的山间别墅，名字都起好了，就叫"南坡别墅"。

关于春耕，刘三那天是用手扶拖拉机耕作的，他开过来问我，要替我也耕一耕，我拒绝了他。我这一片土地这么小，我要完全自己动手翻地。这是我的劳作的乐趣，也是我给自己定下的原则。用最原始的方法，亲近土地，收拾土地，现代社会的快节奏我已经厌烦，我喜欢这种缓慢的节奏。对，缓慢，一切都是缓慢的。土地慢慢翻，庄稼慢慢生长，慢慢熟。我坐在地头慢慢吸烟，慢慢品酒，时光是慢的，生命也是慢的。

今天过来，刘三和张四已经在田里了。张四是村上的瓦匠，还是建筑队的头头，他帮我请了村上的木匠，去山里取材去了，又带了两个泥瓦匠过来，一起帮忙。我的这一间房子需要的木柴不多，只需要一根粗一点的横梁，十根檩条就可以了。除此之外，顶多再安上一扇窗户，一扇木门。窗户和门木匠家里有旧的，是原来老屋拆下来的，我用了正合适。木匠说，请他吃一顿酒就可以了，呵呵。屋顶上先覆泥顶，再苫稻草。墙就用这个地里的泥巴垒成，先脱成土坯，五六天就可以晾干，我和刘三、张四用三天的时间就可以脱出三百多块土坯，足够用了。刘三、张四这几天田里没活，除了烧烧苗炕，他就负责给我脱土坯。我负责挖土和泥，他则拿了一个四方形的板子，先把泥巴端到上面摔好，然后用一个带铁丝的模子一扣，一块土坯就成了。弄好之后，把土坯立起来，晾晒着。惊蛰这天，我和刘三、张四三个人干了个满头大汗，到了傍晚的时候，已经脱出了一百多块土坯，那些土坯排成一列，好像一队整齐的士兵。看着天色已晚，我说，好了，好了，今天就弄这些，咱们回去喝酒去。他俩也把毛巾一甩，说，走，回去喝酒去。

胡二在家早备熟了菜肴了。

我买了他的一只羊，让他在家里收拾着。我告诉他，这几天我们干完活就去他那里吃肉去，他得负责做好饭，烫好酒，我就请他一起吃羊肉，喝我带来的高粱好酒。

胡二高兴得合不拢嘴，说，好得很，好得很哪！

回去的路上，天上又响起了几声春雷，刘三说，老天爷可别下雨，下雨就把我们的土坯给淋坏了。我抬抬头说，我早观了天象，今夜之后，天气晴朗，无雨无风，你就放心吧。

（选自 2015 年 5 期《草原》）

扛一株玉米进城

简　默

市场是块调色板。

经常去市场买菜，使我有机会接触五颜六色的人，看见经过调和异彩纷呈的情景。

譬如有一类人，他们卖各种蔬菜，像黄瓜。顾客们往往以顶花带刺为依据，来判断它是否新鲜。他们为了迎合顾客们的心理，寻了谎花安在黄瓜顶上，又往瓜身上不停地用矿泉水瓶洒自来水，营造一种虚假的新鲜和水灵效果。有经验者不被这些小把戏所迷惑，弯腰探手摸一摸瓜身，平滑无刺，当然也没有被密集刺中的疼痛，当即断定它已经不新鲜了，扭头便走，留下露馅的它如一个弃儿。

他们不是真正的农人，不懂得土地上扎根和生长的事儿，不熟稔被农谚催生和收获的香火。他们只是蔬菜起早贪黑从上游流经的一个渡口，到了他们手中，再往前一步，就是顾客们的餐桌和胃口了。对土地的冷漠，与农事的疏离，使他们压根儿忽略了花朵可以伪装，但遍身从肉里往外长出的刺呢？直面密密麻麻的刺，谁都无能为力，除了黄瓜自身。

像红萝卜。它头上顶着可爱的叶子，这些叶子又长又绿，拔出自己完全脱离泥土后，地上的绿与地下的红相映成了一首田园诗。顾客们只看了一眼，便被深深地吸引住了，齐声吟哦起了这首田园诗。

甚或青豆。它被一棵一棵地连根拔起，枝繁叶茂中间，一嘟噜一嘟噜饱满的豆荚，嵌着豆子青如水，结实鼓胀如乳房，撞开了薄薄青衫，溅起了脆生生的阳光。顾客们怜爱它如自己最小的女儿，一哄向前唤着它青青的乳名，牵手将它领回家。

它们身后的主人无疑都是真正的农人，他们弯腰挥锄离泥土最近，挺身荷锄是一株拔节的庄稼。在人群中判断他们的身份其实很简单，他们从不轻易丢弃饱吸了自己汗水的收成，哪怕它是一株卸下了果实的秸秆。他们会在帮你拧下红萝卜之后，留着披散的叶子，也会在一个一个地摘下豆荚以后，拢起空荡荡的豆秆。你别问他们留下它们干什么，在他们眼中它们都是宝，进城的路和回去的路一样长，他们卖了该卖的也留了该留的，除了脚印没有什么可以在外面过夜。

但有时我也会看走眼。譬如那个卖水果的中年女人，她黑如暗夜的脸庞，仿佛晒了一个中年的太阳，凭着这张脸，我一眼便认定她是真正的农妇。她卖的是当季的桃和花红，它们分别被盛在了扎根乡土的筐子中，由于怕筐子蹭坏了细皮嫩肉的它们，先在筐子里垫了一层粗布，它们就温暖地躺在了布上。她的脸庞，那两只筐子以及粗布，都使我相信她卖的桃和花红，与市场上相同面目的它们不一样，它们是她一滴汗一滴汗地，一天一天地被她在自家地里守望着长大的，她也的确是这样跟我说的。我不再怀疑，也不再犹豫，乖乖地掏钱拎回了一大包她的汗水与日子。

第二天，在另一个市场上，我又碰到了她，她已不认识我。她的身旁停着一辆农用车，车打开一侧门，就是一个流动的摊位，上面堆积着桃和花红。她的面前没了两只粗拙模样的篼子，也没了素朴面孔的粗布，这些被她暂时充作了道具，证明她和她的桃与花红来自某块土地后，随着她身份的急遽蜕变，她已经不需要它们，无情地遗弃了它们。

我理解她这样做，只是想利用顾客们爱买自卖头的心理，就像孩提时我头戴柳条编的帽子试图藏起自己一样，她摆出一些道具来伪装自己，仅仅为了多卖一些东西而已。

一位姐姐一年到头地从上游接了蔬菜来卖。她恨铁不成钢地对我说，你们这些城里人啊，满市场地想买自卖头的菜和瓜果，怎么就不动脑子想一想，现在教拆迁和开发闹得，谁的手里还有地？有地谁还愿意种？

这样说着说着，迎面走来了一位更大的姐姐，推着一辆三轮车东张西望，车上横七竖八地扔着一穗穗玉米。

她瞅了个空儿，停下了三轮车，不是先将玉米们倒下车，而是从车后抓起一株玉米，靠在了车子边儿。

这是一株真正的玉米。若以审美的眼光来看，它是玉米中的俊男靓女，方方面面都出了众的。它一人多高的身量，要多挺拔有多挺拔，浑身上下青衣绿裤，长长的叶子舒展水袖，随风绿绿地一弄，空气就被染绿了；直直的腰杆从血液里崛起，顶着一头纷披的花穗，仿佛一顶草王冠。腰间揣着一穗饱满骚动的心事，一绺火红色的流苏，抢先挑出了青春的旗语。

一株玉米，被从土地中连根拔出，追随着她进了城。

你见过玉米的根吗？它一大半牢牢地抓住了泥土，剩下的裸露在了土外，每一条都那么遒劲，那么执着，默默地支撑着高高的玉米。此刻，它完全暴露在了外头，就像我们的脚趾头，沉默地喊渴，努力想钻入泥土扎下根系寻找水源，但水泥地面坚硬干燥，吸收反射着太阳的热量，叫它无处扎根，反而灼伤了它。

它的同伴们被哗啦倒在了水泥地上，不顾身上出汗了，相互胳肢取笑，你叫我一声，我喊你一声，都是些绿绿的乳名，汁液丰盈如一条小小的河流。

唯有它，一株长腿的玉米，羡慕地俯视着它们。它站得太高了，喊它们也听不见，声音像一炷青烟都往上跑了。它觉得有点儿孤独，它说不清自己为什么会跟着她来到这儿，又为什么会一个人站在这儿，像一个稻草人。

对，它就是一个稻草人，浑身上下都是草做的。

想着想着，太阳越爬越高，仿佛是被它的草王冠挑起的。

同伴们快被领光了。有人盯上了它。她不乐意。她要等卖得差不多了，再决定它的去留。

直到卖完，她都没舍得掰下它，而是将它放到车上，又推了回去。

它似乎有点儿明白了，从头到尾，它都是在以身证明同伴们和它一样，都来自托举起它们的平原大地，烤着同样的太阳火，洗着同样的月光浴。

而对她来说，它就是一盏贴满日子的灯，颗粒金黄拨动着亲情的火苗，照亮她病中的黑暗，一季又一季。

（选自《品读》）

一揖清高（外一篇）

王祥夫

夏天去北京，鄙人有时候会在黄昏的时候在故宫角楼的护城河边一坐老半天，说来好笑，不为别的，只为看蜻蜓。旧宫苑的护城河边多红蜻蜓，有成百上千，或者有更多，而鄙人从小看的多是那种蓝蜻蜓，或者是那种亮灰色的，少年的时候捉蜻蜓用蜘蛛网，找一根一头开叉的长树棍，再到处找蜘蛛的网，把蜘蛛网拧在开叉的那一头，然后去护城河边找蜻蜓，蜻蜓找到了，只需轻轻一粘，没有能跑掉的道理。捉蜻蜓好玩，但蜻蜓捉来就不好玩了，也只能在它尾巴上拴根线看它飞，这有什么意思呢？一点意思都没有。鄙人从小学画，是从"芥子园"开始，但现在已经想不起"芥子园"里边有没有关于蜻蜓的画法，不看《芥子园画谱》已经有许多年了。但说到蜻蜓其实不用看，都在心里。各种昆虫里，蜻蜓的头会转，它一动不动停在那里，其实它的头在转，它不会回头，也不会掉过脖子看你，它的头是像方向盘那样转，很滑稽。蜻蜓的眼睛里像是有一个黑点，但那个黑点到底长在什么地方谁也说不清，因为蜻蜓的眼里像是有雾，蜻蜓的两眼前边还有两根须，很短，我们叫它眉毛。如果和眼睛相比，这眉毛可真是太短了。

蜻蜓是昆虫里边的食肉者，它从不吃素，只吃肉。螳螂也是肉食者，而且更厉害。如果二者相遇，不知道它们谁会把谁给吃了。蜻蜓飞，螳螂也会飞，但螳螂比不过蜻蜓，螳螂的肚子大，飞的时候给大大的肚子坠着，它永远不会像蜻蜓飞得那么久那么远，所以我相信它永远不会把蜻蜓给吃了。蜻蜓有各种颜色，螳螂也有各种颜色，绿螳螂是紫肚皮，那个肚皮的紫和茄子的颜色差不多，非常地与众不同。麦秸色的螳螂是黄肚皮，这就没什么特别好看的地方。红蜻蜓是一红到底，尤其是漓江上的那种小红蜻蜓，那个红啊，真是好看，连翅子都是红的，让人看了头晕。它们就像是一个又一个的新娘子，穿了大红的衣衫去完婚，可它们去什么地方完婚？它们的新郎在什么地方？它们只是追着船飞，一直飞，一直飞，高高下下地飞，让人眼花缭乱。我画红蜻蜓，是先用朱砂勾一遍，再用胭脂勾，然后再用淡淡的朱砂罩一遍，我和白石老人不一样，白石老人的蜻蜓眼没那个亮点，我要有，有亮点才好看，才水灵。蜻蜓的眼睛其实不反光，但我喜欢让它亮，我喜欢让它有一双水灵的大眼睛。

中国画的蝴蝶和猫，如果画在一起，不用问，是画给老人家的，可以题"耄耋图"，如果画一只喜鹊，再画一枝梅花，可以题"喜上梅梢"，而我画蜻蜓便不知道有什么意思在里边。画二三十年蜻蜓，二三十年都不知道画蜻蜓有什么意思在里边。如果画一只蜻蜓再画一只伯劳鸟，或者就可以题为"勤劳图"，但伯劳鸟长什么样？不知道。北方有伯劳鸟吗？不知道。鄙人的一位老师叫李健之，他过生日，八十的整寿，我画一只老来红和大石头给他庆寿，上边是四个写得很不好的篆字，"与石同寿"。健之老师看了说"我要蜻蜓"，我说您要蜻蜓做什么？健之老师说，把蜻蜓画在上方，这叫"清高图"。

老师毕竟是老师，是为记。

荷花记

有朋友请我喝"莲花白"，先不说酒之好坏，酒名先就让人高兴。在中国，莲花和荷花向来不分，莲花就是荷花，荷花就是莲花。但荷花谢了结莲蓬，没听过有人叫"荷蓬"的，从莲蓬里剥出来的叫"莲子"，也没听人叫"荷子"的。荷花是白天开放晚上再合拢，所以叫荷花——会合住的花。我想不少人和我一样，一心等着夏天的到来也就是为了看荷花，各种的花里，我以为只有荷花当得起"风姿绰约"这四个字，以这四个字来形容荷花也恰好，字里像是有那么点风在吹，荷花荷叶都在动。

荷花不但让眼睛看着舒服，从莲蓬里现剥出来的莲子清鲜水嫩，是夏季不可多得的鲜物。如把荷花从头说到脚，下边还有藕，我以为喝茶不必就什么茶点，来碗桂花藕粉恰好。说到藕粉，西湖藕粉天下第一，有股子特殊的清香。白洋淀像是不出藕粉，起码，我没喝过。那年和几个朋友去白洋淀，整个湖都干涸了，连一片荷叶都没看到，让人心里怅惘良久。说到白洋淀，好像应该感谢孙犁先生，没他笔下那么好的荷花，没他笔下那么好的苇子，没他笔下那么好的雁翎队，没他笔下那么多那么好那么干净而善良的女人们，人们能对白洋淀那么向往吗？在中国文学史上，孙犁先生和白洋淀像是已经分不开了。1981年天津百花社给孙犁先生出八卷本的文集，我拿到这套书的时候，当下就在心里说好，书的封套上印有于非闇的荷花，是亭亭的两朵，一红一白，风神爽然。这套书印得真好，对得起孙犁先生。于非闇先生的画也用得是地方。画家中，喜欢画荷花的人多矣，白石老人的荷花我以为是众画家中画得最好，是枝枝叶叶交错穿插乱而不乱，心中自有章法。张大千是大幅好，以气势取胜，而黄永玉先生的红荷则是另一路。吴湖帆先生的荷花好，但惜无大作，均是小品，如以雍容华美论，当推第一。吴作人先生画金鱼有时候也会补上一两笔花卉，所补花卉大多是睡莲而不是荷花，睡莲和荷花完全不是一回事，睡莲是既不会结莲蓬又不会长藕和荷花没一点点关系。有一种睡莲的名字叫"蓝色火焰"，花的颜色可真够蓝，蓝色的花不少，但没那么蓝的！不好形容，但也说不上有多好看，有些怪。

夏天来了，除绿豆粥之外，荷叶粥像是也清火，而且还有一股子独特的清香。把一整张荷叶平铺在快要熬好的粥上，俟叶子慢慢慢慢变了色，这粥也就好了，熬荷叶粥不要盖锅盖，荷叶就是锅盖，喝荷叶粥最好要加一些糖，热着喝好，凉着喝也好，冰镇一下会更好。荷叶要到池塘边上去买，过去时不时地还会有人挑上一担子刚摘的新鲜荷叶进城来卖，一毛钱一张，或两毛钱一张。现在没人做这种小之又小的生意了，卖荷叶的不见了，卖莲蓬的却还有，十元钱四个莲蓬，也不算便宜。剥着下酒，没多大意思，只是好玩儿。以鲜莲蓬下酒，算是这个夏天没有白过。有人买莲蓬是为了喝酒，有人买莲蓬是为了看，把莲蓬慢慢放干了，干到颜色枯槁一如老沉香，插在瓶里比花耐看。夏天来了，除喝花茶之外，还可以给自己做一点荷心茶喝。天快黑的时候准备一小袋儿绿茶，用纸袋儿，不可用塑料袋，一次半两或一两，用纸袋儿包好，把它放在开了一整天的荷花里，到了夜里荷花一合拢茶也就给包在了里边，第二天取出来沏一杯，是荷香扑鼻，喝这种茶，也只能在夏天，也只能在荷花盛开的时候。

我喜欢荷花，曾在露台上种了两缸，但太招蚊子，从此不再种矣。

那年去山东蓬莱开会，随大家去参观植物园，看到了那么一大片的缸荷，有几百缸吧，一缸一缸又一缸，人在荷花缸间行走，荷花比人都高。荷花或白或红或粉，间或还有黄荷，但也只是零星的几朵。我比较喜欢粉荷，喜欢它的娇娜好看，粉荷让人想到娇小妙龄的女子，白荷和红荷却让人没得这种想象。刘海粟和黄永玉二位老先生到老喜欢画那种大红的荷花，或许是岁数使之然，衰败之年反喜欢浓烈。红还不行，还要勾金，是，更烈。

（选自《钟山》）

他们的脸埋在黑暗中

鲍尔吉·原野

那年我到坝后，干什么去已经忘了，但脑子里挂记着那盏马灯。我们住在大车店的一铺大炕上，睡二十多人，都是马车夫。白天，我和主车夫老杜套上我们的马车，拉东西。把东西从这个地方拉到那个地方，好像拉过羊圈里的粪。那羊圈真是世上最好的羊圈，起出二十多厘米厚的羊粪，下面还有粪，黑羊粪蛋子一层一层地偷偷发酵，甚至发烫，像一片一片的毡子，我简直爱不释手，并沉醉于羊粪发酵发出的奇特气味中。晚上，我们住大车店。

大车店没拉电，客房挂一盏马灯，马厩挂一盏马灯。晚上，车夫们掰脚丫子，亮肚子，讲猥亵笑话。马灯的光芒没等照到车夫脸上就缩在半空中，他们的脸埋在黑暗中，但露着白牙。不刷牙的车夫，这时也被马灯照出洁白的牙齿。苇子编的炕席已经黄了，炕席的窟窿里露出炕的黑土。肮脏得看不出颜色的被褥全在马灯的光晕之外。房梁上，悬挂着一尺左右，像暖瓶一样的马灯。灯的玻璃罩里面的灯芯燃烧煤油。花生米大小的火苗发出刺目的白光，马灯周围融洽一团橘黄的光芒，仿佛它是个放射黄光的灯。马灯的玻璃罩像电吹风的风筒，罩子四周是交叉的铁丝护具。装煤油的铁盒是灯的底座，可装二两油。

蛾子在屋顶缭绕，它们靠近灯，但灯罩喷出的热气流把它们拒之灯外。不久，车夫们响起鼾声，这声音好像是故意发出的极为奇怪的声音。你让一位清醒的人打鼾，他发不出梦境里的声音，他忘记了梦中的发声方法。有人像唱呼麦一样同时发出二三个声音，有低音、泛音和琵琶音，有许多休止符使之断断续续。有人在豪放地呼出噜之后，吸气却有纤细的弱音，好像他嗓子里勒着一根欲断的琴弦，而且是琵琶的弦，仿佛弹出最后一响就断了，但始终没断。打呼噜的人大都张着嘴，但闭着眼。他们张嘴的样子如同渴望被解救出来。我半夜解手回屋，背手踱步，在马灯的光亮下视察过这些打鼾的车夫，洞开的嘴还可以寓意失望、吃惊和无知。他们是够无知的，把这个村的羊粪拉到另一个村的地里。其实，我看到那个村也有羊圈。那时候，农村里的一切都归公社所有，拉哪个羊圈的粪都一样。就像一家人，把这个碗里的饭拨到那个碗里一样。车夫们睡姿奇特，如果在他们脸上和身上喷上一些道具血，这就是个大屠杀现场或廿先烈就义图。有人仰卧，此乃胸口中弹；有人趴着，背后中弹；有人侧卧并保留攀登的姿势，证明他气绝最晚，想从死人堆爬出去报信但没成功。

即使不解手，我也希望半夜醒来到外面看看夜景。夏夜的风带着故乡性，它从虫鸣、树林、河面吹来，昆虫在夜里大摇大摆地爬，爬一会儿，抬头看看天上的星星。月亮瘫痪在一堆云的烂棉花套子里。我看到夜越深，天色越清亮。接壤黑黢黢的土地的天际发白。可见"天黑"一词不准，天在夜里不算黑，有星星互相照亮，是地黑了。被树林和草叶遮盖的地更黑，这正是昆虫和动物盼望的情景。在黑黑的土地上，它们瞪着亮晶晶的眼睛彼此大笑。夜风裹着庄稼、青草和树林里腐殖质散发的气味，既潮湿，又丰富。我回屋，见马厩里的马灯照着马。木马槽好像成了黑石槽，离马灯最近那匹马大张着眼睛往夜色里看。灯光照亮它狭长的半面脸颊，光晕在它鼻梁上铺了一条平直的路。马在夜色里看到了什么？风吹了一夜却没有吹淡夜色。那些跟跄着接连村庄的星星就像马灯。喝醉了的大车店老板手拎马灯，如同拎一瓶酒。他走两步路，站下想一想，打一个嗝。青蛙拼命喊叫，告诉他回家的路，但他听不懂。夏夜，马灯是村庄开放的花，彻夜不熄。马灯的提梁使它像一个壶，但没有茶水，只有光明。马灯聚合了半工业化社会的制作工艺，在电到来之前，它是有性格、有故事的照明体，它是移来移去的火，是用玻璃罩子防风的火苗之灯。它比蜡烛更接近工业化，但很快又变成了文物。马灯照过的模糊的房间，现在被电灯照得一览无余，上厕所也不必出门了。

（选自 2015 年 2 期《作家》）

弟 弟 的 树

王晓莉

　　弟弟去世的那年五月，遵照父母亲的意思，我搬进了他的房子。

　　房子是他单位的宿舍楼，当初建的时候，这里还属于远郊，连公共汽车都没有开通。因而单位把房子建得又大又宽敞，阳台、卫生间、卧室设计都非常合理，而客厅，简直大得可以开舞会。

　　除了离市区稍远，我几乎挑不出这屋子的毛病。

　　可是起初住在里面的时候，我一直都没有这是自己家的那种"自在"感。

　　我在房子的这里走走，那里转转，有点好奇，又有点碍手碍脚。很多年前，一个同事去北京，让我住在她家替她看管几个月房子。那时我也是这样的感觉。

　　我时时都感到，这是弟弟的家。我是在代他守护这房子，仿佛他还会回来似的。

　　可是，我也明明知道，弟弟是不会回来了——有谁见过从另外一个世界返回来的人呢？

　　而在这屋子里发生的事，也都在提醒我，弟弟不会回来了。

　　比如黄昏的时候，如果我站到阳台上，便总能看见弟弟的同事三三两两收工回家，他们身着清一色藏青制服，说说笑笑地进院子。那时我心里总是针刺了一样痛：弟弟本来也是应该在这一群人里走着笑着的。可是不知什么原因，就掉了队。掉到了找不到的地方。

　　又比如光线。这里的光线无可挑剔地明亮。每次窗帘一拉，阳光都迫不及待地涌进屋来，我待在满室阳光里，常常想：生命在这里，本来是会比在别处要滋养得更好些的。可是为什么弟弟却没有这样呢？又比如厨房里的煤气灶上方，贴着弟弟在世时写的一张字条——"注意关煤气"，后面还有大大的三个惊叹号。我每次拧煤气开关，一抬头，看见他特有的细长的笔迹，就想着这肯定是某一次弟弟做完饭又想起忘记关煤气时匆匆写下的吧。可是他自己也一定想不到：当初这样对他自己的提醒，不到几年，却变成了他对自己姐姐的悲伤提示。

　　虽然每一次开关煤气都会见到这字条，且都是刺目且痛的感觉，可是我竟也舍不得撕去，留了好久。

　　因为我私心里是觉得，弟弟留下的东西已经不多了。我整理一次家，就会清理掉一些属于弟弟的痕迹。比如灯坏了，就把老灯座子换掉；电热水器容量有点小，我们便念叨了几次，要换个大的。还有地板，也开裂了，势必也有要换掉的一天。

　　这样，再过若干年，他留下的东西会越来越少。他在这屋子、这世上的痕迹会越来越少。

　　我说不清楚，这是好还是不好。

　　那一年九月的一天，母亲突然打电话来，东拉西扯了很久。她提到舅舅的病，也提到她那边水管漏水，不过姐姐已经带人修好了等等家中琐事。

　　这本也是母女聊天的寻常内容。可是那段时间我们已很少在电话里像素常那样正常闲聊了。因为虽然距离弟弟去世已半年，一切却都像是发生在头一天。

我们什么也没有忘却。悲伤在每个活着的家庭成员心中漫布。为了不互相影响，也不互相感染，家人之间除了必要的信息转告外，几乎已不闲聊了。

弟弟的去世，就这样改变了家中几乎一切事物：家庭成员的关系、家庭氛围、亲人心理，我们脸上的表情，以及许多道不尽的生活细节。

并且这一切，只有我们自己知道。就像走夜路的旅人，裤脚被夜露沾得湿答答的极不舒服，也只有他自己知道。

因此母亲在电话里那样跟我拉扯家常，显得很不寻常。而且我对母亲太了解，听着她一直期期艾艾、吞吐不定的语气，我就知道她根本没有说出她想要表达的重点。

我等着母亲要说的话。

果然母亲话锋一转，突然问我，家里……那棵金橘树现在长得还好吧？

恰好我早上看见金橘已开了花，我便随口回答她说，挺好的呀。开了花了。

母亲仿佛不相信地说，真的么？真的么？

我说，真的呀。我早上还闻了橘花的香啊，好闻得很。

真的么？母亲又这样问。我觉得她真啰啰唆唆。

嗯。

哎呀，真好啊。金橘都开花了。母亲又这样说着，就匆匆忙忙结束了我们的通话。

我愣在那里：询问金橘树的状况，难道这是母亲给我打电话的重点么？

我跑到阳台上去看跟母亲提到的金橘树。

阳台上有我们路边挖来的野兰、太阳花，有已经养了十多年的老龟背竹，从街边农人手里买来的茂盛的红茶梅、栀子，丈夫从东北老家森林里挖来的野生红豆杉等。

以及，·棵高大的散尾葵还有我跟母亲提到的那棵边开花边在结果的金橘。

立即，我就醒悟过来，这后两种树，散尾葵、金橘，是弟弟留下的。一直把它们混在我自己带过来的植物里养。久而久之，我已忘记这是弟弟留下的了。

母亲当然与我不同。与弟弟有关的一切，一枝一节，一针一线，她完完全全都记得。

无时不在思念弟弟，却极力避免在嘴头上提到他——母亲来问花，其实是出自这样刻骨的怀念吧。

母亲对金橘开花的那种半信半疑的语气，其实也是对"连人都没了，树却还活着，还开花了，这是怎么回事"的深刻疑问吧。

弟弟去世头两年，住进这房子。为了家中有生气，他特意跑到花市去，花了半下午时间挑了这两盆植物来。

散尾葵整体丰满，每一枝叶又是那般纤细婆娑，风来的时候沙沙的像在唱歌；而金橘树，据母亲说，买来时是春节前夕，上面正挂满了累累金黄的橘果，十分地有吉祥气象。并且果实一直到第二年三月还在。而金橘开的花也非常好闻，有点类似桂花的香。清渺、有女性气。

有了这两棵常青常绿的树，阳台变得和乡间的田野一样勃勃有生气了。

在挑选植物这件事上，弟弟的眼光上乘。

——我想起有一年与一个乡村的人闲聊，那人说到人喜欢哪个季节的花，就会死于哪个季节。喜欢梅花，就将在冬天里死。而珍爱荷花之人，则必将逝于夏季。

这样的说法，有没有内在的道理与逻辑且不管，我却是一听难忘。我那时只痴想，散尾葵是春天里开花，而金橘树，则是夏季开花。那么，死于三月的弟弟，应该是喜欢散尾葵多一些吧。

可是也没法求证了。

我对这两株植物开始十分关怀。有时候浇着那两棵树，仿佛会听见弟弟用他生病之前最惯用的调侃语气在说，哎，小王啊（他一直都这样称他姐也就是我为"小王"），拜托不要把我的花养死哦。

于是愈加上心。

但是很快我就发现，并不需要我的特殊照顾，它们和其他植物生活得一样顽强、一样茁壮。散尾葵已经冲到了阳台两米高的天花板，而金橘树，体积已经有一张小方桌子那么大了，果实也从秋、冬到春，连头到尾挂了足有三季。

每当这两棵树有什么生长的变化——开花了，结果了，长高五厘米了，这些我都第一时间打电话告诉母亲——我知道她想要听什么。

长虫子要喷药、要记得拉开阳台窗帘叫树们见光、出差要托付邻居来家里浇水——而母亲也总是这样叮嘱我。

像两个园丁在交流花情。可是只有我们两个人知道，通过树，我们在说一些别的话。一些悲伤的话。

　　可是悲伤里也含有着莫名的希望。

　　我观察着这些植物，结论如下：树们没有特别的悲伤，没有特别的欢乐。剪掉旧叶，它并不沉湎于丧失的伤感，不一阵它就将长出比旧叶更好的新叶来弥补。

　　树们没有特别的爱，没有特别的恨。给它换盆之后，无论是换到上好的陶瓷盆，还是叫它屈居于一个楼道处捡来的破土盆，它都视之如家。它的内在必定要经历极大的忍耐与磨合。然而它平静着，不露声色。

　　树们只是生长、生存、生活。除此，它什么也不稀罕。什么也不能够干扰它。

　　树们是生命大平静的典范。

　　在花开又花谢的过程里，像树们一样，我们也逐渐地克服着失去亲人带来的忧郁、烦躁与伤感，渐渐把心底如许的褶皱，一点点熨到平整与平静，渐渐把弟弟的离世看作是每个家庭都必定要经历的悲伤。——这一点小小的认识，差不多花了五年的时间。

　　我也渐渐把这儿当作自己的舒适的家。外出散步、晒太阳，与弟弟的同事邻居相处，养弟弟留下的花。

　　做这一切，都不再有隔阂。也像树一样，我教导自己在生命的大波折里寻找真实的平静。

　　春分日那天，天气晴好。于是想起给家里的植物剪枝、松土、施肥，把小盆栽换到大盆，又把大盆的太阳花移到小盆中。这样足倒腾了一下午。

　　站在阳台的一角细细欣赏自己的劳动成果。突然发现，这样一大片绿色的植物群里，还是散尾葵、金橘树，长得最好。好到我不由不相信：即使哪一天我们都要离开这个世界了，树还会照旧活着。

　　这个世上，树比人要活得长呀。我想。

　　这是弟弟留下来的树。

（选自人民文学出版社《笨拙的土豆》）

去 年 的 花

张慧敏

　　我对着阳台上的一枝花发怔。这几盆兰花，我养了数年，但花开寥寥无几。今年却有三盆都开出了花。其中有一枝，叫我一眼认出，正是去年的那一枝！同一花盆开出来，同一个位置，同一个角度，侧着身子从兰叶边上出来，一样地微微倾斜。边上盆里的兰有白色、深紫色的花杆，而它，和去年一样，也是透明的绿杆子。去年，它是这里开出来的唯一的一枝花。

　　花开多不容易。在我这狭窄的阳台，贫瘠的盆里，我已习惯将兰当草养了。兰叶长而稀疏，几乎瘦削成一道道暗影。有时夜里看见，真就以为它们是一些影子，从画上洒落的影子，让我在梦幻与现实间交织。真见到花开，倒觉得奢侈。去年难得一开的花，今年竟还接着开了，而且一丝不落地，记着去年的样子！

　　忽然觉得这件事挺让人疼。我们能相信一朵花有记忆吗？即便有，它不是应该只记得早春从花苞里挺身而出的疼痛和甜蜜，雨水的甘甜和润泽，与一只鸟在整个春夜的呢哝，借着风起与另一朵花短暂的亲昵，光照里投在墙上翘起的兰花指与亭亭身姿，还有那许许多多。一个春天尽可能发生的所有的事，以及无限的想象，一边在绽放一边在凋落的忧伤。然而这一切，不是该在它零落成泥的那一刻，消失得彻底干净吗？为何它还能记得去年，或者说它的前生？为何它能循着记忆的样子，让消失的事物在时光里重现？难道一朵花，真可以如此完整地实现轮回？

　　不只是兰花。有一年，我看见蓝色的牵牛花在窗后开出了一座桥。一座高高的优美的桥，悬空而架，好像要引导我们去向一个高处，一处没有路也不需要路的仙境一样的地方。后来桥不见了，那些蓝色也隐没了，只见杂草丛生，根本找不出桥曾停留过的位置。在那些草中，我找不出一棵草和另一棵草的区别，它们甚至相互覆盖缠绕，没有这一棵与那一棵的界限。我不知道牵牛花是从其中哪一种叶子里长出来的。然后第二年秋天，那座桥又出现了。它从乱草中开出来，高高在上。

肯定也不只是牵牛花。在我租住的小区，我常常走着走着就看见一树醒目的花开，次次看见，次次都还是吃惊，原来路边这些大半年里都静默着的光秃秃的枝条，一直都没注意过的存在，开出花来竟这么美，紫荆、玉兰，甚至有梅花。而且去年，前年，我也在这儿住着，为什么就不记得这里曾开出过花。花不开出来，我们永远不知道那是什么树。我们甚至没留意过那里存在着一棵树，一棵可能开花即将开花的树。更遗憾的是，花开之后，我们又忘了它是什么树。直到第二年开出来，又满是惊奇地说，原来这里有棵这么美的树。

那一天，我忽然回头，环顾四周，想看看在我的身边，就在这个小区里，还有多少这样的草和树，还有多少隐藏的花开。它们潜伏着，即使你想找也不一定找得见。但总有一个瞬间，它们会开得饱满、炫目、亮你的眼。我在寻找树时，人们一个个从我身边经过。我不禁想，这满世界的人，是否也像树，都有过花开的时刻，有过光芒万丈的瞬间。如果你碰巧在那时候看见他（她），你肯定要为他（她）着迷。但花开只是一瞬，且要有缘的人才可得见。那见着的人也许就记一辈子。而对我们大多数人来说，他也不过是尘土一颗，是我们身边来来往往，最平淡无奇的一张脸庞。很多人，我们甚至从来也没看到过他身上的火花。也许真有人内心的火从未点燃，他没遇到那个手拿火把的人，就像有些树，从没开出过花，我们不免为之酸楚。但在大街上，我们无法一眼认出谁是有故事的人。更多的时候，谁也不揣度谁，他们都是洒落的种子，是移动的树，各在各的生命中。那落在我们眼中的花开，是多么珍贵。

有时候想，我们对一些故人的留恋，老朋友、老同学、看着我们长大的村人，是否以为他们帮我们保留了一些东西呢。我们把他们，他们的眼睛当成了一条河，我们一路走一路丢，如果还有可能使之重现的密码，只能是在这道河的水波里。有一大他们都离开了，就没人能认出我们。

如果人真的像花草落地，是否也能够一季又一季呢？花能依靠着去年的树，开出去年一样的花。那人呢，怕是不能有这样的指望吧。去年开过花的那个叶柄，尚不能指望它今年再开出花来，也许要隔上几年吧，但要隔上几世，就真是茫茫了。所以我养着兰草，就想要是它以后再不开花，我也心安。更不敢想象它真的开出了和去年一样的花。

对于一朵花来说，应该真的不存在这些，因为它看不到去年的自己，不知道去年和今年的关系。因为我们是比花更长久的存在，去年到今年，我们一直在场，才可能去说一样不一样的话。那这世界上是不是还有一种存在，比我们长久得多，就好像我们看见每年的花谢花开一样，它看得见人们的一辈子又一辈子，看得见谁和谁如此相似，看得见时光重现，去年的花开在眼前的枝头上。同样的花开，依旧落在同一个人的眼里。

（选自 2015 年 2 期《创作评谭》）

吴茱萸和辛夷们

刘梅花

吴茱萸

茱萸是一味草药，姓吴，就叫吴茱萸。草药也有姓啊？有哩，刘寄奴，方解石，马兰，胡黄连，徐长卿，白薇，高良姜，何首乌，辛夷，王不留行……你看，哪一味不是有名有姓的呢。名医藏器说，吴茱萸南北总有，不稀缺。若是说起入药的疗效来，吴地生长的顶好，所以有吴之名也。茱萸是什么意思呢？时珍翻遍泛黄的古籍，也未能找到。只好说，茱萸二字含义未能详也。

大概，是老天不让人知道的吧？在远古的时候，茱萸是一味神草，用来祭祀的。每年秋冬时节，暑气消散寒气普降，大地要交替更换气场，这时候正气弱，而戾气趁机上升，疾病容易流行。古人要在这个时节，烧香草以祈求降神，祛除人间瘟疫。香草燃起来，是人神交流的讯息，然后献以茱萸，以此来供养神灵，引接众生。仪式最后，用蓍草占卜，感知神灵的旨意。

古药典里记载的神草，先是蓍草，读蓍草，不读耆草。一种长杆子草，细瘦，劲韧。很诡秘，无缘的人直接找不见。据说是伏羲挑选了蓍草与白龟作占卜之物。占卜时，烧了蓍草作卦，跟龟壳的作用一样。蓍草能活一千岁，可预知祸福。然后是薰草，也叫香草。人们烧香草以祈求降神，故叫作薰草。茱萸也是，因为香气辛烈，茱萸叶可治霍乱，古人认为可以辟邪去灾，采来供养神灵。

在春秋战国时期，吴国赠送给邻国的礼物，就有吴茱萸。这么贵重的吴茱萸主要拿来入药，驱疫防病，那时候已经作为药材，不单单是祭祀用的了。

时珍说，吴茱萸辛热，能散能温。苦热，能燥能坚。主治温中下气，止痛，除湿血痹，逐风邪，开腠理，咳逆寒热。

他记载了一个医案：中丞常子正患了一种病，口中发苦，多痰饮，每当吃饭过饱，或者天气阴晴变换之时，就开始发病。几乎十日一发，不得消停。动不动头疼背寒，呕吐酸汁，挺痛苦的。常常好几天伏枕卧床，吃不下饭。请来大夫吃了好多药，几乎没有疗效。宣和年初，他被封为顺昌司禄，在太守蔡达道的宴席上，不敢多食，诉述自己病情，抱怨日子过得索然乏味之极。刚巧有人能治这种病，于是他得到吴仙丹方，服后就不再发作，竟然慢慢好了。后来每遇饮食过多腹满，服用五七十丸便愈。

这个药很好，服用之后，过一会儿小便中就有茱萸气味，酒饮均随小便而排泄。常子正前后用过许多祛痰药，都无此灵验。吴仙丹方中君药就是吴茱萸，用热水泡七次备用。辅助的臣药是茯苓，等份，研末，炼蜜制成药丸梧子大，每次五十丸，开水送服。这个方子后世一直沿用，疗效很好。

晋代有名医叫葛洪，依着他的记载，汉高祖刘邦和戚夫人于每年九月九日，登高望远，头插茱萸，饮菊花酒，食蓬饵，野外欢宴。说茱萸能令人长寿，辟邪去灾。所以茱萸也叫辟邪翁。

汉朝的时候，九月九日是很隆重的节日。吴茱萸风行得不得了，当时的风俗，在重阳节时爬山登高，家家户户都携带着茱萸出行。每个人的臂上佩戴插着茱萸的布袋，穿了节日的衣裳，骑马坐车，路上都是熙熙攘攘的人群。到了高山，呼朋唤友，聚在一起饮酒赏菊，舞文弄墨，好不风雅的，着实把我羡慕透顶了。

一来吴茱萸辟邪气招吉祥，再来在重阳节之前，总是细雨潮湿，秋热也尚未退尽，人容易烦闷。在重阳节这天热气褪尽，清爽地出来透口气儿，借机会会亲友叙叙家常。头上也都插满茱萸哩，牛车上也插满茱萸哩，这样一种清幽的热闹，真是风雅之极。古人过节，绝不为吃吃喝喝，不会沦为比阔气聚会，而是一种清雅的气氛，可真叫人深深向往。

时珍说，茱萸的枝条柔韧而肥，不是细瘦干枯的。树皮青灰，略略带点儿褐色，幼枝紫褐色，叶子狭长而皱，果实结于枝梢头，累累成簇而没有果核，颤颤地在枝头弹动。一种果粒稍大，一种果粒稍小，小的那种入药最好。有古人说，井边上一定要栽种茱萸，叶子凋落井水里，人饮用了井水，不得瘟疫，也无灾痛。茱萸采摘下来悬挂在屋内，可以辟鬼魅，不做噩梦。在庭院东边栽种茱萸，家里吉祥，增年除害。

另有医家说，吴茱萸，长得不甚高，叶子细碎，开小黄花。花落去后，结果实。果实长圆形，味酸，紫红色，颜色却不顶深，很好看。茱萸果生嫩时，还是黄绿色的，稍微有点浑浊，黄里掺着绿，是硬朗混沌的那种感觉。至于成熟后，慢慢变成紫红色，那色泽可就清冽透彻，很纯正干净了。

这样清新的叙述实在够令人神往的。我也极喜欢田园的生活，在门前屋后栽种了树木，庭院里种了花草，井边几棵茱萸，枝叶婆娑，该是何等美好的乡村光阴啊。人生有些事，也只能是梦想罢了。可是，谁又能阻止一个人的梦想呢？

我在镇子上居住的时候，村子里百十户人家，能看见的只有白杨树，不会超过二十棵，然后，再也没有绿着的植物了。远处看去，光秃秃的村落，黄土院墙，一种荒芜衰败的气象。至于栽花种草，也是绝对没有的事情。你想想啊，一个空寂的村庄，你看不到一朵花，听不见鸟鸣，该是怎样的一种恐慌的绝境？没有草木的村庄，绝无生机可言。那样颓废的景致，至今我连想一遍都觉得压抑。人人忙着捣闲话，絮叨聒噪之极，就是没有工夫去打理一棵树木，真是够呛。

小时候住在腾格里沙漠边上的一个小村庄。爹爹酷爱草木，围着院墙栽种满了树木。院子里苹果树，桃杏树亦是满满的，树下是蔬菜和各种花草，实在是够好看的。我年少的时光，在草木花朵的陪伴中，想起来都清美鲜亮。父亲去世的第二年，流落在外地的我和弟弟回家去看房子。推开门，满院子的花正在开，姹紫嫣红的热闹极了。桃子杏子都还青涩，刚从叶子底下钻出来，墙外的树枝伸进院子里，枝叶繁茂。

我们一下懵了，本以为爹爹离去后，院子会荒芜萧条的，谁知道花草树木却如此地纷繁。两人一下子坐在院子里失声痛哭，触目伤情，教人真个伤心至极。草木亦是有情的，用这种依然旺盛的生长，等待两个流浪的小孩归来。它们实在不忍心，拿枯黄衰败的颜色，来面对突然推开门的孩子。

古人的院落里，哪里能少了草木，还要有吴茱萸才好，这才叫家园。重阳节这一天，采摘吴茱萸的枝叶，用红布缝成一小囊，佩戴在身上，光阴也顿然清幽起来。

有个故事是这样的：北方有个叫木粟的人，为人和善。他家的院子里有几棵大树，树上像灯笼一样挂满了鸟巢。为什么呢？因为他的邻居们都是喜欢安静的人，有一种鸟儿顶喜欢叫了，在树上结了巢，整天叽叽喳喳的，真是可恨透顶。邻居们就捣掉了鸟巢，撵走了鸟。无家可归的群鸟纷纷投奔到木粟家的树上来。这下可好啦，他家的鸟儿多得简直要吵死人了。家里的仆人们也想赶走鸟儿，可是木粟说，我家的院子这样大，难道容不下一群鸟儿吗？别人都惭愧而去。

这一年的冬天，出奇地冷，冷得几乎要冻死人了。天空里飘着清霜，泛着寒气，冻得人牙叉骨咔咔作响。不久，人们得了一种病，耳朵啦，手脚啦，脸颊啦，都生了冻疮，流着脓血，疼得不得了。州城里的医馆里挤满了看冻疮的人，可是，草药的疗效很慢的，没有特效药。

奇怪的是木粟家的人都好好的，不但没有冻疮，人人脸上红扑扑的，皮肤细嫩光滑。邻居们都上门来讨教治冻疮的方子，说乡里乡亲的，你可不能守着秘密不透露啊。木粟说，也没有什么神秘的，不过就是捡了树下的鸟粪，用吴茱萸煮水泡在瓦罐里，每天睡前，用泡软的鸟粪搓手脚，脸颊和耳朵。待两个时辰过后，用吴茱萸煮汤清洗干净即可。如此洗过几次，再也不生冻疮。

方子倒是很好，吴茱萸也好买，可是鸟粪没有啊，村子里的鸟不是都赶走了嘛。而木粟家的树底下挤满了抢鸟粪的人，无奈人多粥少，满足不了众人。有些人家就穿戴厚实了，跑到山野里拾鸟粪。木粟感叹说，天下万物，皆可入药。这鸟粪，也是药材哩。

这个故事记载在医案里，可能是真的吧。

吴茱萸药性辛，温，有小毒。主治温中下气，止痛，除湿血痹，驱逐风邪，开腠理，咳逆寒热。茱萸叶还可治霍乱，根可以杀虫。咽喉口舌生疮者，用醋调茱萸末，贴于两足心，一夜即愈。有人治小儿痘疮口噤，将一二粒茱萸嚼烂后外抹，口噤即开。

木　笔

木笔也叫辛夷。藏器说，辛夷花还未开的时候，花苞像小桃子，有茸毛，叫侯桃。花苞初发，跟笔头顶顶地像哩，北人叫作木笔。开花很早，南方人也称呼为迎春。

《别录》里说，辛夷生在汉中，魏兴，梁州的川谷里。辛夷树长得也像杜仲，高丈余。结的籽实似冬桃而小。九月采实，曝晒干，去掉心和外毛。外毛一定要去干净，不然能射进人肺，令人咳嗽不止。这个很重要的。

名医苏恭却不同意，他说，最好是树花未开的时候收。正月，二月好采。说是九月采实，恐怕有误呢。

弘景说，今出丹阳近道。形如桃子，优美从容，小时候气味辛香。二月采摘。

另外有位叫寇宗奭的名医是这么说的，辛夷这味药材呢，处处有之，人家庭院里也是很多的。先开花后长叶，就是木笔花呗。辛夷花未开之时，花苞上有毛，茎秆光滑细长，很像毛笔，故而取象而名。花开了，颜色有桃红的，紫色的两种，入药挑选紫色的好，必须在未开之时采收。已经开花的药效不佳。若是为着观赏，满树花开起来幽雅飘逸，红云一般，挺好看的。

弘景啦，苏恭啦，时珍啦，宗奭啦，我自是很熟悉了，当然他们可不熟悉我，中间可是隔着千重百重的光阴呢。你若是不熟悉，也没有关系的，反正你也不打算做中医，就知道他们都是医家就行了。

时珍是怎么说的呢？他说，辛夷花，初出枝头，花苞长半寸，而尖锐俨然如笔头，简直太像了。重重有青黄的茸毛顺铺，长半分许。及开，则似莲花而小如酒盏，紫苞红焰，香味而有莲花的那种清幽，也有兰花的清澈纯正。偶然也有白色的花朵，人呼为玉兰。也有千叶者。诸位医家说花苞似小桃子者，比类欠妥。

经时珍这么一说，我就无限向往有一棵辛夷树了。花蕾呈倒圆锥状，形如毛笔头。这一树繁密的毛笔，枝枝卓然不群，枝枝妙笔生花，恐怕是天上的神灵在书写吧？

可是，花一开，又是多么好啊，枝木纷繁，紫苞红焰，灼灼的，粉妆玉琢，想一想都美好得不行。人生好多奢求，总是不能满足。见不到一棵正在开花的辛夷树，这才是天大的遗憾哩。

　　辛夷入药，用干燥的辛夷花苞。早春花蕾未放时采摘，剪去枝梗即可。药性辛，温，无毒。主治五脏身体寒热，风头脑痛，面野，解肌，通鼻塞涕出。治疗鼻渊，鼻塞，用辛夷研末，以葱白蘸入鼻中，几次即见效。

　　为啥叫辛夷呢？时珍并没有说。不过，我胡乱猜是这样的：辛是药性，花苞的味道。夷，是古代的一种很像锄头的农具，《诗经》里有夷出现，是锄地的。既然辛夷花像毛笔头，那么可能也像那种原始的锄头。辛夷花入药味辛，花苞如夷，就叫辛夷了。我若是取个笔名，就叫辛夷好了。不过，说不定过段时间又反悔，重新用个虎杖啦，五加皮啦什么的，也说不一定呢。我这样热爱草药热爱得头脑发昏的人，恨不能把每一味草药的名字都据为己有，真是贪心透顶啦。

　　人生有些事，多努力都是徒然的，因为太过于遥远。比如，积雪草怎么努力也长不成辛夷树，秦椒怎么奋斗也成不了吴茱萸。虽然枯藤上能开出一朵花儿来的事情偶尔也有，但毕竟不是常见的。还不如静下心来度光阴。平淡的日子其实是最好的，你看乡间的人们，拉着牛去饮水，门前的木笔一树花纷纷，路边的篱笆下母鸡晒着太阳，难道不是《诗经》里的风雅吗？

　　　　　　　　　　　　　　　　　　　　　　（选自 2015 年 3 期《山东文学》）

草　木　灰

　　　　　　　　　　　　　　　　　　　　　　芭蕉雨声

　　"吃了灯草，说话轻巧。"母亲常挂嘴边的这句话，我只当是"站着说话不腰疼"的俗语譬喻，不曾想我坐月子那阵，怀中小儿火气大，眼皮赤红，医生用紫水涂眼影不见效，母亲竟真的煮灯草水给我们母子喝，说败心火。我婆母的举动更是出奇，抓一把灯草用火柴燃着，余下的草灰冲温开水让我们当茶饮，我不信这招数，只当魔术来玩。结果还真有魔力，喝几回，火气很快就败下去了，连话音儿似也轻巧了不少。

草木灰，城里人听来新鲜，它留在我童年的炊烟下。灶屋内，锅底下，家家都有草木灰，积攒多了，用铁锨往外撮，撮成堆，堆在雨淋不着的地方，石板蒙盖严实，趁时候送到庄稼地去。父亲挑草木灰往后坡梯田里送，我尾巴样紧跟在后，轻飘飘的灰有啥用呢，父亲说是上好的肥料，他一把一把往豆秧和红薯秧根撒灰，我也学样，抓，撒。灰粉极细，手抓水似的，会流，搦太紧太松都不中，得撒在挖好的小坑里埋住，防风吹，怕雨淋。我一直怀疑这种游戏似的施肥活动，直到后来开化学课才明白那不是游戏，草木成灰，依然心性不改，果然含秧苗需要的钾、磷、钙、镁、硅等多种矿质元素，水分燃烧蒸发，剩下的全是精髓。

那时候烧火做饭都用地锅，不舍得买煤，烧柴火省钱。拾柴火是割草以外的第二宗要事，放下书包扛箩头出门已成习惯，不用大人支嘴儿。坡上的硬柴火，像酸枣树、野荆条、枯树枝，都给有力气的大人们砍，小孩子只管拾路边的麦秸、秫秆、豆秧之类的当季软柴。都在拾，墙角岸边早就干净得跟狗舔似的，我发愁也烦气去寻去捡，母亲的一句话让我牢记至今，她说，路边的麦秸别嫌碎，一根一根捏起来，捏多了就是一箩头。还说，多大的钱也是一分一分攒起来的。聚沙成塔，集腋成裘，她不会说，但若说现在的我还有一份耐得住、沉得下、勤俭不奢的心性，那正是在彼时养成的。蹲下身子往前看，麦秸的确在低凹处和背风旮旯儿一根根躺着。回去填进灶膛，一把一个新火苗，觉着自己立了大功。

眼见草木变红火，心有喜乐，而更大的喜乐在灰烬里。烧熟了饭菜，柴灰余热不能白跑掉，烧红薯吃，拣体形瘦长的生红薯，圆胖的不易熟透，投进炉齿下的热灰堆里闷焐。看似敛心息性的草木灰，骨气依然火烈，半晌饿了扒开火堆，红薯软和温热，熟了。玉米棒，花生果，芋头，土豆，毛豆或豇豆荚，红萝卜，甚至面疙瘩皆可埋入灰堆里闷。红萝卜烧熟后软甜，毛豆荚会憋一肚气，"啪"地崩出来打在我脸上。面疙瘩很有特色，白面发酵后，母亲搦成长条形，搓圆，三寸长的"骨橛"，当红薯来烧。扒出来吹去灰尘，咬一口焦黄的"面骨橛"，有烤馍香，是白面短缺时候的上等美味。白面不常有，玉米面骨橛也可如法炮制，口感爽，味道香，跟蒸的窝窝头相比升了一格。

回忆往事，朋友说草木灰还可焙豆腐干儿，把豆腐切块晾干抹上盐埋进草木灰，一星期左右扒出来，洗掉灰就成了。豆腐不再是柔弱少女，而成刚强少年，多了韧劲，嚼劲，脆劲，鲜劲和香劲，炒、炖、煎、拌，各种吃法，是下酒的好料。我听着新鲜，确已是老旧滋味。这是在家里，若在野外，有比直接在火堆里闷食物更好的法子，用火烧土坷垃，靠土坷垃的余温煨熟食物，先在地面上挖坑，或直接趁着一个低凹处，上面小心垒土坷垃，一层一层垒成圆堆，在下面烧柴，土坷垃烧红后掏出坑中草木灰并迅速封死烧火口，移除顶口小坷垃，由此填入生红薯，这一切都要快，最后用力拍砸土坷垃，闷！玩耍半个多钟头再来扒，红薯熟了，喷香烫嘴，因没有草木灰的沾染，少了灰腥气，味道更纯正。此法，也可用碎石头代替土坷垃，过程虽复杂些，但乐趣也更多。今天这些特殊的烧烤味仅作下酒的闲话了，扒火堆的惊喜，早已老成了童话故事。

黑不溜秋的草木灰，是高温消毒后的圣物，极干净的尘埃，晾凉后，它的碱性本质，除了用来洗涤衣物，还可用香油拌和成糊，涂抹烂嘴角和冻疮，散寒、消肿、蚀恶肉，抹几次即痊愈。还可将新鲜的草木灰直接撒在家畜的棚圈内或植物的叶片上，杀菌消毒，防病虫害。有位老姐说她下乡插队时，农家女子每月来了那事，就用干净的细布袋装些干净的草木灰来对付，吸附性极好，冬天里婴儿尿湿的褓子也可用草木灰吸干水分。茶缸的黑垢，油腻的碗盘，抓一把草木灰擦洗，铮亮洁净，很是便捷。

灯草灰可当茶饮，艾草灰则可和进面粉里炸丸子吃，治咳嗽。这是我婆母的秘法，我常在秋冬季犯咳疾，慢性支气管炎，婆母便将端午节里自然风干的艾叶拿出来点燃成灰，与适量面粉一起搅拌，放点盐，下油锅炸，我觉得高温早把艾的养分烧掉了，可是不，黑乎乎的丸子吃了几次还真管用，若用鲜艾叶炸丸子吃，味泛苦涩，也有相同药效。在南方一些地区，做糯米糕点或糍粑需专门用草木灰澄清过滤后的灰水拌和，采其碱性和异香味，做出的食物黏糯甜软，是当地人百吃不厌的传统美食。

眼下，久居城市的我每每返乡探亲，远远地，在村外就闻见了那熟悉的烟火味，袅袅炊烟，牵引我脚步，闭着眼也能摸着家门。走进灶屋，母亲的笑脸被炉火映得发红，她高兴，我也高兴。兴起时，母亲会说，咱烧地锅吧？我至今弄不清楚，母亲为何总爱在我回家时烧地锅做饭，而不用快捷的燃气灶。我抱柴，她烧锅，我说我来烧，她还不让，说我的新衣裳不禁火星，说话不及就有带亮的草灰落在我肩上，母亲慌忙去吹，去拍打。烧火时母亲总要重复那句不知说了多少遍的话："火要空心，人要实心。"这是烧火的窍门，也是做人的道理。母亲明理还能干，她垒的锅台，火旺，柴火不易冒黑烟，我印象中，母亲常被东邻西舍请去砌灶台。

不论走到哪里，望见炊烟我便想，那是草木的叹息啊，灰粉是草木的灵魂。蓬门荜户因烟灰的滋养也有了与朱门绣户一样的或更浓的草木真味，烟熏火燎味，是人间最原始的生存气息，我恋着那个香味。炉膛内的草木灰，致密的细粉里深藏无尽涵养。

（选自新散文观察论坛）

瓜　秧

王新华

三十几岁以前的日子本人主要是与草为敌。可是，庄稼苗子长错了地方也就成了草。我会毫不迟疑地打掉花生地里的一棵大豆，大豆地里的一棵高粱，高粱地里的一棵花生。尽管那完全是因为自己撒种的时候出手不稳，把它们给扔过了界，丝毫也怪不得它们。可是我还从来没有除掉过长在任何地方的一棵瓜秧。看到一棵像一盏灯一样亮在那里的一棵小瓜秧，我手里的锄头就像黄昏时分匆匆往回赶的一头老牛忽然看到路当中趴睡着一个光屁股的孩子，先是停下脚步，然后慢慢地从旁边绕过去。

这样的季节里，自己的田地里活计不多的时候，我常常会一个人在全村的地片上转悠。可是我一般不在路上行走，走在路上的人都有自己明确的目的，我却不知道自己是要干什么。直着，横着，斜着，我光在庄稼地里蹚。有的人看到了，以为我还在寻找那一年家里走失的一只黑山羊。那只黑山羊早已不在这个世界上了。我的胳膊上还挎着一个草筐。筐大得很，可以盛下所有的东西，却总是空空的。要是在早上，我从头到脚都是水。露水是一道没有边沿的河。河里的鱼我摸不到，只碰到了几棵不会游动的瓜秧。发现一棵瓜秧，我赶紧蹲下来看。看了半天我也不知道它是怎样长到这里的。它现在虽然长出了几条长长短短的蔓子，我也不知道它以后会结个啥样的瓜。是火烧皮，羊角酥，满天星，还是跟个棒槌一样长的老肉扭呢？我只能这样看一看。我不可以给它松土保墒，也不可以给它整理枝蔓，跟它挤在一起的那棵肥壮的野鸡冠菜，也最好别拔。现在，我在这个地方动一指头，这棵瓜秧可能就没命了。早些年的时候我还不懂得这里头的道理，以为一个人在场的东西就是自己的，当下就伸手，或者把它弄成自己的样子。结果是，第二次找过去的时候，花生地里的一棵早已被谁拔掉，太阳也将它晒得惨白，我们面对面，已经无法对话。大豆地里的那一棵是刚刚被人拔掉的，绿透的叶子一点儿都没有蔫，金黄色的小花朵上还趴着一只不知情的蜜蜂。可是，我只能眼睁睁地看着它死。它完全是我害死的。那天傍晚，我不应该在它干裂的根部撒那一泡尿。飞泻直下的水流在干坼的黄土上冲出一个坑（这是一个人者的足迹），也彻底地浇灭了另一个人燃烧着的梦。

那一年的夏天日头毒得很。一天上午我早早收起锄头像一只兔子一样钻进一块黄麻地里，找阴凉。丈把深的黄麻像一片竹林，还像一个青绿的深潭。我头枕着光溜溜的锄把躺在潭底。这时我看见一棵瓜秧。瓜秧不是匍匐在地上，那样不见太阳它早就闷死了。瓜秧攀附一株黄麻，像水底的一棵红菱一样把头浮到了水面上。那株黄麻腰杆有些弯，它的身上吊着一个瓜。由于是吊着，这个瓜青绿中显现着白色的花纹，身子很匀称，像个风韵的女人。去摘，我的手忽然又缩了回来。这是谁的瓜？这个隐秘的地方，不会有外人来过。我知道了这是谁的瓜。因为我知道这是谁家的地。她家的。她的男人开春就出去了，孩子还小。我的脑袋又重新回到横在那里的锄把上。这时我才清楚，在这个隐秘的地方，我是在等待一个来摘瓜的人。在瓜香的抚慰下，我很快就睡着了。睡梦中，那个人悄悄地钻进来摘下她的瓜，然后就像那棵瓜秧一样和我缠绕在了一起。接下来的日子，我天天都钻到那里乘凉。那一天，寂静中一个声音把我从梦中惊醒。我第一次在这里听到声响。我一看，那个瓜不见了。我的心跳了起来。可是不见人。我一看地上，那个香喷喷的瓜，已经稀巴烂了。我等别人的日子，这个瓜原来是在等我。它等得实在困乏了，一打盹儿，摔到了地上。

那一年的秋天，满地的庄稼和野草都在忙着结籽儿。我跟随了整整一个夏天的那几棵瓜秧，却一个一个地找不到了。最后的一棵，长在乌龙港头那一大块红薯地里，已经结瓜了。红薯藤是一步一条根地匍匐在垄上的，平平展展，那棵瓜秧能藏到哪里呢？我问过赵忘了，他是红薯地的主人，他说：从来没有见过有一棵瓜秧。一棵瓜秧天天长在那里，怎么就教我一个人看到呢？那一天，我站在地当中使劲地喊了一声，也没有应答。我相信那一声喊叫全村的人都听到了。（那些一个一个走出去的人呢？）也可能没有一个人听见，因为我也不知道我是在喊谁。那一声，也许就是掠过田野的一阵空荡的风。

那几个日子我们家起花生了。田野里没有几个人，牛好像也没有看到。我和妻子在前面拔，三个娃子在大人的驱使下蹲在后面扒找遗落在窝里的花生。不知什么时候我一回头，娃子们一个都不见了。他们是什么时候跑掉的？我和妻子一脸的茫然。约莫过了一个时辰，我又一回头，他们忽然出现在我的面前。我看一看西边，日头正在往远处的一块高粱地里钻。蛐蛐们也开始叫响，一千只，一万只。今夜里，没有捡起来的花生都将属于它们。于是，我把逼问放进自己的眼睛里，直直地对着他们，等待着他们的解释。可是没有。妮子眨着一双泥巴蛋子眼睛，她看了一下两个弟弟，他们便一起拉下眼皮儿，像一面帘子，很无奈，也很坚决。他们人小鬼大。我上前一步，随即举起了跟这黄昏时刻的天空一样沉重的大手。可是，这只手竟没有落下来。那一刻，我忽然想到：他们是不是在寻找爸爸丢失的瓜秧……

（选自新散文观察论坛）

关于乡村的札记

唐　棣

姥爷与驴

在二十世纪七十年代，驴是马州人眼中的奢侈物；在七十年代的马州，能够接触到驴的人很少，能交易一头驴的人就更屈指可数了。在七十年代的马州，那些关于驴的交易都发生在石榴河畔的牲口市上。我们村一个上年纪的老人曾手戳着一片建筑废料回忆出了这个市集的准确位置。在他的浓重方言里，集市似乎仍平静地杵在菜市和小商品市的外围，或靠树林，或搭河岸的地方。对比我们对乡村集市早些年的繁华盛景，它偏安一隅，又意义别样。

　　一九七二年夏天，马州集市靠河的这个牲口市上出现了两个之前完全不认识的男人，他们结伴而行，窃窃私语，时而严肃，时而开怀。一个身穿的确良上衣，一个嘴是歪的。歪嘴汉子后来止步了一会儿，紧接着又跟上的确良上衣的老头，他一边用那张歪嘴不停说话，一边扭头看向驴叫声传来的地方。老头神情始终保持严肃。最后，他们在一面土墙前站住了，午后的阳光在他们的影子上照出一层毛边儿。驴叫声停止了。不远处一个树上拴着一头驴正龇着牙，朝他俩呼出热气。从那满口的新牙、捋顺的皮毛就可以判断出这头驴之于当时牲口市的性价比无疑是最高的。它的年少和强壮显而易见。它的主人，也就是这时土墙前的歪嘴汉子显然洞悉着一切。自从开市后，他身边总是人来人往。歪嘴汉子的手一直缩在袖筒，眉头在探问的人走后，又放开，而在又一个人把手伸进袖筒里时，迅速紧缩——这一幕被我认为是马州牲口市上最为动人的一幕。这一幕的参与者之一就是我的姥爷。那身的确良上衣在我母亲的印象里一直穿到他去世。在那之前的每一个夏天，这件上衣都会在村里田间出没。我姥爷当时在生产队里赶大车。那次，他受队长重托拿着队里的积蓄去买驴。不是说，手离了袖管，把驴牵走，这事就完了。在那个时候，有的事特别有意思的地方在于它的横生枝节。姥爷买回驴后，每月两次赶饭口到牲口市上，专门请歪嘴汉子到家里来吃酒。土墙前的一遇让他们经历了怎样的一次相见恨晚啊。一九七二年的这个夏天，姥爷回到生产队时已是夕阳西下。村子距离集市一两里路，我姥爷又是上午出发，让人想不通一个寡言的人一下午都在说什么。平时，问姥爷事，一般都是"哦"。征求意见，不同意一般都是"扯"，同意就"哦"一声。由驴的事情引出了两家人的走动。逢年过节，走村、过街多了个熟悉的门可进。生产队长和我姥姥也觉得不可思议。

　　记得我母亲说，她跟歪嘴汉子，叫叔。叔进到村里，见人常说："来看看驴。"姥爷则一脸严肃地感叹："怎么能说看看驴呢?"在场大笑的社员都知道驴是这个朴素的友谊故事的起点。我母亲还说，歪嘴汉子和姥爷拜把子成兄弟的那天特别冷。不料，晚上大雪封门，一堵三天，他们在火炕上又聊了三天。歪嘴汉子后来一走，姥爷再也没有跟家里人、村里人说过一句整话。直到一九七六年七月二十八号，此人死于大地震中，两家断了往来。

袖筒与秘密

在我姥爷买驴的七十年代，交易不仅是易物，也是打交情。一个"打"字里藏着多少力量，在两颗心之间，具体到我姥爷的故事就是，两个袖筒，两只手，十个手指之间了。

现在，我们马州有的地方也把"还价"称为"打价"。据我所知，这个词大部分时候用于口头。而"打指"是一种在我们马州牲口市上的特殊现象。他们把"价"藏在袖筒，掐在手指上，捏七、卡八、钩子九，都是当时的叫法。我经常在想，一说讨价还价只剩俗气，可变成两人袖筒里的秘密陡然就高级起来。由此及彼，再想一想他们杵在一面朝西的土墙前，旁边时而有人路过，或提几只鸡，或牵一头羊，行色匆匆，日上树头，林间鸟飞鸟回，没人注意到他们滑稽的样子，就像手牵手。

乡村集市上的人变得面目模糊，叫卖声变得相近地血腥。很多时候，我在熟悉的地摊前走过，人物已变，从声嘶力竭的叫卖声中，听到的是"跳楼价，大出血""清仓甩卖"。听完，摸摸自己的心，只剩惊悚。

我的记忆里怀念的是："这有一匹好缎子，要不您过过眼？""这书我看了，还行，可以拿一本。"一方面说买卖，一方面说事。后来，买卖就成了事，事里就有爱憎、有心情，越聊越温暖。

以至于后来，一到集市，即使不买什么，我也总是去看看那人，听听他说话，感觉是去见一个朋友。我在乡村集市上结识了很多这样的老人。早几年，夏天赶集，因为人多，到了集市，有点中暑发热，脑子一阵空白，想不起要买啥。于是，穿过人群，在他们的地摊前一坐，说着说着，很多事逐渐清晰了，才道个别，再去买菜买物。现在，我打听到的总是他们去世的消息，或者有的也只是在家养老，没了他们的乡村集市面临着荒腔走板，至少于我心中，那些地方回到了惊人的陌生中。

大事与小事

超市在马州新兴那几年，我曾遇上一个年龄稍长的妇人，身穿名牌，一副城里人打扮，在超市和一个服务员争吵。小姑娘话语尖刻，捍卫价格，妇人誓要打折的样子，看起来有些像泼妇。可是她有错吗？在某种环境下的惯性，促使她忘记这里的空气，是空调吹出冷风；这里的地面是明亮的瓷砖；还有这里的人穿戴一致，言行经过培训，看上去都一样保持着不真实的笑容。

这种尴尬在于我们在应该遗忘的时候，忽然地想起。我周围有不少这样的人，包括我自己，有时拿起一件东西也想问能不能便宜？有时，知道不能便宜，仍禁不住试问。"不能便宜"从售货员嘴里说出，传回耳朵，最初还曾是一种难受。后来，我假装认同这些事。至少在一些地方，假装的人多了，就不再分得清伤害。

一些城里的朋友不能理解我的言论，更不屑于乡村集市。他们看到我买回来的书又相当渴望。为什么不去？我觉得，可能是装得太久了。他们大部分是乡村出身，后来，高楼、商厦、超市揳入他们的生活。其中几个人跟我去过几次乡村集市，却在乡村的朴实面前，显得十分尴尬。

我在回来的车上跟他们说，打价不重要，醉翁之意在乎的是别的。对方好像不懂，我也作罢，干脆不提下次再来。在有些地方数字真不重要。如我的经验里打价买书是数字增减，卖书人非要送我一套书的事又是什么？这样的事情总有发生。还有，姥爷买驴收获了一个能和他说上话的拜把兄弟；姥姥买布不仅买一块布，还学了一件褂子的新做法；我姑奶更厉害，以逛集为主，却经常在集市上扮演包公的角色，处理买卖双方的纠纷……按我城里朋友的话说，这是奇闻逸事，叫人难以置信。

驴与书

值得一提的还有几天前，我们在朋友的书店闲聊，刚好聊到这些如今看起来难以置信的事情。大伙都怂恿我做一个记录。忽然，听一个顾客在柜台前问，能便宜不？当我听到售货员面对"打价"淡淡的回答，特意留意了一下他脸上的表情，和我想象中一样，是有点怅然若失的。不过，他依旧抱着那几本书不肯放手，又摸索了一会儿，才交钱离去。

这与一九七二年夏天马州牲口市旁土墙前的一幕，几乎代表了两个时代，各自动人。我看到他一边走着，一边摸索着那几本书，他是爱书的，他是舍得的，就像我姥爷牵着驴，一边走着，一边摸索着它的鬃毛，彼时看着他们的应该是歪嘴汉子。

（选自 2015 年 8 期《四川文学》）

草木有真意

毕　亮

金骏眉

晚上应酬回来，烧水泡了一杯金骏眉。难得的是应酬时没喝酒，饭后散步回来，天还大亮。冬天总算过去了，吹在脸上的风都与往日不大一样。

水还在烧时，我就已经开始在书架上找茶叶了。茶叶有四五种，往常随便拿一种就喝上了。因为天还亮着，也因为要找归有光的一本书看，顺着选一样茶叶等水开后喝。

见书架上有金骏眉，才想起来好久都没喝了。上回喝还是年前值夜班带到办公室去喝的，因为水质不佳，茶也喝得不爽。书册间的金骏眉仿若重新出土被发现，赶紧泡一杯喝。却怎么也找不到最初几次喝时的感觉。

久住乡下，见识有限，也孤陋寡闻，以前不知道还有金骏眉这样的茶。第一次喝也是去年三月，连续喝了好多回。

初闻、初喝，就被金骏眉这个名字所打动。喝金骏眉也恰逢其时，来自全国各地的五十人在芍药居鲁迅文学院相聚俩月，把酒言欢。谈文学聊写作，分享经历交流经验，不亦乐乎。酒逢知己千杯少，茶遇好友至天明。那时候，酒后三五人围坐在宿舍，喝茶、畅谈至凌晨两三点是常有的事。

喝的茶里就常有金骏眉。刚开始喝时，我不知道那是什么茶，只是感觉和以往喝的茶都不同，茶汤颜色也有区别。因为在座聊天的大多都是资深喝茶者，还有好几位也不嫌路途遥远，随身带着全套茶具前来入学的，我只有洗耳恭听，也不好问喝的是什么茶。反正他们都知道，就是不提。

我不问，但多喝。喝得多了就常失眠，外加从新疆来，时差没怎么倒过来，偶尔不到四五点睡不着。早上七八点就起来，一天睡三四个小时，精力也照常充沛，真是奇怪。莫非是茶之功效？没有细想。

第二回喝才知道是金骏眉，又没少喝。好在是没有课的下午，喝完茶就发呆、抄书、作文，生活总是惬意。好景不长，时间也过得太快，一群人不久后就各奔东西，也很难再凑在一起喝茶。

从学校回来，用稿费买了半斤金骏眉。喝了大半年还没喝完。每次一个人喝都喝得兴味索然。今晚也不例外，索然无味，茶不过三开就倒掉，改喝白开水。

金骏眉，喝到最后是萧瑟。这样的萧瑟不是秋天里麦田收割一空的萧瑟，也不是冬天万径人踪灭的萧瑟。而是聚散后的萧瑟，是夏日叶落的萧瑟。这是从北京回来的火车上，喝着金骏眉用手机随手记的，不想和书架上的金骏眉一起被重新发现。

栀子花

早上醒得早，不想起来就躺着刷微信朋友圈。南京的一个朋友早上分享了一篇汪曾祺先生的文章，是写花的——《碰一鼻子香气》，从栀子花写起。江老的文章写得真好。

一大早即看到美文，不免要美滋滋地一天。晚上回来，重新捡起落下许多天未抄的古文，抄了两篇，又想起早上汪曾祺笔下的栀子花。我有多年未见过栀子花了。其实如此说也不确切，每年花开时，都能从江南朋友的微博、微信上看到花开，仿佛花香也能通过网络传来。

当然，仅仅只是仿佛，她们传不过来。

周末陪爱人去逛花市。这是第一次去，加上无知，那么多的花花草草，我都不认识，纯属去看新鲜。但是花草养眼，值得每周一去。

满眼认不过来的花草中，我还是发现了一盆瘦小的栀子花，花盆小，花枝小，花瓣也不大。卖花之人在耳边不停地推销这花那草，见我眼睛盯着栀子花，改而推销起来，在她口中，所有的花都是好养的，所有的花都是适合伊犁气候……尽管无知，也知道，栀子花在伊犁的气候下，是不大容易活的。即如前两天，我所在的单位在昭苏试种金银花，终于试种成功，花却开得不理想，后来终于作罢。

栀子花自然没买。若不是每年从朋友微博微信中看到栀子花开，我肯定会忘记她的开花时间。就像离家十年来，我已经忘记了插秧的时间，忘记了种红薯的季节……忘记得太多，终于乡音已改鬓毛未衰。

久未回去，或者冬天回去，在万物萧条下，忘记少时门前那几棵栀子花是否还长好如初。那几棵栀子树好像我出生时就有了，但从我记事起她们就长在大门前，每年开一季花，花开的季节真是香飘几里，放学或外出回家，多远就能闻到栀子香。更不用说，就在花跟前的几间风火屋了。

那一段时间，被栀子花香熏得仿若嗅觉都迟钝了，在这样的氛围里生活多年，已成习惯。初来新疆的几年，每到花季还真想念。直至后来到了伊犁，记忆中的香味开始被薰衣草花香替代，一晃已经六年过去。

（选自 2015 年 1 期《格桑花》）

青　草

王海津

青草的味道在山间弥漫，就像村里的孩子在奔跑。

一个孩子生在山里，就是山里的一棵草。那些青青的草，会生长在山里的任何地方。

它们长在路边，甚至还会长到路的中间，任来来往往的人踩着。到了晚上，它们就像没被踩过一样，抖一抖身上的土，继续生长。我猜那是它们对人的依赖，顽皮地跟在人们的脚边。

草长在河沟里，有水的滋润，就长得异常茂盛，那是命好的草。可是，一场雨下过，河水毫不留情地将它们冲倒、冲走。河水退了之后，那些被冲倒的草，眨眨眼睛，又悄悄爬起来；那些被冲走的草，在水里打几个滚儿，不定被淤积到哪里，晕头转向地抓住一些泥土，鼻青脸肿地继续生长。

草们不仅长在路边、河沟，更多长在田边、地头，更混进田里，与庄稼一起生长。于是，庄稼人就只能花费一年中大量的时间在地里锄草。可是那些草说锄就能锄尽吗？锄掉之后，没多久，它们又捉迷藏一样在庄稼的身边探出头来。一代代农人就在庄稼地里年复一年地与草纠缠不清。

这些孩子后来大多变成了锄草的农人，其实在地里锄草的每一个农人，都曾经是草一样生长过的孩子。出生在贫穷的山里是一种不幸，这样的山里只适合草的生长。每一个在山里出生的孩子，都是路边或河沟里随便生长着的一棵草，孩子与草们一起生长，孩子也就像草们一样地生长。

我最初接触到的自然界中的生命，或许就是青草，在我只会爬的时候，就被带到院子里或者大门外、路边，自己爬着爬着，就爬到了那些青草的面前，我用呀呀的语声，不知所以地与它们打过招呼，就伸出了小手。我抓住一株青草，用力拔下，嫩嫩的绿叶上有着细细的白色茸毛，被我拔断的地方渗出清亮的汁液，洁净、透明，一如我嘴边垂着的涎水。我在草丛边爬过，随便抓着那些青草，青草的气息在我的身体里弥漫，这种气息融进我生长的每一天，甚至每时每刻。于是，我的生长，就带有了许多青草的意味。这世界就是这样将如此相似的生命气息融合在一起。这就是一方水土养育一方人的道理。

童年是人的一生中与周围环境最密切的时期，孩子们一边生长，一边将身边的一切都存储在身体成长的记忆里。从一株草、一块石头、一棵树、一道墙，到一座房子、一条路、一道河、一座山，所有的记忆都被牢牢地融进生长着的生命之中，就像一块砖、一块石头、一锨沙土被垒进墙里。当身体停止了生长之后，身边的一切，也就不再那么重要了。

在乡间长大的孩子，是很少有人看护的，不会爬的时候自然不用担心有什么闪失，只是记着按时喂奶喂饭就行，像家里的小猫小狗一样，给吃的就会长大。会爬之后自然就多了许多担心，有时候家里没人，又不能带到外面去，就只能用布带子拴了孩子的脚丫子，另一头拴在泛黄发黑的窗框上。这样，孩子活动的半径就只能在炕上了，不会爬过了头掉到地上。更多的时候，大人下地干活，也将幼小的孩子带到地里，放在路边、地头，任其像小猫小狗一样与青草为伴。

你不知道那些草籽是从哪里来的，甚至在泥土里根本看不到一粒草籽，但是那些草，在一场春雨之后就很茂盛地生长出来，比有人用心播种过都更加葱郁。整个夏天，虽然常常被割了一茬又一茬，但是草们总是生生不息，绿意犹存，直到长出狗尾巴一样轻盈透亮的穗子。这些长了狗尾巴的草，常常连成一片，在斜阳的映照下，草地上浮起一片朦胧的淡白。

大人忙着地里的农活，几乎忘记了孩子的存在。等到从草丛里再把孩子找回来，手里、嘴里、头上、身上，已经到处都是青草了，说不定肚子里也吃进了许多葱翠的青草。

（选自 2015 年 4 期《散文》）

香 椿

沈 芸

"不时不食"，对于民以食为天的我们是真理。今年的元宵、惊蛰就差一天，前后脚。吃货们都是急性子，马上要尝春了，焦（晃）老爷子是北方人，他家阿姨小陈买来香椿，一吃味道不对。他太太晓黎在语音里问我，我本能的反应：时间不到，是暖棚里的，涩苦的，不好吃……老克勒的嘴巴到底是厉害！

我不觉得以前的江南人爱吃香椿，南北现在不分家了。而在北京，春天里吃香椿是件大事情。从前我们住的胡同四合院里，几乎每家每院必栽一棵香椿。我们先后住过三个四合院，在我的印象中，都有一棵香椿树，此外，还有一棵枣树。这似乎是很多老院儿的规矩，"天棚、鱼缸、石榴树，先生、肥狗、胖丫头"形容的是老北京人日子的美满，但这份小日子里是离不开这两棵树的。春天，把铁钩子绑在竹竿上钩香椿芽；秋天，小孩儿们爬到树上打枣，大家忙着在地上捡，那才是四合院里的乐趣。要不然鲁迅怎么会写出"在我的后园，可以看见墙外有两株树，一株是枣树，还有一株也是枣树"的名句？

　　住过四合院的人方才会懂，院子里花木的种植是有排序和规矩的，香椿、枣树之后，是海棠、丁香和石榴，再讲究点，要种棵葡萄藤，当然，如果是我一定要种棵紫藤。所以开春后，老院儿里每天都会有惊喜。清明前后，从树上现摘下来的香椿芽，用小刀儿在后根部稍稍一削，一股香椿味儿直面而来，这样一盘香椿炒鸡蛋，端上桌瞬间就会被抢光。炸香椿鱼儿，在粮油匮乏的时代是道奢侈的菜，面拖香椿芽后用油炸，很费油，而且油温的掌握很要紧，挂糊也很关键，做得好，素菜能吃出荤菜的香。我擅长做一种香椿蘑菇卤，先将香椿切碎，白蘑菇切片，备用；锅中倒油要多些，因为香椿吃油，等油微热后将香椿末先下，煸炒，香椿芽变得嫩绿后放入蘑菇片，一起煸炒，等煸透后，倒入生抽，和少许水熬，入味后，加糖调味，即可。这道菜可以做面浇头，也可以用来烧豆腐，吃得出一股浓郁的春天气息。

　　但是，我爷爷是固执的南方人，他对香椿并没有太高的热情，他不喜欢一切带味儿的蔬菜，不吃韭菜，香菜连看都不要看。相反，对植物很有研究的他，告诉过我一些关于枣树的常识，譬如，他说枣树是最晚发芽的，只有枣树全绿了，春天才算是真正地来，天气不会再冷了……还有，他跟我讲，枣树的根茎是特别发达的，常常会把周围的砖头顶起来，因此，在它周边不要种其他的树，长不好也不易活。下有多少根和茎，上有多少枝和叶，所以枣树一般都长得坚实挺拔。叶圣陶说，教育是农业而不是工业，我爷爷对小孩子也是一种开放的夏衍式教育，从不说教，但这番树木的理论就像是在讲育人，如同他那篇著名的《野草》。

　　晓黎告诉我，有着香椿情结的焦老爷子，今年在阳台上种了一棵香椿树，希望它能活……在上海生活了一辈子，骨子里还是个北京人。

（选自 2015 年 3 月 23 日《新民晚报》）

◎ 杯 里 春 花 ◎

于 坚 随 笔

于　坚

二十四小时

我第一次去这家医院，不知道它有几道门，似乎每道门都车水马龙，看不出方向。

从一道门走进去，才发现是后门。门口就是太平间。太平间门上贴着一个告示，二十四小时服务。死亡不是一小时或者十二小时，而是二十四小时。二十四小时其实是时时刻刻的另一说法。生命绝不会时时刻刻，生命就意味着它有限，会停止，在二十四小时以内。

二十四小时都不消停的，那是死亡。

我从后门进去，出去的时候走的是前门。很幸运啊，我没有从前门进去，从太平间那里出来。我在这家医院只待了一小时。

我买了一台拍立得，这种照相机现在用的人很少。这种相机可以装进一叠相纸，照一次就出来一张照片。

在东京的时候，荒木经惟送了我一张，他拍的是捆绑着的裸女。那时候我还不知道拍立得的奥妙，这种照片的影像是有生命的，它会变色、消失、死亡，变成白纸。就像生命一样。

你拍下一个人，然后他在照片上消失了。你像上帝一样，创造了。然后他死了。

而也许，这个被你拍的人还活着，只是一幅照片死了。

想到这里，后心有点凉，赶快找出荒木几年前送我的照片，它还没有死。

那位裸女被绑在一棵树上，微笑着。

手机断章

那种叫作手机的假肢已经安装在人类身上，我们因此集体成为残疾人士。这幽灵如今像战争中士兵用来与敌人同归于尽的炸弹那样挂在腰间，藏于手袋、衣兜，有时离心脏只几厘米，须臾不离，就是用餐或方便也要带着。手机一响，一切中断。会议中断、恋人絮语中断，少有人敢不接听。一只戒指就是戴上二十年，依然潜伏着喜新厌旧的危机。手机却不会，它陪我们直到临终。

他丢失了手机。追命般地到处找，沙发下面、卫生间、厨房里、垃圾堆、鞋腔里、被窝里……他像是在被绑匪脱光了扔在孤岛上那样绝望，一切的联系都中断了，像原始人一样一筹莫展。后来手机在一只袜子里闷闷地响起来，世界回来了。

秋天的傍晚，大雨滂沱。他在暴风雨中一边狂奔一边捂着手机接听来电，仿佛被割了一刀，耳朵就要掉下来的凡·高。闪电、暴雷，天神的愤怒也不能使他放下手机，或许电话就是天神本人打来的。无线网络在气候的干扰下乱套了，把电话接到了雷的嘴巴上。他无法放下手机，他听过那么多的喁喁细语，现在听见了风暴。

全世界都在谣传这条猪舌头从语言的胃部切割下来后，就一直在暗中囤积着什么。它一声不吭，它从语言的库房里盗走了数吨语词却一声不吭。冰箱般地在高温的夏天坚持硬化。这狗日的像视死如归的俘虏似的一声不吭，上帝的地址我知道，死神的地址我也知道，我还知道它们下台和上台的时间，但就是不能告诉你们。"你的手机已欠费。"

死神的电话号码我以为是"0"。拨了一个过去，响到第四声，它接了。传来一个经过严格训练升级换代已经僵硬的普通话女声：您拨打的电话号码是空号。

有时候也不一定就是"0"。888899996666 之类的一长串吉祥如意颠鸾倒凤的数字拨出去，回答是：您拨打的电话号码不在服务区。您拨打的电话号码已关机。您拨打的电话号码是空号。

死亡也是姗姗来迟。等你从1拨到9，步步逼近，然后挂掉。

春天的第七日，我的手机响了。我听见翅膀拍打云彩的声音，听见数千只鸟的啼叫。于是我向天空走去，必须有翅膀才可进入的禁令现在取消了，我走进了天空。这不是童话或者虚构，我确实有过这样的体验，我走进了天空，当手机响起，我走向天空的时候，差点被一辆从云里驶来的卡车撞上。

树叶泡过的水

茶很慢。更讲究的还要选水，并非什么水都喝得茶的，古代为了喝茶远足去找水的不是没有。水沸，泡茶，茶叶慢慢地散，叶瓣一片片张开，像向下开放的树。要等到茶色出来，水稍凉。品一口，而不是一口喝光。品有三个口。更慢的是，一杯两杯茶喝下去，身体没什么反应，舌尖上有点味道而已。什么道，非常道，说不出来，品吧。茶喝上十年，天天喝茶的结果是看不见的，也许你面色看上去很滋润，那也说不上与喝茶有关，大多数天天喝茶的人，脸色看上去也只是正常，天天喝水也是这个样子。但有一点，喝茶需要工夫、时间、经验，不是说喝就像喝可口可乐那样扭开盖子立马可得的，要有个过程，要等一等。喝茶的过程就像一个仪式，必须慢下来，心急喝不得热茶。有事情去找人，飞身赶到，人家说坐下来喝杯茶再说，那个意思是让你安了心，才好说事。喝茶要有个歇处，家里、阳台上、老树下、花园里……在路上奔波着的人是不喝茶的。以前人力车夫喝的大碗茶，那是解渴，用的都是草药，薄荷般的清凉什么的。为什么说茶是文化，不说喝水是文化？茶不是用来解渴，而是清心的。清心是很玄妙的事，无法衡量，你觉得清就是清，别人觉得你没清，你也说不清，清心是说不清楚的事。茶很具体，叶子、水、火、茶杯、舌头……心很玄乎，羚羊挂角，无迹可求。茶叶、水，是形而下，大地、自然、原始。茶是形而上，道法自然，天人合一，清心寡欲（寡做动词用）。喝水只有"天"，直接作用于身体，不养心。喝茶是"天""人"的遇合，虽说茶水也是水，树叶泡过的水而已，但此水不是彼水，可以清心了。茶不是物，也不是心，它是天人合一的茶。茶这个字，只有中国有，它的意思绝不是英国人喝的红茶，也不是日本人的茶道，前者是唯物主义，后者是观念。

　　清心之人，必是在家之人，心安之人。心安才可以清。没有家，就没有安身立命之所，心不安，就谈不上清了。曾经看过一部阿富汗电影，有个镜头印象深刻，白发老者背井离乡到处奔波，因为喝不到水，路上肾结石发作，小便出不来，痛得死去活来。这个电影里面没有茶。有家才有茶，茶是"人闲桂花落"之类的东西。日本人悟出茶与道相关，茶里面有道。道是要靠心去体悟的，茶将道物化，你可以通过体验、经验去悟道。养心才可以悟道。喝茶是通向道的一条小路。道与真理不同，真理要追求、分析、学习，不喝茶也可以获得。道不行，需要体悟，道总是在当下，在世界人生的现场。中国文化讲究的是入世，"生，好物也；死，恶物也。好物，乐也；恶物，哀也。"（《左传·昭公二十五年》）茶则是对这种世界观的一种当下反驳，瞬间的疏远、叛离。树叶和水泡出来的诗意，一杯下去，超然物外，淡泊忘机。真理可以总结出来，脱离具体人生，广为传布，放之四海而皆准。道不可说，无法学习，只可体悟。喝茶不是学习，是生活，把玩，而道在其中。悟道的说不出来，只是品茶，再品茶。最好的茶泡出来没有多少颜色，看着是清水，喝起来有味道，这是茶的最高境界。日本人对茶诚惶诚恐，但升华为茶道，喝茶就成了对真理的追求，所以日本的茶道看上去，总是嫌做作。喝茶讲的是人皆可以清心，人皆可为圣人嘛。每个人都可以泡，修敬无阶。茶道却将喝茶变成茶道大师的独家专利，学习什么茶道，像信教一样，还怎么喝？

　　咖啡是快的东西。希腊语中"Kaweh"的意思是"力量与热情"。咖啡激发的是入世的活力，一杯喝下去，马上精力回来，不再瞌睡。我在欧洲，因为时差关系，白天要不瞌睡，就得一杯一杯喝咖啡。咖啡是立竿见影，喝下去身体立刻有反应。所以咖啡最适合于带在路上用。另一部电影，里面有个镜头，一个昏昏欲睡的士兵在战壕里面泡杯咖啡仰头灌进喉咙，立即开枪。在战壕里茶是不可想象的。那位马拉松运动员跑得大汗淋漓，递给他一杯热气腾腾盛在青花瓷茶杯里的龙井？恐怕不行。

　　至于巴黎人将咖啡喝得像茶一样，小口小口地啜，一杯要啜一下午，咖啡因的刺激性被时间解构了，只剩下品味。也是道。

（选自 2015 年 5 期《散文》）

深夜的火车

陶丽群

　　其实铁路离我居住的村庄很远，我只到过一次，就再也没有兴趣再次拜访它了。其间要跨越一大片稻田，一条二级路，还有很多座长满矮灌木的红土坡。第一次看见它时，我站在两条瘦骨嶙峋的铁轨旁，感觉它并不比父亲那两条瘦黑的胳膊对我更有吸引力。我站在那里，失望地张着嘴巴，像个傻子那样看一些草屑沿着铁路向远处飞舞，仿佛那也是它们的轨迹。除了风，草屑，我，二月份灰蒙蒙的天空，以及四周可以伸手捉得住的空落落的孤寂，再也没有别的了，连一声虫鸣都没有。风一阵缓一阵急，像一个个看不见的人从我身边走过，顺便掀开我的衣角、我的领子，我感觉有一股凉气从我的脖子和小腹同时往胸膛上窜，使我的胸膛一片冰凉。我忍不住打一个冷战。

　　两个月前开通那天，我亲眼在电视上看见一群穿西服打领带的人，簇拥在一列门脸上挂一朵家里洗菜盆那样大的红绸花的火车前，对火车上的人们挥手，像送别远行的亲人。旅客们满面笑容坐在明亮的车厢里，镜头甚至对一对穿婚服乘第一趟火车旅游的新人进行特写，他们脸上的笑容，很多年后我依旧记忆犹新。我记得我坐在家里的黑白电视机前，跟着电视里洋溢的喜庆气氛激动好一阵子。

　　我在风里蹲下来，触摸那两条滑腻铮亮的铁轨时，像摸一截冰凉的骨头。它们被扔在荒凉的郊野，远离村庄和人群，孤独而倔强地伸向昆明，以及南宁，因此它叫南昆铁路。我们的村庄在南宁到昆明的路段中，从我们的村庄可以去昆明，也可以到南宁。我们村的人绝大多数时候是去南宁的。到南宁后可以下广东、上北京，去任何一个能挣钱的地方，仿佛除了村庄之外，任何地方都可以挣到钱。南昆铁路开通于 1997 年 12 月。我在 1998 年 2 月一个灰蒙蒙的下午，失望地转身离开孤单的铁轨。

我从没留意过在我们的村庄里，其实可以听到火车穿越而过的声音。那非常不容易，需要机缘和巧合。白天听不到，太闹，一声狗吠或鸡啼都能把刹那而过的细微而有节奏的车轮和铁轨的撞击声覆盖了。春、秋、夏的夜晚也听不到，这些季节的夜晚太华丽了，花开和花谢的声音也能泯灭那缕细若游丝的声响。贪睡或睡眠太好的人，则可能永远不会知道，村庄里会有火车奔驰而过的声音。

开始熟悉夜晚的声音，缘于失眠。我不知道这东西如何找上我，到了后来，到底为什么而失眠，我已经忘记了，渐渐习惯了它。它除了使我面容枯槁、毛发黯淡，倒也没给我带来多大的麻烦。我开始对夜晚格外敏感起来，风吹草动，误闯进房间的蝙蝠振动翅膀的声音，不知道从什么地方传来的一声莫名其妙的叹息，都被我收进清晰的脑海里。为了打发时间，我还会花一点心思想一想，吹的是什么风，会不会下雨，蝙蝠到底找到出路了没有，需不需要开灯看一看那声叹气是怎么回事，谁和我一样在深夜无眠。我屏住气息，仔细聆听，认真思索。思绪在黑夜里像野地里的植物一样滋生蔓延，每根触须敏感捕抓黑夜细微的变化。

然后我听见一种奇怪的声音，夹杂在黑夜很多细微的声响里，模糊的，有节奏的。我听过很多关于村庄里的声音，鸡鸣鸭叫，狗吠猪嚎，孩子挨揍的咒骂声，女人被打的哭叫声，风吹动门，雨敲打瓦片，镰刀的口刃割断稻秆，母亲在后院淋菜，柴火在灶膛里被烧得噼啪爆响，这些我都熟悉，这些声音是村庄的交响曲，渐渐上了年纪后，它们在我生命中越来越频繁地奏响。

然而我从来没听到过这种声音，我仔细回想村庄里的各种声音，最后确定，这种声音并不来自村庄。它们和睡眠一样，离我很遥远。我想用村庄里我所熟悉的声音来给它打个比喻，然而怎么也想不出来。很多年后，我听到了空调外机的声音。空调外机悬挂在屋外的墙壁上，隔着厚实的墙壁和紧闭的门窗，在屋里只能隐约听见一阵阵沉闷的嗡嗡声。这种声音让我想到了那个深夜在村庄里听到的陌生声响。假如真正站在铁轨旁边，看见火车从眼前行驶而过，空调外机的声音无论如何都不能和火车轮撞击铁轨的声音相提并论。那个深夜，火车声从遥远的地方一路走到村庄，要经过一大片稻田、几条公路、一些并不深的沟渠，然后走进村头的晒谷场，踩着有人也有牲口脚印的街巷，来到我的家门，还要小心不吵醒看家的狗，爬上楼梯，挤进门缝里，抵达我聆听暗夜的每一根神经。它一路磕磕绊绊，走疲了，失去原本铿锵明快的节奏感，像一个走很远的路来到的亲戚，亲切的笑容和打招呼的口气布满风尘和倦意。

那些夜晚，这种陌生的声音一直在差不多的时刻来到我的房间，有时候早半个小时，有时候迟个把钟头，来去匆忙，持续差不多三分钟后，我再也捕抓不到半点关于它的踪迹了。那是临近春节的一段冬夜，我已经毕业并离家千山万水讨生活去了。春节前，我把一年该休的假放到节前休，连春节假期一起，差不多有二十天的时间。我想让母亲多得几天和我待在一起的时光，尽管我不是很惦记她，但我知道她需要我。

白天，我在村庄里走着，想找一个人来询问关于夜晚那陌生的声音。但所有的人都脚步匆忙，急匆匆地像赶着要去做一件火烧眉毛的事情，没有谁愿意放慢一下脚步。其实他们并没有什么急事。临近春节了，土地也和人们一样，想在年末时歇一歇，放下一年中的操心和疲劳，趁着还没有开春，多睡几个沉实的觉。他们的手里提着一把镰刀，要到村外的地里去割回一捆猪菜，或者提一筐灰烬，撒撒刚割过的韭菜地。其实他们可以走得慢一点，脚步放清闲一些，但除了一声照面的招呼，谁都不肯多说一句话，埋头赶路，像是满怀心事。我不好意思打搅他们的行路。我带着困惑在村庄里转着，也许那些声音能在村庄的某个角落留下一些可供我参考的蛛丝马迹。然而我什么都没发现。坍塌一半的矮墙依旧无人问津，村里的狗也没比往日多叫嚣，猫更令人失望，蜷缩在朝阳的墙根下晒太阳，甚至扯起不小的呼噜，老鼠吱吱叫着从它的跟前散步似的走过，它却睁一只眼闭一只眼。只有我一个人焦虑万分，为村庄里突然多出的一种陌生声音。

这种声音一直陪伴着我把年过完，我还是没找到它的出处，离村庄有多遥远。大年初十，大姑提一对粽子来我家。她有事情求我，二十二岁的表妹要搭乘半夜两点四十从昆明开往广州的火车，想叫我做个伴，陪她送表妹到火车站。我答应了。我觉得不应该拒绝一个亲人在寒冬夜晚的请求。

夜里十二点五十，大姑在我家楼下鸣一声三马仔喇叭，我便摸黑下楼拉开门闩，母亲在黑暗中一把拉住我，塞给我一塑料袋沉甸甸的东西。

粽子、米花，给你表妹带上。母亲简短地说了一句，我便出门了。大姑开着三马仔，表妹坐在车后厢，我在三马仔的车灯下爬上车后厢，和表妹面对面坐着，然后把母亲给的袋子递给她。

那晚风很大，湿冷，迎面刮来使人的面皮有种隐隐的疼。大姑戴着手套和毛线帽，一张脸被一副口罩遮得只剩下眉毛眼睛。我们都没有说话，三马仔奔跑的叫声打破村庄夜晚的宁静，我们出了村上四级路，然后又拐上二级路，绕过环城道，朝火车站的方向行驶。路上很少有车，一路的冷风和清静。表妹侧着头，看大姑开三马仔的后背。大姑穿一件天蓝色的羽绒服，粗壮的腰身裹在厚实的衣服里，像一截硕大的木桩。我的姑父是个想起来就令人闻到药味的病人，和我大姑生下两个女儿后，似乎只忙着生病了。我的小表妹四年前离家出走，大表妹，如今正往一条令人担忧的打工路上走。我不知道此时大姑有什么样的心情。上了环城道后，路灯渐渐多起来，我看见在晕黄的光线里飘着一些像线头一样的绵绵细雨。

火车站离村庄很遥远，这是我第一次到县城的火车站，算一算也该有十来公里吧。火车站前的小广场空无一人，我们的三马仔像一个蛮横的入侵者，突兀的声音把淡白色的灯光搅得越发孤寂。大姑在广场前熄灭三马仔，下车帮表妹卸下拉杆箱后，自己蹲在车后厢的排气管上暖手。大姑在黑暗里向我解释，这个时候上车，到那边是明天下午，你姑父的侄子刚好下班，能接人。然后我们进了火车站，三个女人靠得很近，彼此能感受到身上的外套所散发出来的呛人的寒冷气息。

我们三个人在火车站里候着，谁都不说话。比我小四岁的表妹看上去像个初中生，遮到眉毛的刘海被寒风吹得凌乱不堪，我伸手帮她把刘海抚平了，她朝我笑笑，稚气未脱的脸被寒风吹得红通通的。大姑久不久望一眼进站口墙上的电子钟，时针从一点半走到两点半了，火车站依旧静悄悄的。到两点五十分时，隐隐的，我又听见那种陌生的声音。我仔细辨认，没错，是它。我在寒冷的空气中打了一个激灵，有些疲惫的神经也变得兴奋起来。我环顾四周，想分辨它是从哪个地方传来。然而那声音太微弱了，被夜风吹乱了方向，而夜太空旷，它像空气一样弥漫在黑夜里。

大姑又一次整理表妹的拉杆箱，其实箱子很结实，表妹还在两端的拉链处加了把铜色的小锁头，她把拉杆拉起来。

火车来了。大姑说。前夜两点五十到，昨夜三点十五分，今夜也得三点过后。

十五分钟后，火车带着一身凛冽寒气咆哮着从黑夜而来，在这个小站仅仅停留两分半钟，表妹迅速上了火车，在凌晨时分把自己隐匿进一截黑乎乎的车厢里，像一个虚幻的梦。

我忽然有种想哭的感觉，为在深夜里离散的亲人，为深夜里孤独奔跑的火车，以及半夜里倾听火车声的人。

（选自 2015 年 9 期《广西文学》）

錾 磨 师 傅

耿　立

在这黄壤的平原深处生活的人，早晨或黄昏时候，谁没见过背着錾子褡裢的石匠，从村外如草绳的路上走来，苍老，深邃。

就有一天清晨，驴子在磨道一踏，一踏，一踏，四只蹄子仿佛要走碎那寂寞。有了褡裢的叮当轻轻地操了异地的方言在说：该洗磨了，让驴子也歇歇蹄脚。父亲一边用高粱秒子扫帚扫磨盘上的碎颗粒，一边应承：吁！驴儿就住了踢踏，一副谦和的模样，眼睛被布蒙着。

这是一个平原里的人都熟悉的石匠，一年总有几回从村庄走过。他走过来，把褡裢从肩头一甩，锤子錾子互相碰响。父亲与石匠就在驴子前的空地上，各自提下裤裆，蹲下，互相递上纸烟，霞光的斑斓里有了剪影般的影子，映在磨道边的屋墙上。辣辣的烟雾弥漫着，很浓。

天到半下午，太阳的光减了力量，在阴凉里就有点冷。錾子和锤子单调的闷音叮叮当当响。磨盘上，錾子沿着原先的槽子，一点一点地拱。石匠师傅全然不在意我的存在，哼起歌子来：

"怀揣着雪刃刀，怀揣着雪刃刀，行一步，啊呀哭，哭号啕，急走羊肠去路遥，天，天哪！且喜得明星下照，一霎时云迷雾罩。"

这曲调很熟悉，像平原的《大锅缸》，节拍沉郁慷慨，虽然是在师傅的嗓子眼里，但呼出的气却有一种破笼而出的挣扎，在叮当的錾子里穿行。

"疏喇喇风吹叶落，听山林声声虎啸，绕溪涧哀哀猿叫……"

在师傅的眼窝里，我看出了水珠，汪汪的，本是干涸的松皱的眼袋忽地明亮。

我问唱的什么？他放下锤子。"《夜奔》。"

"《夜奔》是什么？"

"就是夜里走路到梁山。逼得夜里走路。"

梁山，在我们平原的边缘上。父亲告诉我，在天晴的时候，能看到山影的，要是走着有一天一夜的路程。我总怀疑父亲的说法，但父亲到梁山换过地瓜干，却是确实的。但为何成为"夜奔"，我还是不明白。师傅说，大了，有了识见，就会明白。

"俺啊！走得俺魂飞胆销，似龙驹奔逃。呀！百忙里走不出山前古道。"

在师傅静静歇息的时候，我就拿出一枚光光的"老鸹枕头"，像珍宝似的给石匠师傅看。在平原的深处，孩子们没有多的识见，谁要是有一块奇异的石头，就会放在书包里，拿到学屋，就如拿出了山的一角。

师傅接过石头，拿起对着太阳一耀，里面就像是鸡蛋的内黄，红红的。看我对石头这样地神往，他答应下次再到我们村子的时候，给我捎来一块"化石猴"。

我问师傅见过山吗。他笑了，说他就从很远的深山里，在农闲的时候到平原来，凭着手艺叮叮当当地挣钱。在我的眼睛里，师傅是见过世面的人，很神秘，那一錾一錾的有节奏的声音，也像是魔力和韵调。

师傅说，大山里有一种不用驴拉的水磨，有水闸，有木轮子。早晨，把闸门一提，那蓄积一夜力量的水，就前赴后继地拥着爬上那木轮。师傅说木轮奶大。我在师傅的出神里，能感受到那水磨，在四面都是褶皱的山坳里，像流淌的山歌一样。

平原外的一切是什么模样？师傅问我想跟他走吗。

"想！"

"为什么呢？"

"天天吃煎饼。"

师傅放下錾，把锤子放到磨盘上，"孩子，你还小。"他摸着我的头顶说。

"大山不好吗？"

这一问，好像捅到了师傅的苦处。他摇摇头，"你还小，哪里都有作难的时候啊，大了，等你见到山，经历了，就明白了。"我感到师傅的话极深奥，就想他许是不愿意带我去看山看水磨。

我有点想哭，就缠着他，让他等着我，等我长大了，到山里去找他，师傅乐了。

"也许等你长大，我就要入土了。"

听了这话，我心里更紧了。他要是入土了，山里我可不认识一个人了。我急急地说："死不急嘛，你等我，我大了，见到山，你再死。"

师傅又乐了，他答应我，等我看到山，他再死。

"你家住哪里呢？"

这个问题好像是对我对他都同样的重要。

"褡裢錾子就是我的家，哪里有磨哪里就是家！"

这下可麻烦了，天底下哪里没有磨啊？有磨坊的地方就有师傅，天下能洗磨，把磨钝的石磨一錾一錾，像重新绽开的牡丹芍药那样美丽的师傅也多了。

"那等我长大了，还是找不到你啊！"

"等你长大，我来接你！"

父亲看我如此的样子，就说拜石匠做师傅，将来能拿动锤子錾子，可以背着褡裢的年纪，就跟着师傅到平原外走动。于是，我恭恭敬敬地叩了头。父亲打了酒，杀了一只鸡，配上从地里摘下的还有黄花的黄瓜。

第二天师傅走了，我和父亲送他到村外的土路。一个光光的脑壳，一个褡裢，一把錾子叮当着远了。看见师傅走得更远了些，我喊了。细细一声"哎——"平原的回音很长，师傅回头一下，也"哎"了一声。后来那褡裢一闪一闪地摇起来，那光的脑壳就越来越显得小。步儿也像慢了许多，叫人感到那路就是人一世也走不完。天大极了，人小极了。平原好大啊。

这以后的日子，师傅在霜降的时候，都会来我们的村子。一次他真给我带来一个"化石猴"。这是一种薄薄凉凉、其貌不扬的灰白色石头，光滑椭圆的身上浅浅刻出几条线，就成了猴模猴样的脑袋瓜和狗儿一样上扬的尾巴。我把它和"老鸹枕头"放在一起。其实，我问过老师，他也不知道究竟是叫作"化石猴"还是"画石猴"。但它和师傅一样,平添了我对外面世界的神往。

　　每次师傅来的时候,总不会空手,带一些平原不常见的物件,煎饼、山核桃、榛子……他从褡裢里掏出那些东西的时候,总会说"我的小徒弟"。我发现师傅十分珍爱师徒关系,在学屋里,我曾比较老师和师傅,觉得老师不会给我带来平原外的神奇,而师傅说,等我大一点,他就会给我打一把錾子和锤子,和他到平原外走一走。

　　师傅多大岁数了,我不清楚,但每次看他到平原的小村来,皱纹总深刻了许多,眼睛要眯缝了许多,光光的脑壳上,一些稀疏的发,在褡裢的衬托下,黑的更黑,白的更白。

　　也许,师傅给我的是平原外的牵挂。我把师傅当成了一种心里的依靠,谈起师傅,就谈起水磨,谈起很远的山。师傅到我们村子来了,又走了,我会几天激动得睡不着觉,半夜起来,常想着磨盘该錾了,什么时候的黄昏还会响起叮叮当当的声音,那时的黄昏也像有了诗意,被錾子声淹没的黄昏不是普通的平原的黄昏。当师傅走了,我会站在村外,看到师傅的身影变得越来越小,直到一个小黑点,最后,连褡裢也变得和平原的天地成了一体。

　　有一年,到了霜降,师傅没来,到了寒露,师傅还没来,村子里的几家磨都钝了,变得暗哑。我心疑师傅是否年纪大了,在不知哪个路口走着走着,就跌下不再起来。贴近年关的时候,我在村外看到了一个背褡裢的人,像是师傅,走近,却是另外的模样。他告诉我师傅死了,在一家的磨道里,拿着錾子,忽然一放锤子,一口气没上来,走了。

　　我听了,伤心地哭了起来,平原外牵念我的人走了,我对平原外的牵念也减了许多。我常想,也许,收我做徒弟,他本身是不当真的,但他对一个平原孩子的爱却是十分珍重的。也许师傅有许多的苦楚,我想到他第一次不自制地在一个平原深处的孩子面前唱起《夜奔》。后来,我在空余时,喜欢起篆刻,工具也置备齐全。我有一个愿望,哪天就刻一方肖像印章,内容是林冲在雪夜,斜背着长枪,枪端处,挑着的是酒葫芦,也是天黑得紧,雪也下得紧……

(选自 2015 年 1 月 14 日《人民日报》)

最初的甜，最初的咸（外一篇）

绿　妖

　　说起来有些大不敬，关于奶奶的回忆，大部分都与食物有关。在我小时候，人们对食物仍抱有深深敬畏，因为曾经短缺过，刚刚温饱中，将来会否短缺仍是未知。那种神经质的敬畏使我的童年、少年记忆都紧紧跟食物做了链接，也让我长大后看到余华的《活着》与《许三观卖血记》为之震动。活着、血液、食物，我想不出有什么比这些更卑微更基本，更包容一切。

　　奶奶有五个女儿，两个儿子，最大的女儿比最小的女儿大十几岁。那一辈人，刚开始是提倡做"英雄母亲"，不过是添双筷子的事情，养到中途觉出生活艰辛时，已经没有退路。爸爸还小时，爷爷在外地工作，奶奶一个月靠他二十几块钱工资带七个孩子生活，应该是日子不易，大家庭家长脾气难免不好，妈妈说，我爸长到十好几岁，还被奶奶一巴掌打得鼻血长流，并且喝令"不准哭"。我爸把血擦到门上，奶奶看污了家具，更加追着打出家门。我相信她的话，因为小时候，奶奶打我的回忆也还清晰。有一次我被打到离家出走，躲到离家几百米的池塘旁边的杂草里——夏天，阴湿的池塘草丛里净是蚊子，我半蹲半坐，一边哭，一边拍着蚊子，直到我妈到吃饭的时候把我找了回去。

　　我小时候跟爷爷奶奶住，因为不胜我夜哭频繁，奶奶每次给我含一颗糖入睡，在那时，糖是稀少的，每晚一颗糖，足够收买我，我想念妈妈的号哭化在糖水中，侵蚀了满口牙。奶奶有很多种糖，看到《孔雀》里分糖的情节，我恍惚想起来她房间里那些美丽糖罐，宁静肃穆地放在窗台上，大白兔奶糖、酥糖、水果糖、芝麻糖、麦芽糖、糖果子……炎热的午后，我趁她去后院浇花，吃力地爬上大床，掀开盖子，屏住呼吸掏出一颗糖……这个味道和跳到要炸开的心脏一并成为记忆里一幅水墨画。

　　既然说到童年，奶奶的大床也是水墨画里另一处风景点，每次回忆不论如何兜转，总免不了回去那里。那张床好大，木头呈现出沉沉乌金色，靠墙的两边修有木靠，下床那一侧有木档，四个角有手扶的柱子，上面一年四季都张着暗白色蚊帐，在四五岁的我的眼里，那张床简直巨大如一座城堡。一开始我需要人抱上那张床，后来我长高了，可以自己爬上床偷糖吃，再后来那张床对年纪大了的奶奶来说过分高大，转送给上初中的我睡——第一天睡完起床，迷糊里几乎摔个跟头——那张床还是很大，放一个我、一堆书正合适，这比一切事情都更让我心醉神迷。

如果你一定要知道那张床的下落，好吧，若干年后，它看起来坚固厚实的木头无法支撑我生长中的身体，在一次睡梦里轰然塌陷，和大白兔糖及其他东西一样，消失不见。

说回来吃。中学时，每天放学路过奶奶家，正发育，饿得穷凶极恶，必须先去打个尖，不然好像就要暴毙中途。吃的，不外是咸菜、烙馍，偶尔会有一个煮鸡蛋，爷爷喝酒，会买卤鸡肝、卤豆腐片——食谱里有这些尖货时，我对食物已经没那么穷凶极恶。而我像个饿鬼时，最常见的，是咸菜，随季节变化无穷。

冬天是花生辣椒酱，春天是韭菜花。四季常备是大芥丝。芥菜茎切丝，芥菜种子可磨碎制芥末，芥菜丝也辛辣呛鼻。吃的就是这股又辣又脆！空口吃也好，就馒头也好，拌面条也好。大芥丝，是我奶奶的绝活。童年没有这个，真是不知如何是好。

后来，我到外面上学，每次开学前都要去爷爷那里，他和奶奶给我装咸菜带走。他们是老辈人，觉得学生出门，一定要带咸菜或干粮。直到有一年，爷爷沉默一会儿，给我一百块钱，然后说：你走吧——那个时候，我忽然，忽然间意识到奶奶真的已经去世了，要不，不管她多大年纪，不管她是不是病得起不了床都会打电话让姑姑或爸爸来给她做咸菜的。

我攥着一百块钱，在街上，走着哭了一路。

我从小跟周围格格不入，在亲戚中是异类。孤绝感一直都有，靠读书缓解。视朋友为自己挑选的亲人。因为精神上的契合太难得，得到了就觉珍贵。

再成长，被我漠视已久的另一种感情时时兜回心底，等待我去理解。就如奶奶，无疑她在精神上毫不懂得我，生活中，她对女孩偏严苛，小时候我不觉被疼爱。可是写到她，记忆里这一点一滴，人生中最初的甜、最初的咸又是什么？作为生命的初始值，它是我的源头，无法用简单的爱或不爱、好或是坏来判断。一蔬一饭，百味交集，长如流水，抽刀不断。亲情，大概就是要被误解的。

我在吃上非常随意，连别人嫌弃的旅行社团餐，都能吃得兴高采烈，连声称好。唯独在咸菜上，口味很刁，别人赞不绝口的，买来尝尝，总不由怅然：我吃到过更好的。

但是再也吃不到了。

盛宴不再的春节·2015 回乡速记 1

从小到大，春节都是兵荒马乱的盛宴。

爷爷有五个女儿，两个儿子。大家族一到春节，比平日还更加忙碌。初二所有人都回爷爷家，爷爷去世后，改为我们和婶婶家联合请客；初三到初七，轮流至一位姑姑家拜年，几十口人在这几天走马灯似的见面。拜年罢，中午家宴，吃完酒饭，留下成两桌麻将，打至天黑，再吃顿晚饭方才散去。午饭至少是两三桌，每桌几冷几热，几荤几素几个海碗，都有规格。若在我家，吃罢饭，得用澡盆洗碗。吃饭时座位不够，小孩只能站着吃。

不知从哪年开始，家宴过时了，有人率先在饭店请客。勤劳简朴一辈逐渐变老，年轻人不再有耐心整治出几十口人吃的。手头的宽裕也使社会分工得以推行。一个家庭主妇或主夫不必然是一位大厨，在家洗一澡盆碗碟的行为不再代表勤劳简朴，而被视为抠门。渐渐地，所有春节聚餐都改在饭店。又因为春节放假，只有不需要大厨的火锅店还开着，好几年中，每年春节从大年二十九一直到初七，每天都在吃各种火锅。

如今，表兄弟表姊妹们纷纷结婚生子有了自己的家庭关系，不能从初二到初七都用来家族聚会。从前年始，有人提议，能否改改传统，不再组织大饭局，自由组合。在家族中平素温和的父亲拒绝该提议。今年旧事重提，方案是每个家庭凑钱，初二给奶奶上坟、初八为爷爷上坟后分别一聚，其他时间自由组合。大家没有响应也没有反对。初二，上完坟，老规矩，我们和婶婶家联合请客。初三，直到中午，仍然没有一位姑姑发出饭局通知。新规矩在不知不觉中已推行。盛宴不再，这个春节，过得十分安静。

我回忆起从前的春节家宴，男人跟男人说话，喝酒抽烟行酒令。女人们聊天，互相瞅着对方又穿了件什么新衣裳。孩子们一起玩花炮。这样的聚会自有其仪式感。再说从前的礼物：比如元宵节，就到隔壁做了一辈子元宵的小铺里买几包元宵，白色的汤圆圆滚滚地垒成矩形，麻黄色牛皮纸包好，顶端衬一张长方形朱红色的纸，以细麻绳扎好。一包称为一封，包两封拎在手里，是有美感的一份礼物。春节的礼物还可以到点心铺挑些"馃子"，多为各种蜜饯、糖渍点心，也是如上包装。糖渍点心是油炸面点，小小的，空心的里面一壳琥珀色糖油，外头一层白色糖霜。糖油从黄纸里微微沁出来，氲出图案，带着令人兴奋的甜蜜。"馃子"这种叫法在别处不大听到，后在《红楼梦》中看到，十分亲切。再查资料，它在宋代文人笔记中也曾频频出现，原是古语沿用至今。随着爷爷的逝去，"馃子"连同小时候吃到的糖渍点心也都逐渐远去。如今的拜年，都是姑姑们的孩子，啪啪拍门，礼物范围有整箱白酒、整箱杏仁露、一桶油加整箱伊利蒙牛纯牛奶等，进行寒暄两句就走，如同赶场。他们开着车一天就能串完所有的门。这正应了父亲的担心。作为家中长子，他仿佛有责任维持传统，春节冷落，手足少聚，他比谁都失落。

而我尝试想象一个父母年迈，需我出面的春节，我想象不出来。妈妈说，从去年中秋节开始，都是年轻人串门了。但若让我去串门，我将无法完成任务。常年在外，春节聚会又都在饭店，大部分亲戚的家庭住址我都印象模糊。不仅如此，我也不记得去山上爷爷的坟地的路。这令人难受。我可以自主自己的生活，在父母的生活中，我却如此无用。或许它不是我一个人的问题，而是一年只回一次家的游子，对故乡的逐渐陌生和丧失把握。

这次回家，最大的变化其实是父亲。在雷打不动的七点钟，他竟然没看《新闻联播》，而是停留在凤凰新闻台，我还以为他会是《新闻联播》最后一批忠实观众；从不关心美剧的他，会告诉我"《纸牌屋》又出新一季了"，他偶尔也看几集。这一切"意识形态"上的改变得益于网络和联网电视机。看电影从来没有这么方便过，新闻热点美剧英剧随便选。如今出一件事，父亲会问我"网上怎么说"，或自己上网上看评论。但他还坚持收看天气预报，虽然他的手机一打开就是当下天气。

附近的小庙今年翻新，扩建的二楼已有巍峨气派。是看庙的人自己出资。此庙香火甚旺，黄色的道教大旗在我们这条街插了好几竿。城东开发出密集如蜂巢的新楼盘，规模让我想到天通苑——或许没那么大，但在平地上崛起黑压压的楼盘，视觉效果比本已满是高楼的城市里建起新盘要震撼得多。新楼盘据说销售情况并不好，但还要开发城西。紧邻开发区，在乡间弯弯曲曲的窄路中穿行，遍地农宅中，一栋放在北京也不逊色的基督教教堂拔地而起，门口电子屏上滚动着红色大字。听说如今信基督的人很多，信佛教的更多，当然养生堂也是一大教派。针对中老年人的传道广为流传，耶稣或释迦牟尼成了最有效的全科大夫，包治人生一切疑难杂症。为赶上初一的头一炷香，有人花十万重金，有人大年三十住在庙中。种种这些固然让人感觉混乱，但它或许也是大一统观念崩溃后，多元化时代来临前之征兆。

在一片变革之中，只有春晚没有改变（除了更加严重的意识形态化，以及连我父母都看出来的削减成本）。父母说不精彩，这句差评他们已经连续给了四五年，但无此仪式却不可想象。摇红包时，我指挥母亲点开微信"摇一摇"跟我一起摇。过一分钟，红包没摇到，母亲盯着手机念道："蛋蛋，五百米以内。"

在歇斯底里的鞭炮轰鸣中，旧的一年终于过去，我们呼吸着浓浓的硫黄味陆续睡去。东头池塘里的鹅群受惊长鸣，戛然如年久失修的管风琴，它们一声声叫到深夜，仿佛为被抛弃的一切送上的一首悲怆低回的安魂之歌。

（选自 2015 年 1 月广西师范大学出版社《沉默也会歌唱》）

我　　在

张晓风

记得是小学三年级，偶然生病，不能去上学。于是抱膝坐在床上，望着窗外寂寂青山、迟迟春日，心里竟有一份巨大幽沉至今犹不能忘的凄凉。当时因为小，无法对自己说清楚那番因由，但那份痛，却是记得的。

为什么痛呢？现在才懂，只因你知道，你的好朋友都在那里，而你偏不在，于是你痴痴地想，他们此刻在操场上追追打打吗？他们在教室里挨骂吗？他们到底在干什么啊？不管是好是歹，我想跟他们在一起啊！一起挨骂挨打都是好的啊！

于是，开始喜欢点名，大清早，大家都坐得好好的，小脸还没有开始脏，小手还没有汗湿，老师说：

"×××。"

"在！"

正经而清脆，仿佛不是回答老师，而是回答宇宙乾坤，告诉天地，告诉历史，说，有一个孩子"在"这里。

回答"在"字，对我而言总是一种饱满的幸福。

然后，长大了，不必被点名了，却迷上旅行。每到山水胜处，总想举起手来，像那个老是睁着好奇圆眼的孩子，回一声：

"我在。"

"我在"和"某某到此一游"不同，后者张狂跋扈，目无余子，而说"我在"的仍是个清晨去上学的孩子，高高兴兴地回答长者的问题。

其实人与人之间，或为亲情或为友情或为爱情，哪一种亲密的情谊不是基于我在这里，刚好，你也在这里的前提？一切的爱，不就是"同在"的缘分吗？就连神明，其所以为神明，也无非由于"昔在、今在、恒在"以及"无所不在"的特质。而身为一个人，我对自己"只能出现于这个时间和空间的局限"感到另一种可贵，仿佛我是拼图板上扭曲奇特的一块小形状，单独看，毫无意义，及至恰恰嵌在适当的时空，却也是不可少的一块。天神的存在是无始无终浩浩莽莽的无限，而我是此时此际此山此水中的有情和有觉。

有一年，和丈夫带着一团的年轻人到美国和欧洲去表演，我坚持选崔颢的《长干曲》作为开幕曲，在一站复一站的陌生城市里，舞台上碧色绸子抖出来粼粼水波，唐人乐府悠然导出：

君家何处在？妾住在横塘。
停船暂借问，或恐是同乡。

渺渺烟波里，只因错肩而过，只因你在清风我在明月，只因彼此皆在这地球，而地球又在太虚，所以不免停舟问一句话，问一问彼此隶属的籍贯，问一问昔日所生、他年所葬的故里。那年夏天，我们也是这样一路去问海外中国人的隶属所在的啊!

《旧约》里记载了一则三千年前的故事,那时老先知以利因年迈而昏聩无能,坐视宠坏的儿子横行。小先知撒母耳却仍是幼童,懵懵懂懂地穿件小法袍在空旷的大圣殿里走来走去。然而,事情发生了,有一夜他听见轻声的呼唤:

"撒母耳!"

他虽瞌睡却是个机警的孩子,跳起来,便跑到老以利面前:

"你叫我,我在这里!"

"我没有叫你,"老态龙钟的以利说,"你去睡吧!"

孩子去躺下,他又听到相同的叫唤:

"撒母耳!"

"我在这里,是你叫我吗?"他又跑到以利跟前。

"不是,我没叫你,你去睡吧。"

第三次他又听见那召唤的声音,小小的孩子实在给弄糊涂了,但他仍尽快跑到以利面前。

老以利蓦然一惊,原来孩子已经长大了,原来他不是小孩子梦里听错了话,不,他已听到第一次天音,他已面对神圣的召唤。虽然他只是一个弱的小孩,虽然他连什么是"天之钟命"也听不懂,可是,旧时代毕竟已结束,少年英雄会受天承运挑起八方风雨。

"小撒母耳,回去吧!有些事,你以前不懂,如果你再听到那声音,你就说:'神啊!请说,我在这里。'"

撒母耳果真第四度听到声音,夜空烁烁,廊柱耸立如历史,声音从风中来,声音从星光中来,声音从心底的潮声中来,来召唤一个孩子。撒母耳自此至死,一直是个威仪赫赫的先知,只因多年前,当他还是稚童的时候,他答应了那声呼唤,并且说:"我,在这里。"

我当然不是先知,从来没有想做"救星"的大志,却喜欢让自己是一个"紧急待命"的人,随时能说"我在,我在这里"。

这辈子从来没喝得那么多,大约是一瓶啤酒吧,那是端午节的晚上,在澎湖的小离岛。为了纪念屈原,渔人那一天不出海,小学校长陪着我们和家长会的朋友吃饭,对于仰着脖子的敬酒者你很难说"不"。他们喝酒的样子和我习见的学院人士大不相同,几杯下肚,忽然红上脸来,原来酒的力量竟是这么大的。

起先，那些宽阔黧黑的脸不免不自觉地有一份面对台北人和读书人的卑抑，但一喝了酒，竟人人急着说起话来，说他们没有淡水的日子怎么苦，说淡水管如何修好了又坏了，说他们宁可倾家荡产，也不要天天开船到别的岛上去搬运淡水……

而他们嘴里所说的淡水，在台北人看来，也不过是咸涩难咽的怪味水罢了——只是于他们却是遥不可及的美梦。

我们原来只是想去捐书，只是想为孩子们设置阅览室，没有料到他们红着脸粗着脖子叫嚷的却是水！这个岛有个好听的名字，叫鸟屿，岩岸是美丽的黑得发亮的玄武石组成的。浪大时，水珠会跳过教室直落到操场上来，澄莹的蓝波里有珍贵的丁香鱼，此刻餐桌上则是酥炸的海胆，鲜美的小鳒……然而这样一个岛，却没有淡水……

我能为他们做什么？在同盏共饮的黄昏，也许什么都不能，但至少我在这里，在倾听，在思索我能做的事……

读书，也是一种"在"。

有一年，到图书馆去，翻一本《春在堂随笔》，那是俞樾先生的集子，红绸精装的封面，打开封底一看，竟然从来没人借阅过，真是"古来圣贤皆寂寞"啊！心念一动，便把书借回家去。书在，春在，但也要读者在才行啊！我的读书生涯竟像某些人玩"碟仙"，仿佛面对作者的精魄。对我而言，李贺是随召而至的，悲哀悼亡的时刻，我会说："我在这里，来给我念那首《苦昼短》吧！念'吾不识青天高，黄地厚，唯见月寒日暖，来煎人寿'。"读那首韦应物的《调笑令·胡马》的时候，我会轻轻地念："胡马胡马，远放燕支山下。跑沙跑雪独嘶，东望西望路迷。迷路迷路，边草无穷日暮。"一面觉得自己就是那从唐朝一直狂驰至今不停的战马，不，也许不是马，只是一股激情，被美所迷，被莽莽黄沙和胭脂红的落日所震慑，因而心绪万千，不知所止的激情。

看书的时候，书上总有绰绰人影，其中有我，我总在那里。

《旧约·创世纪》里，堕落后的亚当在凉风乍至的伊甸园把自己藏匿起来。

上帝说：

"亚当，你在哪里？"

他嗫而不答。

如果是我，我会走出，说：

"上帝，我在，我在这里，请你看着我，我在这里。不比一个凡人好，也不比一个凡人坏，我有我的逊顺祥和，也有我的叛逆凶戾，我在我无限的求真求美的梦里，也在我脆弱不堪一击的人性里。上帝啊，俯察我，我在这里。"

"我在"，意思是说我出席了，在生命的大教室里。

几年前，我在山里说过的一句话容许我再说一遍，作为终响：

"树在。山在。大地在。岁月在。我在。你还要怎样更好的世界？"

（选自长江文艺出版社《张晓风散文精选》）

命 运 何 为

钱红莉

蒋晓云吧，有一天接受采访，当谈到张爱玲的时候，忽然腹诽起来：……被父亲打，关禁闭，许多年过去了，又有什么忘不掉的呢，还要写出来，就不能想想父亲的好？（大意如此。）看到这里，猜想蒋大姐可能生来就是受宠的，被父亲视为掌上明珠捧在手心里呵护着长大的——她如何明了一个女孩在得到来自最亲的人的伤害的痛楚酸辛。

这种情绪一直伴随终身，无法忘却。这种不设防的伤害好比一根绳索，一直在精神上捆绑着，让人在日后的处事中都显得畏缩不前。

比如萧红。当离开萧军，迅速跟端木走到一起，连胡风也看不下去，作为朋友，不免替她着急，质问一句：你怎么就不能自己一个人生活呢？

这是作为朋友的恨铁不成钢的肺腑之言。可是，胡风又能理解萧红多少呢？作为一名女性，我倒能体恤她些：一个从小缺乏父爱的女子，流浪了那么些年，在精神上就更加渴望安稳，她本能地害怕一个人独处。在偌大世界里，她得到的爱唯一来自祖父。祖父一死，她在精神上成了孤儿，所以，她一次一次地舍得，把自己献出去，不过是妄想着可以得到片刻的暖意——有个人做伴，也是片刻的慰藉——何况端木那时挺欣赏她的文笔的。相当于张爱玲当年，二十三岁跌跌撞撞跑到文坛大放异彩，赞美的话肯定听过不少，但有谁捧得过胡兰成吗？"……她的每一步都踩在钢琴上"，这话捧得既高级又不落俗套，她把他当成知己，也是顺理成章的事情。

这个世界如此寒凉，连自己的亲身父亲都不要自己了，还能指望谁呢？走一程，算一程吧——即便灵魂始终低低啜泣。也是没有办法的办法。萧红，她太缺爱了。

活过这么些年，陆续见过、听过许多种关于父女之间的隔阂，还是印证了一种结论，一个自小受父亲宠溺的女孩，长大了，她的人生坏不到哪里去。身边也有许多这样的例子。

有一天，趁双亲心情好，不免说起往事，埋怨他们的打骂，太伤害人了，尤其拿自家孩子跟别的孩子比——这可能也是导致孩子自卑的源头吧。孩子没有判断力、鉴别力，觉得自己的家长都这么说了，自己肯定是最差劲的人。

我父亲军人出身，脾气暴烈，一直如此。在我幼时的印象里，从来没有和气地对我说过一句温和的话，总是凶神恶煞的样子。及至成年，他还打我耳光，依然把人往死里骂：长江又没打盖子，你怎么不去死啊！再比如：我一看见你这个样子就来气！

这样的话，多么伤人，尤其会导致被骂的人自己也跟着一道伤害起自己，觉得自己真是无能，竟然惹得亲生父亲如此厌恶。

小时候，我天性嘴讷，害怕跟人打招呼。只要家里来客人，便是末日，等客人一走，又要迎来一阵语言的狂风暴雨：你看那谁谁谁家女儿嘴多甜，见人就喊，就我家这个，土基壁子一样，撒不下一滴灰……三十多年过去，至今尚能记起我父亲那一脸厌恶的表情。

小孩没有尊严吗？不是的，是小小的尊严被大人践踏光了，只剩下害怕、苦恼和暗无天日。常常妄想，若双亲宠爱一点，体恤一点，我的人生肯定改向——至少不会如此胆小悲观懦弱，于决断力上，肯定强过现在的自己。

这都是题外话了，所谓——无能不可怨父母。也谈不上记恨，不过是怅然罢了。

有一天，看见同事在微博上吐槽说，自己每做出一个重大决定，父亲总是支持她，并给予善意提醒，为她出主意……那是个黄昏，坐在电脑旁，真想恸哭一场。对比人生中每一个重大决定，何尝不是一人孤军奋战的结果？没有人给你指点，更没有人来认同你，赞赏你。

于精神上，我一直是个孤儿。

双亲没有什么文化。在他们以为，给予孩子的唯一，是吃饱穿暖，或许，就够了。至于精神上，从未想过给予——对于他们来说，又谈何精神？也许，他们根本就觉得，打骂孩子是父母的权力，不值得如此小题大做。

一代代不都是这样过来的吗？套用蒋晓云的话言：为什么就那么放不下，就不能想想父亲的好？

有一回，在家听《贝多芬第五交响曲》。听着听着，悲从中来……忽然想起小时候，每当不听话，我妈总是骂一句足以毁灭人一生的话：我给你算过命的，你以后就是个讨饭的命！

那时，正年幼的我，如何明了——这不过是一句诅咒的狠话，命运哪是轻易就会被预知好了的呢？一直绝望，愁苦，甚至自弃起来。

自小遍尝恐惧的痛苦，一直活在"命运"的深渊里患得患失。一个七八岁的小女孩如何明了命运根本就是个子虚乌有的东西？她一次次在自己妈妈咬牙切齿的诅咒里陷入灭顶之灾。

慢慢地，不再相信冥冥中注定的一切，那也不过是年轻气盛之际，看山不是山，见水不是水的年纪，相当于《贝多芬第五交响曲》第一乐章那么气象万千任意铺陈激情四射，原以为世间一切，都会鲜花着锦烈火烹油；可是啊，人生只有等到《贝多芬第五交响曲》第二乐章时，才会渐渐沉潜下来，是备受打击的灵魂暂歇了，把伤口清洗、包扎起来。

贝多芬也是一生脾气暴烈，为此吃尽了苦头，甚至弟弟去世后，他不惜上法院跟弟媳争夺侄子的抚养权，消耗了那么多精力。但这些一点也不影响他的伟大。

我听马勒《大地之歌》时，会想起教堂的尖顶，钴蓝的天空，悠远的鸽哨，空旷的土地，绵延的原野……这都是放眼可望的近身的东西。

听贝多芬，迥然不同。这个人的音乐里应有尽有，既有近身的可触可感的东西，也有看不见的，在默然流淌；既有小我的幽深情怀，也有广阔的眼界，直至繁星浩瀚宇宙洪荒……一切都在流淌。

我是一点点地，从他的音符里慢慢明白，人的伟大与渺小，明白了不计较，明白了要放弃，往前走，把远方一直装在心里。

（选自 2015 年 2 期《散文》）

杯里春花

郁喆隽

天气乍暖还寒，一夜绵雨浸润之后，枝头的花开得更真切了。本以为除了吃一颗便利店买来的青团外，这春意大致是与自己无缘了。午后收到一个友人从东瀛寄来的包裹，打开一看里面是一罐腌渍樱花。这朵朵粉嫩的樱花被粗盐粒包裹着，好像还带着朝露一般，无声无息躺在玻璃瓶中。

因为不认得日文，连忙微信请教了懂行的朋友。她说，这腌渍樱花必须是用当季上好的八重樱做原料。樱花花期很短，天暖时从开到盛不过一两天。为了保留香气，要选开至五到七分的花朵，连花梗一并摘下。随后经过水洗、晾干、腌渍、脱水、醋渍和阴干六个步骤才能完成，最后撒上盐粒装瓶保存。成品可用来泡茶、佐餐、制作糕点等。了解了用法之后，我迫不及待地从瓶中取出一个花苞，冲掉表面的盐粒，泡在瓷杯中。不过几秒钟，一朵樱花绽放开来，深处嫣红，浅处素淡，在水中翩然起舞，好似还能看见她轻盈的呼吸。

不一会儿，香气悠悠地在书房里漫开，勾起了一些被忽视许久的记忆——手机里存了一张久石让专辑（《历久深情全精选》），里面有一首《樱花盛开了》，是他女儿藤泽麻衣唱的。此刻，用这曲空灵的歌来配这茶再合适不过了。这首歌讲的是一个惨烈的爱情故事。有网友不仅将歌词翻译成了汉语，还译出了诗经版。其中最后两句是"樱之绽兮，没此世。樱之散兮，俱无矣"（虫子译）。戴上耳机，品一口樱花茶，淡香沁人心脾，仿佛瞬间置身于阵阵花雨中。

樱花虽小，待她漫山遍野盛开时，竟有种轰轰烈烈的感觉。李商隐有诗云："樱花烂漫几多时？柳绿桃红两未知。劝君莫问芳菲节，故园风雨正凄其。"美好但无法持存，赢弱而随时飘零，人们才想方设法要将她保存下来。与其说这是在贮存花朵，还不如说是在挽留春光，想要沉醉了岁月。虽痴心妄想，终情有可原。

有一次子路、曾皙、冉有、公西华四人陪孔子坐着。孔子让大家说说各自的志向。子路说他要治理千乘之国，冉有说想治理一个五六十里的小国，公西华说想做个祭司。唯独曾皙说他的理想和众人不同，他想要春游："暮春者，春服既成，冠者五六人，童子六七人，浴乎沂，风乎舞雩，咏而归。"（《论语·先进》第二十六节）孔子最后说："吾与点也。"

那一刻，仲尼不是夫子，而是一个丰盈绽放的人。出去走走，晒晒阳光，看看春花吧。

（选自 2015 年 5 期《书城》）

前世冤孽的数字

韩小蕙

不久前听说了这么一件事：沈阳市的某些小区，其高层建筑均没有 18 层，或者说凡 18 层都用 17A 或 17 + 表述。惊问为何？答曰："地狱才有 18 层，故沈阳人忌讳。"喔咦？不禁使我对数字产生了一些联想。

目下我居住的楼层恰巧为 17 层，是房属于尚实行住房分配制度时期的福利房。在北京，6 层、16 层、8 层、18 层，均属于"吉利楼层"，因此，我头顶上的 18 层，我脚底下的 16 层，均是被两个财大气粗的单位拿下的，似我这种没去"活动"的单位是想也甭想。这就产生歧义了不是——北京和沈阳，对 18 层的理解，一个天上，一个地下。

还有全国人民都知道的，广东、香港那边的人，最忌讳 4、14、40 等，他们认为这跟"死"扯到了一起，所以避之如同厉鬼。我曾见过广东开发商盖的高楼，没有 4 层、14 层和 40 层，电梯都是直接跳过去的；前几年曾在北京大火了一阵子的某哈哈大酒店内，也没有 4 这个数字，但凡 4 都称 8，比如 401 称 801，404 称 808，干脆取消了 4，也真够可以的；更奇葩的是北京的汽车限号日，凡限 4 的日子，车流量都比其他日子要大很多，因为尾号是 4 的车少呀。

连带倒霉的是 3 和 7，据说谐音"惨"和"凄"，故众人也竭力避之、躲之。过去我亲历某一单位的总机号后四位为"7733"，鉴于该单位老是搞不上去，思来想去，老总决定去去"凄凄惨惨"的晦气，遂命人走电话局后门，花3000元改了号。这事说来也不算过分，君不见祖国各地的高档饭店、国际大公司什么的，其总机号码基本上都是花大钱买的吉利数字，越是掌握了6666、8888、9999等，越显高大上，越拔份！

众所周知，现在全世界通用的从0—9的数字，是古印度数学家们发明的，他们还发明了通用的"定位技术十进位法"。公元700年前后，阿拉伯人征服了印度旁遮普地区，吃惊地发现，该地区的数学比他们自己的先进了许多。公元771年，印度北部的一批数学家被抓到阿拉伯的巴格达，被迫给当地人传授印度式数学符号和体系，以及计算方法（即现在通用的计算法）。由于这些数字和计算方法既简单又方便，其优点远远超过当时其他的计算法，故很快被阿拉伯人所接受。后来阿拉伯人把这些数字传入西班牙。公元10世纪又由教皇热尔贝·奥里亚克传到了欧洲其他国家。欧洲人误以为阿拉伯人是发明者，故称其为"阿拉伯数字"。由于阿拉伯数字笔画简单，演算又便利，因此逐渐在各国流行开来，成为迄今仍在广泛应用的世界通用数字。

我敢说，当年古印度数学家们，即使死过一千次活过一万次，也决然想象不到，今天聪颖无比的中国人，会把他们发明的这10个好写好记好学的宝贝数字，演绎出了无限丰富的含意、寓意、引申义，甚至还有相互对立的深意：

比如"48"，有股民兴高采烈地解释为"死发"，即必发大财之意；但也有股民心惊肉跳，觉得大难就要临头了，因为这谐音是"死吧"。又比如"2"也很走背运，因为与"二百五""二杆（音读上声）子"的"2"做了勾连，其引申义即是"傻瓜"了。这么说，连"1"也有了危险性，"1"本来是头大的意思，"一生二，二生三，三生万物。"万事都从"1"起头。"1"是全国劳模，是领军者，是舵手。可谁想树大招风，水满则溢，老子天下第一，以一当十，一山不能容二虎，就走向反面了，许多人许多事就都不敢争第一了，"1"也就有了忌讳。即使"0"也不好，"0"虽然在做高级助理时风光无限，可以把前面的数字膨胀得无限大，可是当它只剩下自己时，就犹如卸了装的戏子，立即变成了什么也不是的一个凡人，世界仿佛一下子就消失了。

那么，1不行，2不行，3、4和7都不好，8也不好，0还不行，这10个数字已被灭了7个，只剩下5、6和9了。"5"除了在老师手下能用红颜色显示一下光彩之外，其余场合则都讷讷不能言，畏畏缩缩，亦是比较平庸的。唯其 6 和 9 是人见人爱的珍宝，"6"据说是最主吉祥的，比如"六六大顺"；"9"更是从皇家到平民百姓都竭力追求的，皇家动不动就是"九五之尊"，平民们则爱说"9 为大"，佛家更称天上的第九重天是最高的圣殿所在。但麻烦的是，地面上这么多人，只抢"6"和"9"，肯定是不够用的，"人不患寡患不均"，为争这俩吉利数字，打起来？发动战争？扔原子弹？好意思吗！即使是被其他国家的人批评心胸过于狭隘，也是很没面子的哦！

当然，也别光说咱中国人有数字迷信——外国人也有呀，而且也同样病得不轻。都知道西方世界国家，特别是基督教徒们特别讨厌和忌讳"13"，比如在荷兰，一般没有 13 号楼和 13 号门牌，而以 12A 标识（这一点终于让人找到沈阳 17A 的模本了）；英国和法国的剧院里没有 13 排和 13 座；很多国外的飞机上也没有 13 排座位，楼层亦无 13 层……甚至，人们在生活中忌讳一切"13"的出现，比如 13 号尽量不出游，13 人不同桌就餐，绝不上 13 道菜，等等。不过与咱们中国人的"发不发""惨不惨""死不死"不同，西方人忌讳"13"，有着深刻的文化背景，比较集中的有两说：一是源于古希腊神话，在天国举行的宴会上有 12 位天神出席，突然闯进来烦恼与吵闹之神洛基，他让黑暗之神霍特用带有槲寄生尖端的箭射击快乐喜悦之神帕尔特，致使帕尔特死去，整个地球都陷入了黑暗和哀伤之中。第二种说法最为普遍，基本上为大众所知，即耶稣受难前与 12 门徒共进最后的晚餐，其中第 13 人就是犹大，他以 30 块银圆把耶稣出卖给犹太教当局，而那天又恰好是 13 号，"13"给耶稣带来了苦难和不幸，从此"13"被认为是不幸的象征，也成为"背叛"和"出卖"的同义词。

最后，再披露我的一个私人发现：人对数字的魅惑，会随着年龄的生长而生长。少年不识愁滋味，初生牛犊不怕虎，当年我 16 岁进工厂当青工时，保密工厂的代号为 774，懵懵懂懂的我，一点儿也没觉得有什么不好，反而庆幸逃过了上山下乡一劫。现在要是再让我进这么一家单位就职，那思前想后的顾虑可能就多了。

（选自 2014 年 12 期《海燕》）

站　牌

刘　军

　　13 路公交线路，靠近金明广场的地方，一南一北竖着两块红色的站牌。这是距离我最近的两块站牌，通常，从家中出发，需步行 10 分钟左右才可抵达，一往一来，记录着我一天的起落。站牌不大，与这个城市所有其他的站牌一样，以铁为质，以漆为衣，上面标着各个不同的地名，鼓楼，汴京公园，等等，有些地名与我朝夕相处，有些地名于我而言，仅仅作为空洞的语言而存在，我从未想着抵达它们。

　　城市里的站牌从来就是相似的，而每一个站牌下的等待也从来就是不同的。有些等待可以量化，有些等待却不仅仅是为了抵达。

　　13 路的这个站牌对于我来说，总是我抵达的第一站，无论风来雨去，这个事实从来不会改变。如若要给它以定位，我总有些犹豫，该怎样去描述它呢？实在让我不定，因为它既非这路车的终点，亦非起点，我甚至不敢断言，它离哪一个端点更近一些。城市的公交路线，起点也就是终点，双重的面目使剩下的每一站都趋于惘然，就像人生中的某个节点，丈量开来的话，从来就是模糊的，最初的起点，我们都没有记忆，最后的终点，我们都无法预料，彼此的手上，永远握不住真正的距离。

　　站牌的背反两面皆有黑体的文字，在红白相间颜色的背景上显得异常醒目，每一行文字皆指向具体的提示，城市文明的细致入微，在这里得到了准确的暗示，就像厕所墙壁上的明确标志，文字，图像，英文，等等，一应俱全，对某种底线作了最认真和全面的规定，绝不像乡间厕所那样男女通用，那般混沌。

　　只有在相往的间隙，我才会在站牌下停留，并得以细致地打量它，至于对面的那个站牌，那只是我归来的端点，通常是要省略的，我也从来没有把自己的等待洒在那里，它的存在与我之间，也总是生长着一些彻底的陌生。我只能描述靠南的这个站牌，这个站牌记录了我许多一天的开始。它的旁边，是一座亭子似的建筑，大概是玻璃钢构架，下面是整齐的一排椅子，像鱼化石般固定在那里，椅子的周围则是透明的空间，一些风尘和等待可以自由地进入。还有两根方形的柱子支撑着这个亭子，刚开始站立的时候，上面异常干净，后来，就不断有文字和图画的入住，上方是一些人用黑体字写就的广告，内容多是办理证件，修理电器，疏通水道，等等，广告的下面还有着联系方式。这些广告基本是非常手段的结果，所以字迹也特别不规整和夸张，像是一道道黑色的文身，贴在城市的胸脯上。下方则是小学生们的胡乱涂鸦，文字内容多是"王小二会下蛋"之类，不时还有些图画夹杂其中。每过一段时间，就会有专人来清理柱子花花绿绿的身体，不过，事后不久，照旧的内容又会慢慢爬上来，直到淹没为止，这是一场旷日持久的游戏，我只是看客。

椅子是用蓝色漆就，一旦有风雨的过后，就会有许多的泥土附在上面休息，除了偶尔有孩子与老人的就座，多数时候，皆是固定的模型。这座站牌不仅仅属于 13 路，16、17 路也在此停留，所以每当我到达之时，也总会发现有许多人已守候在那里，陌生的人群中，我无法确切地知道他们中的哪些人会与我同行，也无法知道他们会到达哪里，这让我想起自己将要遭遇的那些朋友，那些故事，那些时间，会以怎样的方式出没，我这样想着，后来连想象也失去了把握。

在等待车来的时候，有些人注定是要擦肩而过的，但是，为什么，在其他的场合我们又总是紧抱多余的追寻？

从这座站牌上车，有位置的时候就坐下，有老人或妇女的时候就给他们让出位置，没有位置的时候就站在车厢的中部，依着扶手，双眼滑向四周熟悉的景物，然后，在另一个地方下车，转乘另一路公交车，在另一个站牌下开始细心的等待，同样遇见一些依然陌生的人群，直到抵达学校的门口，才会和他们分手。

从一个站牌起，人们开始会聚，然后在另一站牌彼此分别，隐没于宽阔的大街，像流沙沉入了远远的草地。如此这般，离别与相会，在城市这个繁复的舞台上总是这样，以最快的速度发生和消逝。

（选自 2015 年 8 月 25 日《开封日报》）

普通青年看午夜巴黎（外一篇）

毛　尖

有个学生问我，老师知道"青年三分法"吗？

我看他很郑重的样子，就装神弄鬼道，是毛泽东提的那个？学生就笑，笑完我知道自己傻 B 了。不知道的朋友听好了：青年三分法指的是当代青年有三大种类，普通青年、文艺青年和 2B 青年。

简单地说，普通青年穿丝袜，文艺青年穿网纹袜，2B 青年穿自绘的令人屏息的网纹袜。反正呢，自从有了青年三分法，三格图片风靡网络，全民共同描画青年三型：普通青年开车双手紧握方向盘，目视前方，心想晚餐；文艺青年跷个小指，眼望窗外，思考人生；2B 青年双手交叉握住方向盘，觉得全世界都在注视他这妖娆的姿势。

青年三分法极大地提高了普通青年的自信心，而且，目前看来，对于净化社会环境还是很有好处，五讲四美走下教室的墙壁，青年三分法却让我们重新检阅时代的真善美：普通青年走解放路中山路，文艺青年逛乌衣巷桃叶渡，2B 青年遛破布营狗耳巷。破布营，狗耳巷，就在不久前，还是我们的时代美学！

嘿嘿，破除了乌衣巷的迷情和破布营的迷信，青年三分法不仅有效地指导我们自己的生活，还能帮我们认清别人的生活。比如，看到伍迪·艾伦最新电影《午夜巴黎》（Midnight in Paris），当代青年就显得更有主见了。

伍迪·艾伦，全球通吃，好莱坞尊敬他，欧洲抬举他，中国观众更是爱慕他。所以，作为一个文艺青年，我在年轻的时候，很自觉地把能到手的伍迪·艾伦全部看了，有些看得明白，有些看得头晕，而作为一个文艺青年，我们只在饭桌上谈论那些头晕的，再加上，有宝爷这样的文艺旗手亲自翻译伍迪·艾伦，对于这个唠唠叨叨的小老头，他的神经质就算偶有 2B 倾向，我们也只有膜拜，不敢存疑。

这样，老头的《午夜巴黎》还没上映，已经好评如潮。当然，在我们一代人从文艺小青年成长为文艺老青年的过程中，感谢盗版，大家的阅片视野不仅过了和世界接轨的阶段，而且有了领先的气象。跑到美国跑到欧洲，我们发现咱一个普通影迷的阅片量都能跟先进国家的专家媲美，所以，关于伍迪·艾伦老头，咱也约莫能看出他的前因后果。可是，话虽这么说，伍迪大佬，用句诗歌，我们只有眼睛膜拜，没有舌头批评。

现在，青年三分法刷新了我们美学的地平线。擦掉我们的网纹图，脱掉我们的网纹袜，做回普通青年，我们朴朴素素说出：看《午夜巴黎》的时候，我睡着了。

午夜巴黎，流动盛宴，毕加索的情妇，斯泰因的伴侣，菲茨·杰拉德的生殖器，还有诗人画家模特导演，同性恋异性恋双性恋，男主人公吉尔从现代穿越到二十世纪遇到的任何一个人，搁二十年前，都会让我们 hold 不住。可现在，星巴克里就坐着很多海明威打扮的人，上流社会下流社会走动着成群的达利和曼雷，那么多 2B 青年离家那么近！

所以，不管伍迪·艾伦最后的乡愁是二十世纪、十九世纪，还是穿越回来的今天巴黎，我只想说，作为一个普通青年，《午夜巴黎》对我们而言，也就是巴黎风光片，风光虽好，看一个小时就有点长了。

当然，最后，我得检讨，《午夜巴黎》没有等到迈克的字幕就抢鲜看，弄到中途睡着，这是我们普通青年还有待向文艺青年学习的地方。

抽到春娇出现

华中科技大学本科毕业典礼上，校长李培根十六分钟的演讲，被掌声打断三十次，最后，全场近八千学生起立高喊："根叔！根叔！"一夜之间，根叔演讲红遍大江南北，两千字里不仅有这几年的大事记，还有诸多网络热词校园话题，校长讲话这么 in，如果不是第一次，也是最成功的第一次。

实事求是地说，这是一篇煽情的演讲，学生由衷叫出"根叔"，而不是"校长"，更证明了这是一曲"酒干倘卖无"，而不是"出师表"。所以，要是问我为什么根叔红了，我会说，因为根叔动了感情。

成年以后，我们一直被教育，谁先动感情，谁输。就连天下无敌的"东方不败"，因为对李连杰版的令狐冲动了感情，也受伤。所以，练到声色不动，就是牛逼。当然，声色不动达到最高境界的，要数《新闻联播》。

这些年，我们学习不动声色，比如我吧，看电影，看到把人哭得稀里哗啦的，就觉得不够高级。高级是什么？起码，得梁朝伟和张曼玉那样吧，旗袍眼神飘过就行。但是，《志明与春娇》的红火，用铁的事实说明，老百姓其实喜欢直说，喜欢，动感情。

看《志明与春娇》，真的，不光是看电影了。朋友中，即将谈恋爱的，谈着恋爱的，谈完恋爱的，都在第一时间，跑去看余文乐和杨千嬅。要知道，这是世界杯时间，大家除了看球，就是恢复体力等看球。兴师动众的国际电影节、电视节没带走恋人，但志明和春娇凭着两根烟就集合了全城的色男情女，而且，很多人把自己的网络签名改成："你个扑街!"

你个扑街! 你个扑街! 你个扑街!

这是今年最抒情的句子吗？我想起，几年前，在陆羽茶餐厅，说起香港禁烟，烟民董桥很怅然。不过，他说，倒是有一个好，就是，在路边吸烟，会有漂亮女郎过来借火，然后合法地和女郎聊几句。搞得柳公子当时就起身，走到士丹利街角，一口一口吐烟圈。

不知道董先生路边吸烟有没有遇到过春娇？饭桌上，大家都鼓励柳叶抽，抽到春娇出现。不过柳叶接着说，那也不行，抽到春娇出现，就没得烟抽了。

倒有点怅然了。《志明与春娇》最后，余文乐和杨千嬅要一起戒烟。为什么要戒烟呢？全盛期的港片，从来不用最后这点绿色。就像年轻时候，不知道色即是空。

嘿嘿，说到色说到空，想起，世界杯至今，全体网民评出的一个最好报纸标题是《东方早报》体育版做的，叫作"西班牙24脚，射即是空"！这种标题，你在新闻版娱乐版见过吗？你见不到的。这就是体育和文艺的区别吧，这就是黄金时代的港片和现在港片的区别吧。所以，读邓小宇的《吃罗宋餐的日子》时，我一直在想，从那个时代港片过来的人，才有资格这样恣意怀旧吧。

《吃罗宋餐的日子》很受追捧，不过，要是你问我"罗宋餐"有哪些料理，我还真说不上来，而且，邓小宇常常还特别谦虚，时不时警惕自己几句"我的标签期限是不是也过了"，或者，借别人口说点"唔该你揾醒我"，很容易搞得不识相的读者骨头轻。但骨子里，邓小宇其实骄傲极了，他三言两语过去，凌波微步走过，你看不懂的地方就怨自己生得太晚吧，类似我们向阿城请教，这个，这个张北海的《侠隐》，好在哪儿呢？阿城冷冷一笑：不是北京人，看不懂的。

一剑封喉。邓小宇倒是没那么狠，不过，看完"罗宋餐"，我还是憾然承认，书中暗藏的款曲，明修的栈道，我领会不了。好在，《志明与春娇》示范了如何去猜测别人心意，甚至，不管有没有把握，你都能直接劈脸问过去："你约会我？你约会我？你约会我？"这个，在港片传统里，是可以这么直接的！邓小宇先生，你说是吗？

所以，我的想法是，既然"射即是空"受到全国人民欢迎，既然直接的根叔和春娇都受欢迎，那么，我也斗胆对邓小宇说：其实，好多次，你表达类似"你明白我的意思"时，我是不明白的。

（选自海豚出版社《有一只老虎在浴室》）

穷 家 之 乐

吴长忠

或许是个人的心性特点吧，一直以来，我较多考量人生命题，且以为人生的幸福和快乐与物质的匮乏和富裕并不存在正相应关系。这种观念的形成与书本无涉，盖出于自身之生活体验。

贫穷落后的豫东农村和灾害频仍的二十世纪五六十年代，是我少年时代生活的时空坐标。与当今城市和农村的孩子相比较，物质条件方面显然有天壤之别，自由、快乐与身心健康成长方面，却没有那么大的差别。甚而至于，由物质短缺而激发的寻求感官满足的意志与技巧，恰恰具有独特的特点，并因此转化为特有的精神财富。成年之后，看今天的孩子们，或许会时常回味在父母亲带领下吃麦当劳、喝星巴克的经历，而我则时常想起少年时代因饥饿而生出的"吃"的故事。一年四季，"吃"趣盎然。

枪子儿换美食

家乡方言，称子弹为枪子儿。在我的少年时代，故乡以风沙盐碱最为闻名。地处黄河故道，常年多风少雨，土壤沙化，耕地贫瘠。种一葫芦打两瓢固然是夸张之言，正常年景一亩好地块的收获也不到一百斤麦子。遇到灾荒年景，则往往颗粒无收。灾有很多，旱灾为最，所谓十年九旱。雨水少，但降雨时节往往集中在晚秋，一季庄稼全泡在水里的景象也时常发生。还有风灾，到了农历的二三月份，正是小麦的返青、拔节时节，大风往往就应时而来了。大风刮过，飞沙漫天，沙只是换了换地方，对于满地的庄稼，则往往是劫难。一些地方麦子的根都被吹了出来，麦苗便成了一团柴草；一些地方的庄稼和树苗则被埋到沙堆下面去了。这时节是家乡最为困难的所谓青黄不接的季节，不去异乡讨饭能熬得过去的就算是好人家了。而此时，则到了我和少年的伙伴们寻外快、挣小钱的时候了。原来我们家乡曾是当年淮海战役前奏——睢杞战役的主战场，惨烈的攻防战在这里打了几天几夜，长辈们描述当时的情景往往说，"天都打红了"。大战早已成为共和国的历史了，交战双方射出的子弹则在大风过后、沙尘去后裸露出来，成了我们捡去卖钱的废铜烂铁。在今天，遇到沙尘天气，比如最近几年城里人颇为恐惧的沙尘暴，现今孩子都躲到了屋子里，把门窗关得严严的。那时的我和伙伴们则兴奋非常，纷纷跑出去，跑到风沙里，跑到荒野里，还把眼睛睁得大大的，盼着能多捡到一个枪子儿，再多捡到一个弹壳。运气好的时候能捡满满一兜，那就发财了。弹壳和枪子儿可以直接拿到废品店里换钱，也可以拿回家里把枪子儿用铁勺子盛了，放火上烤，一烤枪子儿里面的铅水便和铜的外壳分离出来，这样拿到废品店就可以卖个更好的价钱。孩子们的这些收入家长一般是不过问的，这是我们的小贴己，等到附近村镇有了集或会的时候，伙伴们便相约而去。买一碗豆沫，买一个热烧饼，买几只水煎包，回来时再买一棵甘蔗啃着，开心又解馋，那份得意简直无以言表。

当然，也会有意外发生。我们邻村有一个年龄比我们大，胆子也比我们大的小伙子，捡到一颗炮弹，他把炮弹鼓捣开倒出里面的炸药，想拿炮弹壳去卖钱。在这个过程中，不知哪儿出了闪失，倒出来的炸药轰的一声燃着了。炮火过后，他便成了残疾人。人们再也见不到他的本来面目了。

田野瓜果香

　　家乡有句俗话，叫作"土里刨食"。大体是说人们用以果腹的果蔬稻黍，皆得自土地。再贫瘠的土地，只要人们去耕耘它，或多或少它总会给人们以收获。生在农村的孩子，田野便是书本，便是舞台，便是疆场。再荒的年景，农村的孩子也会吃饱肚子，也会吃得有滋有味。

　　当时农村实行的是集体经济，地里的庄稼是大家的，不属于任何个人，因此孩子们偷吃地里的东西，看护庄稼的人也都是睁只眼闭只眼，家家都有孩子，谁也不去较真儿。孔乙己说读书人窃书不为偷，众人以为牵强。在我们乡下，偷吃集体地里的东西，众人不言皆以为然。集体的果园是我们经常光顾的地方，从桃杏生涩的初夏到梨枣熟透的晚秋，我们总能在这里吃到新鲜的水果。我们在家里的任务就是给猪、羊打草，每天上午和下午，大人们去给生产队劳动的时候，我们也提上篮子，结伴来到田野里，将各自的篮子填满青草后就开始儿童的游戏，摔跤打闹，累了饿了就去田地里寻吃的。能吃的东西很多，菜地里的黄瓜萝卜，庄稼地里的红薯花生，还有玉米棒子毛豆角。有两种"小吃"是我至今仍念想的。一种可称之为"葱叶灌芝麻"，就是掐一个又肥又壮的生葱叶，再拔几棵熟芝麻，将芝麻籽从角里倒出来，拣干净了灌到葱叶里面，这道美食就算做好了。方法简单得很，吃起来却是又香又辣又鲜，不亚于现在那些酒店的任何一道名吃。再一种可称作"焦土焖花生"，就是在地上挖一个瓮形的小坑，坑的一边留出火道，将挖出的沙土用手握成一个一个的土团子，再把这些土团子码到坑口上边，码成穹顶。这时候就捡些柴草来，点着柴草顺着火道放到坑里燃烧，一直烧到上边的土团子干了，焦了，红了，准备工作算是做完了，就可以往里面放花生了。花生要从土坑的上边与烧焦的土团搅和在一起放到坑里，最后再用湿土封在上边，半个小时后花生就焖熟了。用这样的土方法焖出的花生，既鲜又香又糯，还掺和着一种独特的焦土的气息。后来我品尝过用许多种不同做法加工的花生，我觉得最地道的还是我们发明的"焦土焖花生"，遗憾的是只怕再也吃不到这样的花生了。

　　当时，西瓜和香瓜是所谓的经济作物，瓜园是生产队派专人日夜看管的。但是看管再严也难不住馋嘴的孩子们，天一黑下来，大家便聚到一处，商量着到哪块地里去摸瓜吃。每次行动，都经过周密的计划和分工，像当年的游击队一样。这样接近实战的猫鼠游戏对于我们的成长很有意义，既锻炼了胆识，也锻炼了协调配合能力。当然，也有行动失败被抓现行的时候，所受的惩罚就是家长作检讨后把孩子领回去。

四季觅野味

　　村子的前边有一片树林，这树林从西北到东南，沿着黄河故道的沙土地，绵延几十公里。横亘在商丘和开封两个地区的交叉带上，据说属于省里直接管理的一个国有林场。我们村位于林场的最南端。正是这片树林，为我们这里的穷家孩子提供着四季美味。

　　春荒的时候，鸡子开始下蛋。孩子们都知道，鸡蛋是家里重要的收入来源，是用来换油盐酱醋的，不到过生日的时候，是不能吃鸡蛋的。但是，鸡子下蛋时，鸟儿们也下蛋。于是鸟蛋就代替鸡蛋成了春荒时孩子们的美味，只是鸟蛋并不像鸡蛋那么容易捡来。鹭鸶、乌鸦和喜鹊等体形较大的鸟在大树顶端的枝杈上筑巢，一种貌似斑鸠而体形较小我们称作"马朴楞"的鸟则以树洞为巢。为了掏鸟蛋也为了砍树上的干柴，孩子们一个个都练就了爬树的本领。一棵十几米高的大树，用一只胳膊抱着树另一只胳膊拿着绳子砍刀等，几分钟时间就能爬到树顶。

　　夏天和秋天，是孩子们最为得意的季节。盛夏，知了的叫声在林间响起的时候，我们又有了新的美食了。每到傍晚，知了的幼虫（我们称之为爬蚱）便从地下钻出来，找到最近的树干往上攀爬。我们便在这时出动，提着油气灯，一棵树一棵树地逮爬蚱。时间久了，我们对哪片林子爬蚱出来得早，哪片林子爬蚱多，都了如指掌。我的一个伙伴是村里逮爬蚱的高手，他一晚上能逮几百只爬蚱，除了自己吃，家里人吃，还能拿到县城去换钱。

　　到了深秋阴雨连绵的季节，林子里就会长出一丛丛一窝窝的蘑菇来，采回家去炒一炒，或者做成酱，又成了一家人的美食。

　　冬天来临的时候，大人们做完了一年的农活也闲了下来，我们便跟随着大人们学习捉鱼捉鸟捉兔子，更是其乐无穷。这时节横穿林场的惠济河里的河水断流了，只留下一个个河湾里还有一坑一洼的水。拿上铁锨开一条水道引水出来，再把剩下的水用盆子一盆一盆舀出来，鱼儿就无处躲藏了。运气好的时候，在一个水洼里就能逮几十斤鱼。林场里有一些高大的白杨树，到了冬季，这些大树成了乌鸦喜鹊们的栖息之所。一到傍晚，光秃秃的树枝上，一排排的全是越冬的鸟儿，成了一道独特的风景。到了早上，树下就会撒满冻成一团一团的鸟粪，大人们用扫把扫一扫担到田里去堆起来，就成了来年最好的肥料。我们操心的则是树上的鸟儿，手拿弹弓偷偷地溜到树下，不用怎么瞄准也能打下鸟儿来，一份野味很轻易就到手了。村里有几个成年人还偷偷地自制了土枪，装上火药铅弹，一枪打去往往会有十几只鸟儿落下来。有的人家还把鸟儿卤起来，当作鸡仔拿到县城卖。现在人们都文明了，见不到用这样的方式伤害鸟类了，同时，也见不到那一树一树黑压压的鸟儿了，甚至，我们村前那片树林也几乎毁坏殆尽了，鸟儿们再飞来时也找不到栖身之处了。

（选自 2015 年大象出版社《知了》）

童 心 石

泥 水

我从事建筑行业几十年，每天都要和石头打交道，见惯了不经打磨、千奇百怪的石头。

初夏，偶然一个机会，跟随作家采风团到合浦奇石协会参观珺石展。见多了粗粝的石头，再看这些经过人工、千锤百雕的石头，我还真有些不太适应。长江、黄河、蒙古包、观世音、弥勒佛、十二生肖，再到各式首饰品，应有尽有、造型各异、栩栩如生、应接不暇，脑子里迅速收罗词汇，还觉不能详尽其状。

这时，听到同行中已有作家在急切询问："请问这块石的价钱？"

回答："老师，对不起，这个用来压阵的，不出售！"我赶忙过去，这是一块没有标价，也没有标识名字的石头，就以半个东道主的口气说："您请示老板，让作家观赏一下还是可以的吧？"

"稍等，我问一下就回。"

趁空儿，我与老师聊起来，老师说他们家乡盛产石头，打小长在石头堆里，见石，自然多了一分亲近。

师傅很快就回到了柜台，只见他在橱柜上仔细铺展丝绒布，再用做了记号的钥匙打开橱柜，双手捧出那石头，一切进行得小心谨慎。石头摆在暗红色丝绒上，我们三人围着这块石头，谁也不忍再挪动它，担心有什么闪失似的。

我问师傅，不取名字？师傅一脸诚实：刚到我们展厅不久，得来颇费周折功夫，今天来的都是文化人，真可写写，经过就像一部电视连续剧。

我说：看它形状，就以形状起名儿，暂管叫它"童心玭石"。

师傅这下高兴：这名字我觉出好儿来。我说：怎么个好儿来？师傅：您别让我为难了，今天来的都是作家。石头和心放一起，就是好呗。

师傅一定让我们拿起石头揣摩，经不住师傅再三相让。手捧这块"童心玭石"，这哪里是一块石头，分明捧了一颗童心，它不见一丝瑕疵，我试着变化角度，似可看见里面还套着一颗心的形状，难怪要压阵。我放下，再退后几步，变化不同角度，距离在变化，光线也在变化，从近到远观它，仍可清晰见得里面的纹理。

参观时间到了。

师傅递出名片：您随时来，看得出，您是真喜爱。

车一路颠簸，而我却停在这颗玭石上，我是停在它那一颗纯粹的初心上。我仿若回到童年，回到青涩。

20世纪70年代，我以优异的成绩考上了家乡石湾中学，每个星期，必带5斤6两米，5角钱，交到学校。再带一点腐乳盅，一点萝卜干，就是一个星期的菜了。父母念我在学校，顾面子，才带这些菜，他们和年幼的弟妹在家，不舍得吃这些。一个星期，即便5角钱，也来之不易啊，为5角钱，我常常哭得鼻长嘴短。但也往往因这一哭，就能带够这5角钱，甚至个别星期有可能得到一元钱。我想：要巩固这种"好日子"。于是，周末回家先帮家里担满一缸水，再把院子打扫干净，再不停歇赶到地里。

一个周六的晚上，父亲外出做水利去了，母亲患病在床，她叫我到她身边："全儿，下星期的伙食费没有着落，我只劈了半担柴，你再劈半担，这样凑够一担，明天一早到石康卖掉，伙食费就够了。"

翌日凌晨 2 点我便出发了。俗话说年少力短，不到 80 斤重的担子，走 200 米远便要停一下。到石康农贸市场天还未亮，放下担子，急忙跑到路旁破旧的厕所，来不及分辨男女，就冲了进去。然而，黑暗中听到的是女人的尖叫声。掉转头撒腿跑，就在这关口，不偏不倚，踩到一块有棱角的大石头上，重重摔倒在地。只见那女人向我走来，我抱紧头哆嗦着，等她责打，等她责骂。但当她知道我卖柴求学时，便弯下了腰拉我起来。此时的我，说不清是冷还是感动，抖得更加厉害。她说："不怕穷，就怕缺志气！"

多年后，我再次回到家乡，专程去找那块石头，别说石头，当年的市场已不见踪影，家乡也在经济大潮中拆建着。

都说石可言情。

石头真可以以情传人？

前不久，展馆师傅托人找到我，那块石头终可出售了。

放下手中的活儿，迫不及待，急切约三五好友同去展馆。

家人不解："那石头贵在哪里？"我："以后，你们会知道，石，不在贵哩！"

（选自《北海日报》）

德清是一个人

苏沧桑

二十多年前的盛夏，我和几个朋友在浙江北部德清莫干山顶一幢很破旧的别墅里，点着蜡烛，听着大雨捶打竹林的声音，一起度过了我二十岁的生日。天蒙蒙亮，我们搭了一辆拖拉机，从山顶呼啸而下。年轻的脸，很长的黑发，在呼啸声中与绿色的风剧烈摩擦，如同我们的内心，准备与这个世界来一场快意恩仇，速度那么快，如今想来，却觉得当时时光那么慢，那么快乐。

二十多年过去，今年 6 月初，梅雨季节即将来临，我们一行八个中年人，在莫干山脚下采风。我们佯装散漫，徘徊溜达，无所事事，节奏像一群老人般，我们不再年轻的脸已不再与风产生剧烈摩擦，如同我们的内心已与世界达成和解，表面上，一切都显得那么和缓安宁，内心却听到时光"嗖嗖嗖"的声音。

不应该啊，这是多么好的地方啊，德清。

据科学试验，人的眼睛看世界时，你看什么，只有他是清楚的，周围都是模糊的，因此，我们看到的，只是世界的百分之一，否则，你的大脑根本无法接受巨大的信息，你的脖子无法支撑你的巨大脑袋，这是造物主的仁慈。此刻，我坐在离德清不远的杭州的梅雨季节里，翻看在德清的一张张合影，却看到了另一个人的影子——德清，它是一个人的样子——一个从旧时光里穿越过来的穿布衫的人，无处不在。

他在庾村的老火车站。庾村有一条颇具民国风味的街道，接近老蚕丝厂的一个拐角处，有两块木头牌子，一块刻印着沈从文的句子："在小羊'固执而且柔和的声音'与乡民平常琐碎的对话之间，存在着一种和谐；这河面杂声却唤起了一种宁静感。"再转一个角，另一块刻着"到了乡村住下，静思默想，我又觉得自己的血液里原来还保留着乡村的泥土气息"。这是茅盾的句子。我没想到在这里会遇到他们两个，但这两句话在此时此地却无比贴切。还遇见一个人，名字忘了，在火车站古色古香的墙上，印着他的一段文字，说的大约是他要坐火车出门旅游，夫人叮嘱他说，要慢，要安稳。我仿佛听到了那班即将发出的火车慢吞吞的鸣笛声从远处传来，而这位先生，正坐在前往火车站的马车上，听铃铛叮当作响，他的行李里，一定有一只竹藤箱子，里面一定有几本线装书，是读书人应该有的样子。

我们站在老火车站前合影，请当地朋友用我的手机拍。奇怪的是，不知怎么回事，拍摄模式自动变成了怀旧功能。于是，照片微微发黄，每个人在那种色调里，突然温婉而宁静，四周小尖得宁静，仿佛我们穿越到从前，与沈从文茅盾他们在一起，一起看废弃的旧火车枕木上钻出嫩绿的草，一起看空寂无人的一个咖啡吧里长得像猪一样的两只小白猫。我站在街角，用手机拍它们时，从玻璃窗的反光中看到了无数德清故人的影子——游子孟郊、一代词宗沈约、才女管道升、山水画家沈铨、经学大师俞樾、红学家俞平伯、民国总理黄郛……

我气喘吁吁爬到黄郛曾经的藏书楼、如今的陆放版画展厅前时，朋友几人已经坐在巨大的樟树下，架起二郎腿闲聊。雨前天色灰暗，空气无比清新，几百岁的巨大树冠，让我想起释迦牟尼得道的那棵菩提。他们三三两两散落在绿色的大伞下，与我仿佛隔了很多个世纪，大树，天空，积雨云，蚂蚁，蚊子，茶几，藤椅，茶，聊天，看手机，无比的淡而闲。没有领导讲话，没有紧锣密鼓的行程，亦没有非谈不可的主题。从雨前到一场淅淅沥沥的雨下下来，他们在脑海和对话里，也遇见了一些与德清有关的故事和故人，感叹着地杰人灵和民风依旧……我认识他们很多年，从来没有见过他们这么无所事事的样子，这么像从前的文人，这么像一群志同道合的人。而这时候，德清，就像一位老友，默默给我们递上一盘瓜子，一盘笋干豆子，一杯茶。

在新市古镇的一幢古宅楼前，一位韦姓先生站在长满杂草的廊檐下，指着一块石头说，这是世界上最长的条石。我不懂，一直点头。他什么都懂，对这个水乡古镇了如指掌，如数家珍，当他将自己编写的书一本本送到我们手里，就知道他有多么爱这个地方。让我想起我的老家，也有一位老先生，他什么都懂，镇子里的杂志稿子都是他负责编，也让我想起同行的安峰对古运河研究的执着，百忙中已经出版了十来本书，还要继续。似乎，每一个古老的地方都应该有这样一个人，但几十年后呢，还会有吗？几十、几百年后的德清，还会是一个自然、人文都得天独厚的清凉美丽世界吗？

这个念头让我低落，直到我走进德清图书馆，遇到一直倡导裸心阅读的慎馆长和年轻的朱炜时，才放下。朱炜还是学生时，我们就在微博和微信上有过交流，但此时我才知道，他如此年轻，已出版过关于德清人文的好几本书，他还是德清历届最年轻的诗词学会会长，每一个端午节，德清的上空，会一直回旋着他和同伴们的朗诵声。

德清，取名于"人有德行，如水至清"。从新石器时代至今，从人德到自然之德，德清也前行也奔波，但始终坚守，不离不弃，因此，在德清短短几日，总有一种错觉萦绕——德清不是一个地方，而是一个中年人，他玉树临风，儒雅智慧，他气色很好，脚步很稳。

（选自 2015 年 8 月 1 日《人民日报》）

白　沙

赵良冶

白沙虽小，却不可小看，古老村落，历史文化可圈可点。粗略数来，纳西族文化发源地，木氏土司发祥地，白沙细乐肇始地，白沙壁画所在地⋯⋯

国庆大假刚过去，这里的早晨，已是寒意阵阵。

商业化之风，吹进这个原生态的村落。渔猎农牧，纳西族人世代沿袭的生活方式，悄然发生变革。一条主街，餐饮、茶吧、店铺，开办几十家。小巷也不甘落伍，古老宅院装修一新，挂起客栈的招牌。

镜头中，闪现土特产商铺。一位卖刺绣扎染的老妈妈，让我兴致盎然。老妈妈一脸慈祥，通身纳西族服饰，双手戴玉镯，辅以五颜六色的刺绣扎染背景，十分出彩。

抓住时机，中景近景特写不停变换，角度上下左右快速挪动。

右边脚底，突然感觉不对劲，软软的，还有异味扑鼻。低头看，踩到一堆牛屎，热气蒸腾。前面，一条黄牛，正昂首阔步而去，没有丝毫歉疚。

好在，街边即是水沟，赶忙清洗。

一块肥皂递到面前，抬头看见老妈妈。没来得及道谢，人已离去。转眼间，老妈妈拿出扫帚撮箕，清扫路面的牛屎。扫完后，撒上取来的泥土，将残留粪便尽可能清除。

我有些吃惊，默默地盯着。两位路过的外国人，停住自行车，掏出照相机。我恍然大悟，顾不得擦拭鞋上的污垢，啪啪按动快门，记录下整个过程，包括忙于抢镜头的两位年轻老外。

拍人物像问姓名，多年养成的习惯。聊开来，知道这里是南街，老妈妈名叫毕蓝芳，今年七十五岁，儿孙满堂。几间铺面，加工扎染的院子，全是自家财产。

叫声毕大妈，请问为啥扫除牛屎？毕大妈说："看见远方的客人踩在牛屎上，心头不安。我对不起你，让你弄脏了鞋子。"

我忙回答："是牛拉下的粪便，与你毫无关系。""不，牛屎在我家门口，是我扫迟了，对你不住。"毕大妈坚持己见。

终于闹明白，这条街的清洁，原本安排专人。只不过，村里牛羊多，放牧途经街上，随时会遗留粪便。这时，有个不成文的规矩，谁家门前有粪便，谁就会主动打扫。刚才的事，毕大妈认为是自己动作迟缓，让客人产生不好的印象。

有什么不好印象，纯属自个儿不小心。甚至暗自庆幸踩到牛屎，否则就遇不到这样的好心人。

为让老人放宽心情，我岔开话题，指着铺子里五颜六色的绣品，与毕大妈聊起纳西族刺绣。

话匣子打开，毕大妈居然是一位刺绣高手。

刺绣艺术，作为纳西族少女，个个都要学。小时候，看着妈妈飞针走线，面料上鸟儿飞翔，花儿绽放。心头羡慕手发痒，吵着妈妈教刺绣。

里边太多讲究：面料随意，绸缎、棉布、麻布均可；技法多变，平针、钩针、倒针、挑针、锁针各具其妙；色彩考究，除着意古朴厚重外，姑娘追求鲜艳，老妇讲究素雅；图案丰富，花鸟鱼虫到几何图案，写实夸张手法多变。

聊到高兴处，毕大妈邀我进屋，翻出几块绣片，说是奶奶和妈妈留下。绣片老旧，但做工精细，尤其各种几何形图案和色泽搭配，让我见识到上品刺绣的精妙。

毕大妈道来，村中刺绣代代相传，民间高手多，名声在外，以至誉为白沙三宝之一。哪三宝？就是壁画、刺绣、和氏中医，你都可以看看。

壁画是不看的了，收费太高。转身向北，往和氏中医，准确地说是玉龙雪山本草诊所而去。

小巷拐弯，一座老房子，门前挂诊所招牌。

走进小院，几间木屋，三五看病求医者，依次候着问诊。有村民，有游客，还有一位外国人。

诊所简朴，设施简陋。一看便知，门边端坐把脉的，必是医生和士秀。和医生慈眉善目，白头发白胡子，再加一身白大褂，格外打眼。

很是吃惊，和医生满口英语，同老外沟通交流。见我好奇，一位本村患者，讲起和医生往事。

和士秀一生坎坷，青年时学过外语，当过解放军。一身戎装的照片，放大后悬挂墙壁，可见当年潇洒英俊。各种原因，身患重病的和士秀，归家务农。为治病，踏遍玉龙雪山，采集中草药，逐一熟悉药性。十余年矢志不渝，不仅身体康复，还久病成良医，掌握了不少草药的奥秘。

诊所开业至今，一晃近三十个年头。先是给村民看，以后给游客看。慢慢地，名气越弄越大，连外国人也知道纳西族神医和士秀，英语不错，言语谦和。这一来，中外游客到白沙，有病没病的，总爱跑来瞧瞧。

听那边，和医生正问诊，换了个中国人，通身游客打扮。饮食起居，情绪嗜好，逐一问个明明白白，再对症下药。

除了药，每一位求医者，还将得到一张纸条。中国人用中文，外国人用英文，和医生分别书写"病人要有治好病的信心""乐观是最好的药""不吸烟，不喝酒，简单的食品，朴素的生活"等话语，算是一种告诫或临别赠言吧。

时近中午，诊疗告一阶段。忙一上午，和医生依旧精力旺盛，与我交谈，从草药到诊所再到人生，反应敏捷思维缜密。

收费不高，病人给多少是多少。遇到没钱的，也就不收。反正药来得便宜，不是山上采的，就是自家地里种的。来的病人再多，都得花时间与病人沟通。熟悉病人，是医生的职责。取得病人的信任，二者合作，才能治好病。

人生格言，和医生自创不少，连珠妙语，很值得今人深思，尤其是医生：谈病不谈钱；病人是医生的老师；医生的价值体现在病人身上；无德不成医，无信药不灵；仁医仁术，二者不可分……种种箴言，让人不敢相信，这些话语出自一个乡村医生！

脚步声响起，又来病人，告别和医生，再去四处转转。

天不作美，飘起蒙蒙细雨。

那就歇歇吧，偏偏这时，肚子一阵阵地隐痛。

水火无情，推开一户人家的大门，撞撞运气。

听到开门声，出来一位老人，是个男的。心里直发毛，经验告诉我，男的更难商量。

吞吞吐吐，迂回婉转费半天口舌。老人闹明白了，手一扬："厕所在左边。"

出来告辞，感激的话一大堆。老人笑着摆手，说不用谢，出门在外，谁没个为难事。外面下着雨，屋里坐坐吧。

老人叫和振林，世居白沙，农技员退休，平日里栽花种地。得知我干了几十年文化，对文物也略知一二，感觉投缘，一把拉住到处看。

房子雍正年间修建，历代维修，至今完好无损。正房的六扇大门，两厢的窗户，全部镂空雕花。那工艺，一望便是老一辈留下的玩意儿。图案除了茶花和水仙，还有凤凰亮翅、仙鹤起舞、喜鹊闹梅等，满屋子喜庆祥瑞。

新盖的客厅厨房，风格也与正房统一，门窗同样镂空雕。仔细看，雕工不差，可见老人品位。

墙角边，数十盆花木，点缀老宅院。

非常好的老房子，尤其是门窗上的雕刻，更是招人喜爱。前些年，就有人找上门，非要买雕花门窗，开口就是三千元一扇。不卖，又有人不断登门，价钱也一个劲往上翻。

叮嘱老人，一定要好好保护，留给后辈子孙。都卖了，白沙也就毁了。老人说，不卖的。这个道理很明白，白沙的文化是无价宝，多少钱都不卖！

临走，老人提一袋瓜子相赠：自家地里的，不值几个钱。

丽江到大理的火车上，我是一路嗑着瓜子，念着这个老人。

（选自 2015 年 11 期《四川文学》）

我与早餐店老板娘的关系

黄信恩

大厦一楼有间中古早餐店，价目表字迹磨损不清，岁月写在油腻成垢的墙上。数个清晨因为赶时间，我总向老板娘简短说着："蛋饼加豆浆。"拎起塑胶袋便赶去医院。有次，因为已连续七天重复同样的购买动作，我竟不好意思起来，决定到巷口便利商店买大亨堡。

后来在通勤途中，仔细剖析自己的行径后，我发现其实那是我在逃避一种窘境。每天我走向早餐店，看见老板娘左顾右盼，她的眼神与我交会几秒，便迅速转移。她应该知道我要进店内消费，却以眼神与头的转向，告诉我她不知情。

我来到店前，向老板娘点了餐食，互瞄一眼后，便不发一语，共同对着黑亮的平底锅，目睹蛋饼的诞生、肉片的熟透，很陌生人的互动。然而我们彼此知道彼此，她一定记得我的脸孔，甚至熟悉我的作息动静，记忆我特定的食物组合。或许是我拙于言辞，吝于表达，但事实上，我们也没什么好说的，说了是搭讪，不说是冷淡，生命交集局限在一只平底锅上。这是一种明明相识，却又佯装一片空白的关系。然而，有时这种关系，可省去生活上许多烦琐、勉强的礼节。

就像我身处的大医院。

一位医师其实要面对很多关系，医患、医护、医药以外，更多时候是"医医"关系。常常一条走廊上，会遇到和我交织各样关系的医生——师者、学长姐、同学、学弟妹，或外院观摩、毫无关系的人。情义深浅不一，交集宽窄不一，互动冷热不一，有时我陷入是否打招呼或寒暄的两难处境，特别是那种一面之缘的医师。我们或许是一个交会的眼神、一记礼貌的点头、一道平静的微笑，然而更多时候，是快步地擦身而过，不释出任何暗号。

"蜘蛛猴"是一位谐趣的总医师，我见习时认识的。他对学弟妹相当友善，安排饭局，耐心解答临床疑惑，很容易就和大家打成一片。

后来我离开蜘蛛猴的专科，一科换过一科见习，日子久了，不知不觉也将这段关系疏远了。我与蜘蛛猴见面时的话题逐次减少，往后几次在电梯内碰面，话题甚至仅剩："学长辛苦了，专科考试准备怎样？"而他对我也仅剩："现在run到哪一科啦？"然后那台电梯很冷，很不安，等着最后唯一的默契：再见！

一年半过后，有天蜘蛛猴从大厅迎面走来，我向他挥手，但他没有回应，满脸疑惑，似乎是忘记我了。我能理解，每两周他就得认识新一批见习医师，建立新关系的同时，也放掉旧关系。那一刻过后，我与蜘蛛猴成为陌生人。

在医院待久了，随着电梯升降，我往往能归纳出各楼层进出的医疗人员，和那些专属的脚步与身影。记住也好，遗忘也好；认识也好，陌生也好。似乎这里藏着整座城市大厦生活的影子，以及一则则早餐店老板娘与楼上住户的关系。

（选自 2015 年 5 期《台港文学选刊》）

鞋底下的年轻

干亚群

补鞋师傅不常来我们村。一来，他的面前码起许多的鞋，好像鞋子们都跑到他这儿鸣冤叫屈。那几天里他会很忙。他一走，人们很快忘了他。修好的鞋子穿在脚上很舒服，脚一舒服起来忘记的事特别多。修好的鞋闷声不响，乖乖载着主人。有时，主人狠狠地跺脚，鞋子心虚，补鞋师傅将把话传回了吧——

这半年里他几乎不会再来——当人们脚上的鞋开始与脚闹别扭的时候，他又进村来兜活儿。

还是那个行头，扁担的一头是补鞋机器，另一头是一只小木箱。

村口有一座石板桥，闲散的时候常常坐满人，大家兴致勃勃说着一些道听途说的事，悬空八只脚的事，也关注当前时事政治，分析天下形势，似乎桥头离北京首都仅一站之远。这些话一经村民的口难免土得掉渣，有的说着说着把老朝老代的事儿也带出来，有的聊着聊着跟人争起来，一个说总理坐飞机了，一个说总理跟外国人聊天，旁边干吗总有一个低着头的人。有的说我们国家太节约了，钓鱼台这种地方像我们农民去才说得过去，怎么能让外国客人去这种钓鱼台穷酸的地方，然后啧啧几声，再啧啧几声。

他在桥头放下扁担，一把抓住木箱子上的绳索，拎到与补鞋机器间距有两步的地方。打开小木箱，从里面取出锉刀、剪刀、胶水、皮、小脸盆等，合上后一屁股坐到上面，刚好与补鞋机器齐平。

他四十多岁，或许还不止，或许还不到。因为他的头发全白了，他的背却非常挺直。好几次马婶问他的年龄，他都不吭声，顾自低头修他的鞋。

马婶有个嗜好，碰到陌生人来村里爱问人家的年龄。等人家报出年龄后，她接着会问人家住哪儿，家里有几个孩子，多大了。家里的情况问清后，马婶又会问人家的收入。马婶问完了所有问题，她才会安心下来。她一安心下来，村人也觉得安下心来，陌生人的底细都清楚了，还有什么值得不放心。

马婶在他面前碰了一个软钉子，心有不甘，于是她告诉我们补鞋的是一个半哑。我们一听，觉得非常像，否则他怎么不进村吃喝呢。马婶因为他是半哑，所以对问不出他的底细这件事就不再耿耿于怀。村里人因为他是半哑，不顾忌在他面前聊天，说某人的坏话，也揭某人的短。他在一旁咔嗒咔嗒摇着他的补鞋机器，从不抬头，似乎他从来没有听到过别人的话。

桥头的热闹一般在晚上，但他来了后，白天也热闹一阵子。女人把要修的鞋送过去，在他面前堆起了一座小山，豁了嘴的套鞋，脱了帮的胶鞋，这个地方贴一块皮，那个地方缝一下。马婶在一旁热心地替他说话，说，他是半哑，你们要指给他看的。他听了微微一笑，露出一口洁白的牙齿。女人对着鞋子指指点点，还怕他听不懂，还一个劲儿地比画着。女人放下要修的鞋子，眼睛盯着他的手，似乎想监督他的活儿，但又不好意思一直盯着，于是，就会有几个女人有一句没一句地聊着。这样的聊天其实没有多大意思，围着补鞋的说话，而补鞋的是半哑，女人们觉得很无趣。女人交代完补鞋的事，转身走了。而男人三三两两围拢过来，他们替女人拿补好的鞋子，也凑兴聊聊天。

一双双歪瓜裂枣的鞋子经过他的手模样端正起来。

那些聊天的男人一见自己的鞋子补好了，便从桥栏上跳下来，在他的鼻子底下伸出臭烘烘的脚，一试，鞋又能穿了。付过工钱后，有的还不肯走，继续南腔北调，古今中外。比如赵七他们手脚闲着，嘴巴不停开合，还在"山海经"，可这些跟他无关，他一心一意做他的活儿，两只手一点也没闲过。一会儿咔嗒咔嗒手摇补鞋的机器，一会儿拿锉刀锉皮，上胶水。补鞋的程序就这么几道，但他每道都做得很专注，目光始终盯在手上，头始终低着。

他的身边也围着一圈叽叽喳喳的孩子，他们要他手中剪下来的皮，用来做弹弓。他拿剪刀咔嚓咔嚓，小家伙们伸长脖子，一个个眼巴巴地瞧着他的手。他拿剪刀的手轻轻往里缩了缩，小心剪下六七块皮，每个小孩一块。小孩拿到皮后一哄而散，去做他们的弹弓。他的周围一下子又静悄悄了。

赵七等人的话在他身边跌落，又纷纷被风吹走。有时胶鞋的鞋带断了，裂了，他重新配一副。当然，遇上马婶这样的人可不乐意了，认为他故意多赚她的钱。他就摆摆手，示意送给她了。马婶是个剪刀嘴巴豆腐心，见他这么大方，一边掏钱，一边说，一个半哑出来做事，挺不容易的。接着问，你今年到底几岁了？他咧咧嘴，低头补他的鞋。

后来成习惯了，村里的年轻人也惦记着他来。因为后来年轻人穿起了皮鞋，特喜欢在鞋底钉鞋掌，碰到水泥地，脚下发出踢嗒踢嗒的声音。如果一个小伙子或姑娘没有一双踢嗒踢嗒的鞋子，似乎在村里显得很寂寞，在人前会觉得寒酸。好一点的买上一双牛皮的，最差的至少也有一双人造革的皮鞋。年轻人还没有实力在乎皮与皮的好坏，但青春的涌动让他们非常敏感来自各方面的声音，包括脚下的踢嗒踢嗒。没有踢嗒踢嗒，再好的皮鞋也不是皮鞋。皮鞋怎么会没有声音呢？年轻人不能接受没有声音的皮鞋。似乎主人摆架子，让鞋子发声音。所以他一来，年轻人赶在了马婶等人的前面，把一双双皮鞋捧到他面前，告诉他钉几个鞋掌。他从木箱子里拿出一个盒子，里面是大小不等的钉子。一整天，他在桥头叮叮当当地敲，把一枚枚钉子钉到鞋底上。他离开桥头后，他的叮叮当当化作踢嗒踢嗒。如果踢嗒踢嗒往村外响，几个年轻人准是去看戏看歌舞去了。晚上回来，踢嗒踢嗒声又清脆地在村里响起。响过后，村庄才真正睡过去。年轻人穿着皮鞋一个个往外跑，有的一跑再也不回来了，有的回来又回去了。他们换下的皮鞋，他们的父母穿到了脚上，但老人不喜欢那踢嗒踢嗒的声音。

再后来，他在补鞋车前竖立起一块硬纸板，上面工工整整写着"补鞋、钉鞋掌"。他坐在木箱子上，静候老主顾——那些鞋们。他的面前不再有成堆的旧鞋子，也没有年轻人来钉鞋掌，他的摊位前显得冷冷清清。马婶拿来一双他儿子穿过的旧皮鞋，让他把鞋子底上的"掌"取下来。他很诧异。马婶一个人絮絮叨叨起来，说，现在的年轻人都跑到外面去了，原来的皮鞋都留下了，原以为他们还会穿，谁知回来了就不要穿原来的旧鞋子，脚上穿的新皮鞋，无声无息，说是真皮。这些皮鞋不穿马上会发硬老化，可那些钉子太恼人。

那天他早早离开了桥头，可能准备回家了。从我家门口走过时，父亲想起我留在家里的一双皮鞋有些开裂了，补好后说不定回来还可以换穿一下，于是叫住了他。他修好鞋已经临近中午。父亲看他中饭没有着落，便邀请他一起吃。他也不客气，从箱子里掏出一瓶酒，给父亲也倒了几口。那天他似乎喝了半醉，絮絮叨叨说了很多话。他说，他喜欢村里有踢嗒踢嗒的声音，那些声音都出自他的手。每个晚上他会细细听着村里的踢嗒踢嗒，那些后生弄出一大堆的踢嗒，感觉村庄都年轻多了。后来踢嗒浅下去了，再后来连零零星星的也没有了，每个晚上他都能感到村庄正趋向衰老。他晃着酡红的脸说："这些年我习惯了踢嗒，没有踢嗒，我的手指跟着老了。"

午饭后，他摇摇晃晃挑着担离开我家，也离开了我们的村。

我从卫校念书回来，父亲问我对补鞋师傅还有印象吗。我说，怎么没有印象，是个半哑，以前钉皮鞋掌都等他。父亲笑了笑，过后从床底下的一只盒子里找出一双皮鞋，说："这双鞋他修过了，还重新钉了一下鞋掌。"我翻过来，果然几枚灰色的弯月状铁掌钉在鞋底上。鞋子有些硌脚，扭了几下，才勉强穿上。皮鞋一接触到水泥地，脚下立马响起"踢嗒踢嗒"，土里土气的声音。我试着想多走几步，但实在没有兴致听它的虚张声势。那双皮鞋又被我放进了盒子里，父亲脸上露出失望的神情。

我想，让村庄再次年轻起来的会是什么？当然是声音，但是，肯定不是皮鞋的掌发出的声音。

（选自 2015 年 1 期《青海湖》）

◎ 百 姓 的 壶 ◎

温温恭人，如集于木（外二篇）

王 蒙

对于"集"字的解释，《说文》上说是"群鸟在木上也"，就是说许多鸟儿栖息在树枝上，它们温良恭俭让，文文明明，客客气气，互敬互怜。

想想，挺好玩，鸟儿，有展翅高飞的时候，有成群结队的时候，有放单的时候，也有"温温恭人，如集于木"的场面。

至于底下的诗句"惴惴小心，如临于谷。战战兢兢，如履薄冰"，就更不是鸟儿的常态了，鸟儿可以在山谷也可以在冰面或者水面上飞翔，有什么惴惴小心、战战兢兢的必要呢？

好的，这里说的不是鸟，而是人。以"集"的状态告诉人们，集合、集聚在一起，要小心相处，避免发生冲突争拗。这表现了一种尚文的精神，斯文的风度，好礼的追求，道德的自律。

而网上竟有人将头两句诗释为"囚犯被锁在一大堆木头中间"。

这说明，大家文明地客气地和谐共处，是理想之美，是礼仪之梦，锁与被锁的乖戾的可能性与现实性，恐怕也不能不正视。

读书读书，读了半天书，还是希望大家更文明些，同枝而栖，多一点温温恭人，少一点有我无你：有我无你太多了，最后往往是同归于尽。

当然，还有另一面：物竞天择，优胜劣汰。所以还要努力发展，免得落后紧了挨打。一味"温良恭俭让"，弄不好彼邦彼人对你会是见了屎人搂不住火。一味斗斗斗，则逐渐从悲剧变成了喜剧、闹剧、恶搞。仅仅有温良恭俭让是不够的，全无温良恭俭让，怕也是野蛮，也不行。

十六字真言

中国的政治文化是真有绝的。

俺的同乡张之洞张南皮，曾经受过前辈高官鹿传霖的教导，十六个字："启沃君心，恪守臣节，厉行新政，不悖旧章。"用现代的话说就是多向上面宣传报告，丰富与开拓上面的信息资源与胸襟眼界，同时严格地讲规矩、守纪律，不搞急躁越位冒险，不瞎忽悠。以一定的紧迫感认真改革，敢于尝试，勇于出新，同时尽最大可能尊重已有的秩序，避免旧势力的反弹。

您看得懂这十六个字吗？您解得开这十六个字吗？您参照得了这十六个字吗？

在厉行新政的时候如何不悖旧章，这话是有点费解，有一种说法是厉行新政的时候要不怕冒尖，敢于突破旧框框，显然这也是对的。但改革创新，并非易事，任何存在都有存在的道理，我们不能忘记黑格尔说的"凡是合理的都是存在的，凡是存在的都是合理的"，谁也不要认为世界会因一念之新而焕然幡然。

人的本事正在于他们的不止一条单行线，又要启君心，又要守臣节，又要行新政，又要顺旧章，其道理与黑格尔的合理的要存在，存在的便合理之说是一样的。黑格尔，更哲学；鹿传霖，更官场，当然。

当然，什么也不是绝对的，灵活妙用，全在一心，参考参考，会参考的人便会充实丰富灵活，常常立于不败之地。怕参考的人容易干瘪贫乏，照本宣科，随波逐流，了无新意。长袖善舞，多财善贾，充实丰富了做不到游刃有余，总不至于动辄捉襟见肘，急赤白脸，恼羞成怒，头破血流。十六字微妙深邃，君意如何？

何远之有？

《论语》提到一首诗："棠棣之华，偏其反尔，岂不尔思，室是远尔。"孔子评论说，"未之思也，夫何远之有？"

孔子将风中摇曳的花喻为美好的道德文化理想，视为世道人心的优化，提倡反求诸己：你好好去思之念之求之，你好好地去追求仁义道德，起码说明你自身的道德文化在往好的方面发展。

"棠棣之华"四字源于《诗经》，原诗中用棠棣之华比喻兄弟情谊，诗中还有"兄弟阋于墙，外御其侮"的句子。孔子干脆以之比喻一切美好的品德，叫作"诗无达诂"，窃以为更是"诗宜善诂"。不同的人对于同样的诗会有不同的感受。推其本源，《论语》中引用的，在《诗经》中找不出来的这四句诗，老王相信它最本来是情诗，是古代的"信天游"，应该把这四句歌词演唱起来，起码比现在的情歌高雅清纯许多。

而到了一心举逸民、继绝学、接续西周文脉的孔子与他的后世传人那里，此诗就是启迪，它就是契机，它就是知行合一；同时这就是一言可以兴邦，这就是抓文艺、抓教化，以正心诚意为修齐治平的核心，这就是国情。这就是先放一步，先承认"室是远尔"，承认想念而到不了手的悲情，承认人生之遗憾何其多也，再来一个不但华丽而且雷霆万钧的严重转身：孔子斥曰，远什么？哪里远?! 你自己不好好去想、苦苦去想、甜甜去想，你责任自负！你活该！

孔子讲的是一种文化理想主义、道德理想主义，它可能很难完美实现，但是它是对斑斑驳驳的现实的照耀与感召，理想，当然是文化中不可或缺的一个元素。

（选自 2015 年 5、6、8 期《读书》）

记住乡愁，就是记住春天

郭文斌

记住乡愁，就是记住社稷。

记住乡愁，就是记住祖宗。

记住乡愁，就是记住恩情。

记住乡愁，就是记住根本。

记住乡愁，就是记住春天。

这是我做百集大型纪录片《记住乡愁》文字统筹时脑海中一遍遍闪过的句子。由中宣部、住房和城乡建设部、国家新闻出版广电总局、国家文物局组织实施，中央电视台组织拍摄的百集大型纪录片《记住乡愁》于 2015 年 1 月 1 日正式开播。

尘封了百年的传统文化实体，以百集纪录片的形式重回岁月和大地。这些节目，既是一出出生命大题，又是一份份绝好的答卷。格物、致知、诚意、正心、修身、齐家、治国、平天下……在这 100 个"考场"里，一次次展开，一次次收起，仁心写，义举答，子子孙孙答不够，一答就是百千年。

我看到，但凡得高分的家族、村落，他们都有共同的遵守，没有忘记国家社稷，没有忘记祖先，没有忘记恩情，没有丢掉根本。但凡兴旺的家族，都有家谱、祠堂、祖训，并且像守着生命一样守着这些家谱、祠堂、祖训。仁义礼智信，孝悌勤俭廉，在这些土地上，已经化为人们的思维方式、生活方式、工作方式。

我还看到真正的励志和制度，真正理解什么叫师道尊严、什么叫商道贾德。我发现晋商成功的秘密并不全在经营里，徽商成功的诀窍并不全在谋略里；还发现幸福原来也在五常十义里，甚至就在一餐一饮、一草一木里。

看着这些台本，我突然觉得，人一旦没了故乡的概念，一切病相就要来了。现代人生活在城里，没有一个共同的地理凝聚力，房子常常换，漂泊感就来了，漂泊感带来无根感，无根感带来焦虑。不像古人，不管走多远，心系故乡。

太多的故事让人泪眼婆娑。甘肃哈南村是一个把"忠"自觉化的村落。战时，他们把"忠"用于卫国；和时，他们把"忠"移于建设。据记载，明初时朱氏祖先立下赫赫战功，朱氏后人便把"忠勇传家"作为家规祖训写进了族谱。历史上，朱氏一族先后有 11 人为国捐躯，从军报国也就成为哈南村的传统。每逢外敌入侵，"母送儿，妻送郎，父子争相上战场"催人泪下的场面，就会在这个小村庄里出现。汶川地震后，哈南村也是重建速度最快的村落之一。在安徽屏山村，明嘉靖年间，舒善天进京赶考，高中探花，衣锦还乡之际，发现相依为命的老母病倒家中，便弃官侍母，直至终年。还是屏山村，在电影《一江春

水向东流》中成功塑造"抗战夫人"王丽珍的人民艺术家舒绣文，当年一月挣
30 块大洋，会把 25 块寄回家里。在山西静升村，王氏十六世祖王寅德与人合伙
做生意，对方早亡，他把属于对方的钱分文不少地还给人家后代。做月饼的吴
丽霞家，如此在乎月饼切开后的匀称，不单是讲究月饼的品相，更是考察做月
饼的人心是否匀称。他们相信，心匀称，手下的活无不匀称，心不匀称，手下
的活难以匀称。

读一出出台本，我就像是在给祖先的老屋拂尘，给祖先的德容擦灰，给祖
先的衣襟掸土。我是那么急切地想等到下一出，又是那么紧张地看着每一出，
一遍不够，两遍不够。多少次，我的键盘上落下一个不肖子孙的热泪。就连晚
上做梦，都在乡愁之中。

作为炎黄子孙，我们是多么幸运，我们有这么伟大的传统，这么优秀的祖
先，这么智慧的文化，这么可爱的同胞。作为一个作家，我是多么幸运，能够
以这种方式，亲近我们伟大的传统，为祖先尽上一份小小的孝心。

在这些节目中，我看到的孝悌忠信礼义廉耻故事，远比在任何一部小说中
读到的精彩。很难相信，倘若没有这 40 个摄制组长达 9 个月的艰辛打捞，任凭
他们淹没、流失，对中华民族来说，将是何等的损失。

有了这 100 集，我们就可以回答，人类将走向何方。有了这 100 集，我们就
可以回答，子孙将向哪里去。有了这 100 集，我们就有了底气。孔子不但是中国
人，而且正在以乡愁的方式活在大地上。端午不但是中国的，而且正在以乡愁
的方式活在大地上。我还看到了二十四孝的现代版，看到了精忠报国的现代版，
他们有名有姓，有脸有面。

此刻，我更加笃定，只要我们把根留住，只要我们回到根那里，一切都不
是问题。因为春来草自青，草的答案不在草本身，而在春那里。

乡愁中的传统，传统中的乡愁，正是我们一刻都不能离开的春风。

（选自 2015 年 1 月 8 日《人民日报》）

不较劲的智慧

周国平

1. 分清自己能否支配

人生智慧的一个重要方面，是分清什么是自己能够支配的，什么是自己不能支配的。对于自己不能支配的，你只能顺其自然。对于自己能够支配的，你要努力，至于努力的结果是什么，也不妨顺其自然。

2. 不较劲的智慧

人生许多痛苦的原因在于盲目地较劲。所以，你要具备不较劲的智慧，这包括三个方面：

第一，不和自己较劲，对自己要随性。你要认清自己的禀赋和性情，在人世间找到最适合自己的位置，不和别人攀比。

第二，不和他人较劲，对他人要随缘。你要明白人与人之间有没有缘和缘的深浅是基本确定了的，在每个具体情境中做到大致心中有数，不对任何人强求。

第三，不和老天较劲，对老天要随命。你要记住人无法支配自己的命运，但可支配自己对命运的态度，平静地承受落在自己头上的必不可免的遭遇。

3. 和外部遭遇拉开距离

一个人活在世界上，必须学会和自己的外部遭遇拉开距离。这有两层意思。

其一，面对你的外部遭遇，你要保持内心的自主。人往往容易受既有的遭遇支配，被已经发生的情况拖着走，走向自己并不想去的地方。其实，既有的遭遇未必就决定了未来的走向，在多数情况下，人仍然是有选择的自由的，你一定不要放弃这个自由，而你的未来走向在很大程度上就取决于你能否用好这个自由。

其二，面对你的外部遭遇，你要保持内心的宁静。如果既有的遭遇足够严重，已经发生的情况对你的打击足够大，到了彻底改变你的未来走向的地步，那就坦然地接受吧。这个时候必须有超脱的眼光，人终有一死，一切祸福得失都是过眼烟云，不必太在乎。

总之，如果可能，就做命运的主人，不向它屈服；如果不可能，就做命运的朋友，不和它较劲。

4. 不要死在一件小事上

如果你把全部注意力放在一件事上，那件事多么小也会被无限放大，仿佛是天大的事。那么，调转你的视线吧，去看人间的百态，历史的变迁，宇宙的广袤，再回头看那件事，你就会发现它多么微不足道了。让你的心灵活在一个广阔的世界上，你就不会死在一件小事上了。可悲的是，死在一件小事上的人何其多也。

5. 思虑伤身，多思健体

思虑伤身，为日常生活中的小事、琐事而忧虑、烦恼、痛苦，这种情况因为频繁发生而日积月累，事实上最容易致病。相反，有思考习惯和能力的人，能够以理智的态度和宽阔的胸怀面对人世间的事情，不但不会伤身，反而可以健体。那些想大问题的人，哪怕想的是苦难和死亡，比如苏格拉底和佛陀，身体都好得很。

6. 警惕小事

想大问题，哪怕是想死亡这种可怕的大问题，并不会损害健康。相反，为小事纠结、烦恼、愤怒，却是最伤身的。

人面临大事往往会诉诸理性，因此比较冷静。相反，却很容易被小事刺激得怒火中烧，怨气郁结。

结论是：**警惕小事，面对小事你要控制住自己的情绪。**

7. 间接的自怨

自怨是最痛苦的。有直接的自怨，因为自知做错了事，违背了自己的心愿或原则，便生自己的气，甚至看不起自己。也有间接的自怨，怨天尤人归根结底也是自怨，怨自己无能或运气不好。不错，你碰上了倒霉事，可是你就因此成为一个倒霉蛋了吗？如果你怨气冲天，那你的确是的。但你还可以有另一种态度，就是平静地面对。是否碰上倒霉事，这是你支配不了的，做不做倒霉蛋，这是你可以支配的。一个自爱自尊的人是不会怨天尤人的，没有人能够真正伤害他的自足的心。

（选自 2015 年 5 月广西师范大学出版社《人生不较劲》）

就这样安静地下棋
——从棋圣吴清源说起

雪　青

5 天前，11 月 30 日凌晨，一个叫吴清源的老人于日本神奈川去世了，享年 100 岁，震动世界围棋界，就此，一代传奇被永久定格。

一

著名导演田壮壮曾拍摄传记电影《吴清源》。赴日期间，有一次田壮壮和影片的编剧阿城还有吴清源的助手牛力力在一个酒吧喝酒，有位六十多岁的日本老者闲来无事攀谈："你们来日本干吗啊？"牛力力答："来见吴清源。"谁知那老者一下子站了起来，给牛力力鞠了三个躬，神色恭敬地说："吴清源是个神！"

吴清源，生于中国福建，出生不久全家迁居北京；7 岁开始和棋力只有业余初段水平的父亲学棋；11 岁丧父，同年成为段祺瑞门下棋客，并受到段祺瑞每月 100 块银圆学费的资助（同时期北京大学图书管理员的月薪是 8 块银圆）；14 岁以天才少年之名赴日，拜日本棋界名宿濑越宪作为师。1933 年打破当时日本棋坛保守棋风，与日本棋士木谷实共同开创"新布局"。同年与日本选手全战优胜，在与当时日本棋坛领袖本因坊秀哉名人进行的比赛中下出了著名的"三三·星·天元"对局，一时震惊海内外。1939 年开始与木谷实下镰仓十番升降棋，1941 年 6 胜 4 败，以木谷被降级结束。此后，先后与日本棋界三代顶尖高手雁金准一、藤泽库之助、桥本宇太郎、岩本薰、坂田荣男、高川格等进行番棋大战，对手都被打降至先相先或定先，无人能敌，可以说，创立了围棋史上的"吴清源时代"，被誉为"昭和棋圣"。1961 年意外遭遇车祸，棋艺受到车祸后遗症的影响，1983 年于棋坛正式引退，转而潜心研究围棋理论，晚年提出"21 世纪围棋""六合之棋"的理论。

吴清源的一生，可以说跌宕起伏，关于他所开创的新布局，近几日也被大家一而再再而三赞叹跪拜，新布局打破了围棋自古以来注重边角因循定式的拘谨棋风，气势恢宏如灿烂的星云照耀影响了一代棋人。但这都不是本文要说的。因为，说短了，捉襟见肘不如不说；说长了，篇幅有限，今天的综合经济类报纸能有这么一块地方来说说吴清源，已经很奢侈了。要是有人想对吴清源的一生有所了解，建议找来中信出版社出版的吴清源自传《中的精神》看一看。但这个被人称为"神"的老头儿言语平实，平实到近乎干涩，只是对一生经历的一个交代，对自己所思所想的一个记录，想猎奇的想听吹牛的，看了会困。可是也有人这么评论："他的文笔很平，情感也很收敛。但是我向来不喜欢男人在码字上面玩太多花，码字也就跟下棋一样，你执着于某些精彩的段子，就无法搞出大格局。"如果有人对围棋知识完全一片空白，但是由于吴清源的逝世，这几天看了一些报道，对这个人（或是"神"）产生了兴趣，对新布局有了兴趣的，建议去看豆瓣上一个长帖——《勇气与真意——关于围棋大师吴清源的八卦》，不仅对吴清源，对吴清源同时代的棋手，以及那个时代日本棋坛发生的事，都有追述，而且附送点评。以上关于吴清源自传的评论就出自此帖帖主。如果你真的有兴趣，会喜欢我的推荐。

二

　　那么，本文想说说什么呢？安静地下棋。

　　是的，本文就想说一说，关于安静地下棋。

　　为了写这篇文章，这些天我看了一些报道，看了《中的精神》，看了《勇气与真意——关于围棋大师吴清源的八卦》，看了《新布局史话——棋盘上曾经属于天才的时代》，当然也看了搁置了很久的电影《吴清源》。有些文章看了很让人激动，但不知为什么，一直不能忘记的，却是那个被很多人说看困了的电影里一个很短的镜头，里面的一句话。吴清源和木谷实在木谷家门外说话，由木谷所教的小孩子们好奇跑出来看，被木谷笑着吼回去："安静下棋！"

　　我想，吴清源之所以做到了"神"，天赋的原因有，但还有一个原因，他秉持了一个精神，"安静地下棋"，不要以狭隘的词义理解这句话，也可以说，是以最大的可能专注于自己所做的事。吴清源一生追寻两件事，下棋和信仰，虽历经坎坷，但专注一生。

　　吴清源的导师濑越宪作在他的回忆录《围棋一路》中说："世人只简单把他看作天才，而我却对他了解颇多。现在的年轻人兴趣太多，而吴清源的世界里只有围棋……我家的私人医生波多野每月要来出诊数次。有一天，波多野医生对我说，不管他什么时候去，总看见吴先生不是坐在棋盘前摆弄围棋，就是在看经书。"

　　吴清源被流传很广的故事之一就是木谷实晕倒事件。当时是吴清源和木谷实镰仓十番争棋大战的第一局，木谷实经过多次长考之后，由于多方面的原因身体和精神紧张到极点，以至于鼻子流血，晕倒在赛场，在众人吵吵嚷嚷救助木谷实的时候，吴清源却毫无反应，俯身于棋枰之上，当他终于思考完毕抬头，嗯？对面的木谷实哪里去了？对于吴清源这个举动，当时的日本国内不乏许多恶意的猜测：吴清源不顾对手的生死安危也不宣布打挂只求一己之胜，实乃恶人！甚至有人说，吴清源是故意视而不见，假装长考想来拖垮木谷实！而事实真相是：吴清源了解到木谷实的身体状况后，落子之后就宣布打挂，让木谷实得到了充分的休息。恶意揣测他人的人哪里都有。然而，事件的当事人之一木谷实却从没表现出对吴清源这一举动的不理解，他们一生都是知己、朋友。只因为，木谷实也是一位在"安静地下棋"的人，唯如此，这样的人才能理解专注的力量。木谷实除了是著名棋手，还是一个优秀的老师，他在自己家开设道场教孩子学棋。有一段时间，日本棋坛所有叫得上号的棋手，几乎尽出木谷门下，创造了合门"五百段"的奇迹以至于当时有人称日本棋院为木谷棋院，木谷实被尊为日本现代围棋的"教父"。

这里还想说一个在"安静地下棋"的人——吴清源的导师濑越宪作。这也可以说是一个神级人物。1945年，濑越因为不愿放弃日本传统的棋赛本因坊赛，努力支撑着将本因坊赛由东京迁至自己的老家广岛举行。据说棋局进行到第三天，有人看到一架飞机飞过，接着一道光芒闪过，世界陷入白色。当时正在比赛的棋手桥本宇太郎整个被甩到室外，当他回到室内，只看见门窗玻璃全被震碎，裁判濑越宪作木然坐在席上，另一棋手岩本薰全身匍匐在棋盘上。这三个人的反应是，收拾收拾，继续下。这就是著名的"原爆之局"。因为比赛是在广岛市郊举行，三人才幸免于难。然而濑越宪作的儿子死于当日的核爆。不能不提的是，濑越晚年失明，最终以自杀结束了生命，他留下来的遗书中透露了求死的原因：不能再下棋了。

是不是能"安静地下棋"，对有些人就是这么重要，要以生命的代价去换取。

三

对于吴清源的一生，有诸多的争论，但是他作为棋士的力量，无可辩驳地摆在世人面前。对于日本人，作为中国人也有诸多争论，但是日本人那种努力工作，既工作了就要发挥到极致的态度，在世界范围内得到认可。"安静地下棋"，是木谷实给孩子们的一句简单的话，但一个简单的道理要能简单地领会并且做到，并不那么容易。那些做到的人，在这个喧嚣的世界拥有安静的力量。

吴清源晚年说，"21世纪的围棋"应该是"六合之棋"，"只有发挥棋盘上所有棋子的效率那一手才是最佳的一手，那就是中和的意思。每一手必须是考虑全盘整体的平衡去下——这就是'六合之棋'"。

　　围棋手都有爱拿折扇的习惯，一是自古流传下来的风雅之气，再一个，思考过程中人多有手里把玩东西的喜好，焦躁时看看扇面上题的警句也有镇定神思的作用。吴清源也不例外，他在自己的扇面上题的是"闇然而日章"五个字。

　　闇然而日章，语出《礼记·中庸》："故君子之道，闇然而日章。"君子之道应该韬光养晦，内蕴深藏不露，外表虽然暗淡，日久就会彰显它的光芒。吴清源以此作为自己的座右铭。可见，日复一日在艰辛实践之路上的探索，才是让天才能够汇聚更强力量的根本。

　　吴清源曾谈到过对生死的态度，他说，到另一个世界我还是会下棋。

　　作为一个个体生命的吴清源，也许已经画上了句号，但由他开创的新布局时代依然在延续，并将最终证实吴清源关于"天元将是新时代布局的最关键的一个点"的预言。

　　人生如棋，棋无终局，这是一盘始于亘古，贯穿吴清源大师一生，永不终结的一盘棋。

（选自 2014 年 12 月 5 日《中华工商时报》）

发　呆

李　琦

　　诗人邹静之是我的朋友。我们通电话，他告诉我，最近常坐在马路边上发呆，看来来往往的人群。电话的那头，静之看不见我的微笑，却能懂得我的心领神会。我想象着，在北京车水马龙的大街上，一个额头宽阔的诗人坐在马路牙子上，正痴望着人群。没有人知道他是谁。那些过往的男女老少，未必有几个读过他的诗，却肯定有许多人看过他写的戏。他们作为观众，曾经或正在被他笔下的人物，弄得牵肠挂肚。他们却不知道，这个优秀的诗人、著名的剧作家、北京城里最会写故事的人，这个眉头一皱，就让康熙皇帝在自己笔下东游西走的人，其实是多么寂寞。大才子，甚至中国第一编剧这样的美誉，对诗人邹静之来说，就如从身边吹过的轻风。此时，他怅然地坐在北京某一条马路边上，看滚滚红尘之中的人此来彼往。在一场好像正在进行直播的人间情景长剧中，发呆的诗人，此时正扮演着他自己。

发呆是一种特别有趣的事。除去弱智和痴呆者那种让人难过的呆头呆脑外，智者的发呆，犹如一棵大树倏然收住风中摇曳的声响，进入了对天地聆听的状态。这是茶叶沉入杯底的安宁，是在苍茫气韵的笼罩下，灵魂的飘然出巡，是风卷云舒前那一阵心神的聚拢和停顿。

如果你留意，小孩子有时会呈现一种极为可爱的发呆状态。那呆萌的神情和自然流露的无邪与纯真，那像是没有来由却极为由衷、如花朵尽情绽放般的笑容，往往会让成人坚硬的眼神一瞬间变得柔软和疼惜。天使这样招人怜爱，因为生性无邪，举止自然，丝毫没有那种故意的装扮。

穷人也常发呆。在黑龙江开往最北方向的一列火车上，坐在我对面一个农民模样的中年男子忽然发现已经坐过了站。立刻，他惶惶然一头汗水。而在此之前，他一直半张着嘴，呆呆地坐着，就像是被谁戳在座位上的一尊泥塑。草根阶层的平民百姓有太多的忧愁和焦虑，生活中有太多的塌陷和意外，他们是不知不觉就要发呆啊。记得我的一个来自乡下的同学说，从小到大，她对父亲最深的记忆，就是那被穷困折磨得近于呆滞的目光。当听到父亲去世的消息时，本是噩耗，她的第一个感觉竟是松了一口气——那个几乎不会笑了的父亲，一生都在为还债焦虑。外人眼里呆头呆脑的父亲，是愁懵了。现在，他长眠了，再也不用为这个穷家发愁了。同学噙着泪水告诉我的这几句话，曾强烈地震撼了我。

诗人们自然是更容易发呆的。

1999 年，我们一群女诗人去台湾访问。我就发现，我的好朋友傅天琳经常神情恍然。她坐在那里静默的样子就像一个很小的女孩儿。在阿里山上，她呆呆地望着那郁郁葱葱的山林，好像她到这里就是来发愣的。天琳的眼睛很好看，当她痴望时，那眼睛就好像更大也更深远了。这个从缙云山走出来的女子，此刻，一定是有什么触动了她敏感的心。晚上，我俩在山上小茶馆喝茶时，她又一次陷进了那种呆呆的状态，一句话也不说，就那么坐着。夜越来越深，她渐渐低下头去。我还以为她困了，推她一下，一抬头，我看到了满脸泪水。

后来，她告诉我：阿里山上，满山青翠让她想到了死去的父亲，想到了她经历的一些苦涩的事情。她忘了周围是什么，只是沉浸在自己的心事里，掉进了无边无际的忧伤和迷茫里。善良的天琳，我只要一想到她那恍惚懵懂的样子，就特别牵挂她。

我知道这世上有些人是永远也不发呆的。他们目光犀利，他们神采飞扬，他们精明强干，他们顾盼自如。在人生的舞台上，这些人已然是如鱼得水，意气风发，所向披靡；他们目的明确，是坚持对自己严格要求的人；他们习惯了永不懈怠，游刃有余，唯恐稍有疏忽，就会带来不利；他们周旋于滚滚尘埃之中，警觉机敏，根本无暇甚至是不允许自己发呆的。

而此刻，远在重庆的天琳，还有正坐在北京某条马路边上的静之，我想和你们说一句：继续发呆吧。在你们的背后，除了重庆的月色和北京的风，还有我遥远的、欣赏或者说默契的目光。

（选自 2015 年 3 期《朔方》）

其实，我们都是演员

王　朔

最近，电视台热播各种真人秀节目，不像去年唱歌节目扎堆了，我想可能是因为说"梦想"说累了，今年玩点儿"真实"的。

我绝不是想吐槽什么，相反，我很羡慕他们，玩玩闹闹就把钱赚了。当然，我也并不是眼红他们赚钱，我不是那么肤浅的人，我主要想说的是：Angelababy 的身材明显看起来没有图片里的好，我很忧伤。

看着节目，我经常不由自主地冒出这样的想法：太做作了吧！但当夜深人静的时候，我扪心自问：如果让我去做，我就能表现得很真实吗？我很善于自省，所以活得比较辛苦。

于是我有些疑惑了：是演员不够真实，还是我身在戏中而不自知？最后我想明白了：其实，我们都是演员，扮演着各种相似的角色，可能差别在于演技好不好以及观众是谁。

最近几年，在中文伴随着网络以两位数的速度发展的基础上，产生了一些热门"角色"，已渐渐成为社会主流，比如"屌丝""女汉子""吃货""二货""文艺青年""教授""专家""大师"，等等。

虽然有些角色的地位有点尴尬，但没有角色好像更尴尬，仿佛被这个时代抛弃了。于是我们都迫不及待给自己或他人贴上各类标签。

这样的好处是大家可以快速地进入角色，因为大家都很忙，没有太多时间浪费在展示或了解各自的真实属性上。

很多姑娘都喜欢骄傲地宣称自己是"女汉子"，每次听到这话，我都想对她说："我可不可以摸一下你的胸肌啊？"

"女汉子"一词绝对是中文发展史上的一大进步，比"男人婆"好听多了，虽然字面意思差不多，但"女汉子"明显比"男人婆"具有更多褒义性质。

是不是真的"汉子"我不知道，我只知道当一个女人说自己很爷们儿的时候，得到的多是一片赞许的掌声，但当一个男人说自己很娘的时候，得到的却是潮水般的唾弃。

还有很多姑娘喜欢扮演吃货，大多数自称"吃货"的男人基本是胖子，但自称"吃货"的女人身材都还不错，后来我终于明白了，她们所谓的"吃"主要有两个用途：一是用来拍照；二是作为减肥的理由。

25 岁以前的姑娘都是文艺青年，最喜欢说的话是"时间似流水，一不小心就老了"；26 岁至 30 岁的姑娘是二 B 青年，最喜欢说的话是"再不疯狂就老了"；30 岁以后的姑娘大部分成了心灵导师，最喜欢说的话是"只要心保持年轻，就永远不会老"，哦不对！这句是 30 岁以后的男人喜欢说的，30 岁以后的姑娘最见不得"老"字。

不过不管多大年纪的女人都不喜欢男人"以貌取人"，所以她们用化妆、整容来掩饰自己的真面貌，当然，她们自己也绝对不会"以貌取人"，只要长得像金秀贤、李敏镐就可以了。

男人喜欢扮演的角色大致分为三种：一种是"公知"类，指点江山，纵谈国内外大事小事；一种是"梦想"类，常常把马云、乔布斯、巴菲特挂嘴上；还有一种"大师"类，各种特异功能，各种思想主义。

可能有人会问：为什么评论男人就这么几句？因为男人作为演员大多是实

力派，演技基本比较到位，没什么好说的；女人则多属于偶像派，演技比较"呵呵"，不得不让人吐槽几句。

举个简单的例子吧，男人扮演球迷至少要知道欧洲五大联赛有哪些主要俱乐部；而女人扮演球迷只要说一句"梅西长得好帅啊"就可以了。

不过不管演技好不好，只要演得开心就好，就像这些真人秀节目，他演得开心你看得开心就好。我想说的是：别太纠结了，其实，你只是个跑龙套的。

（选自 2015 年 7 月 9 日《文学报》）

墨绿色的张望

海　飞

一

1983 年我在上海的里弄像一阵风一样游荡着。短发而精干的外婆让我去寄一封信，告诉我在信封上贴上"龙头"投进邮筒。我认为那是邮票，但外婆固执地告诉我那小小方方的叫"龙头"。后来代售邮票的阿姨告诉我说，这么小的孩子那么老的叫法，应该叫邮票。我才知道"龙头"这个称谓的缘由，那是大清国时期一些地方对邮票的俗称。

1983 年我已经 11 岁了。我热烈地爱上了看报纸，那时候的《新民晚报》一共才四个版，送报纸的女邮递员推着自行车从弄堂里走过。她把报纸像丢飞镖一样扔向每一扇大门，快捷得让人眼花缭乱。她穿着邮政制服，身材匀称，步履轻捷。这让我有了一个远大的理想，长大后要当一名邮递员。

1983 年我在上海和诸暨乡下一座叫丹桂房的村庄穿插居住，像一种不知疲倦的候鸟。村子里的脚踏车铃声响起的时候，我们就知道镇上最著名的邮递员骆炎来了。他是个矮壮而憨厚的男人，因为他是有"工作"的人，所以他娶到了一个漂亮的老婆。他总是穿着干干净净的墨绿色制服，脚蹬一辆免费的邮政脚踏车，不急不缓地骑行在乡村的泥路上。

我当兵退伍回到村庄的时候，骆炎已经退休了。他骑着那辆邮政车到村里，给一些特别熟的人发了一次喜糖。原因是她的女儿不仅顶了他的职，到枫桥镇邮政营业所工作，而且还嫁人了。这正是双喜临门，双喜临门使骆炎看上去容光焕发，一点也不像一个退了休的人，倒像一个看上去想要去景阳冈打老虎的武松。

二

1989 年我当兵的地方是在江苏南通一个靠近黄海的地方，那个地方的名字叫环本。因为孤独的缘故，我不仅学会了抽烟和喝酒，我还乐此不疲地给我的亲人和朋友们写信。那时候我们使用的是军邮，敲一个三角邮戳就可以让一封信插上翅膀回到故乡。有时候我也去环本镇上的邮电所寄包裹，那个穿墨绿色邮政制服的嫂子曾经帮我用线缝起了一个包裹。我一直站在旁边看，我觉得她很像是我的亲人。

三

2006 年我显然无所事事，晃荡在杭州一个靠近运河的地方。我曾经得到过为一个叫"崇仁"的小镇写一本小书的机会。于是我装出风尘仆仆的样子到了崇仁，崇仁是越剧的故乡，越剧十姐妹中有八九个是从这个小镇走向大上海的。崇仁还是老屋的故乡，那儿的明清建筑鳞次栉比，站在弥漫着古旧气息的崇仁，我以为回到了明朝或者清朝。而我久久不忍离去的是师姑巷一号，那个地方曾经是民国年间的崇仁镇邮政代办处。这是一幢中西结合的楼房，一共三层，大概有 100 平米。据说那时候的邮件，需要脚班运送，很大一部分，是随着生意人的包裹一起带出。在通信和交通极不发达的从前岁月，一封信在路上辗转的时间里，可以发生多少的变故？

所以我特别希望回到民国，我可以在这个代办处里上班。大家都知道，小镇是十分喜欢下雨的。我就撑着一把黑色的长柄雨伞，穿过小镇到这个代办所上班。然后进屋的时候甩掉雨伞上的水珠，换上干净的布鞋，泡上一杯茶，开始代办所里的人生。这是一种多么惬意的生活，可以把炮声隔得很远。平稳、安详、与世无争，然后就不晓得是怎么回事，老得一塌糊涂了。

那次崇仁之行，我拍了邮政代办所的照片，还把我见到的代办所用小说语言写成了散文。这本书后来出版了，叫《崇仁古镇的繁华旧梦》。

四

其实在老早时光，我看过一部像电视散文一样的电影，叫《那山那人那狗》。这电影是刘烨主演的，讲的是一个年轻的刚刚接班的邮递员的邮路生活，散淡得像一阵烟，却让我感到那么亲切。我现在越来越深入到了城市的核心，像一只虫子钻进苹果的内部。其实虫子是适合在桑叶或树干或其他叶片上生活的，有三四缕的阳光，七八颗的雨滴，萤火虫的偶尔飞过以及不远处传来的溪声阵阵。所以有时候虫子也会幻想着另一种生活与世界。我一直在想，我被命运挟裹，被亲人、朋友、工作挟裹，被名利挟裹，被迎来送往挟裹，就成了一个模式化的人，拎一只包，穿着不怎么考究但也不是质地很差的衣裳，推杯换盏的一套也非常懂得。

这就是我大部分的人生。

我们为什么不是邮递员的人生呢？为什么不是乡村邮递员的人生呢？

五

我们选择在一个夏天去一座叫枸杞的岛。在进入这座岛以前，我一直以为这座岛的正确写法应是"狗妻岛"，我在想怎么会有那么一个奇怪的名字。抵达这座小岛以后，我才了解到这座小得像一个袖珍王国的小岛上，有七名邮政工作人员。现在的所长，以前是用扁担挑着信件报纸四处投送的。据说他是一个劳动模范，我看到了他被紫外线晒成黑色的皮肤以后更加深信乡邮员的辛苦。

也据说这里邮政营业所的工作人员，都是岛上的居民。岛上没有交通规则，因为没有交警，没有红绿灯。我在想要是岛上醉驾了，要不要受处罚的？想了很久以后，我终于确定岛上醉驾一点点的关系都没有。我又想，那些出海的邮政营业员的丈夫们经历长久的海上生活回到岛上以后，营业员要不要上班的？

所长一拍大腿说，肯定放假。

我觉得这就是热气腾腾的活着就好的真实的生活吧。

六

其实我很喜欢墨绿色的邮筒。它们孤独地站在街的一角，像一个永生的老人，仿佛经历了世事的沧桑。但是现在这样的邮筒是越来越少了，我是愿意在春风沉醉的夜晚，或者是某个飘雪的清晨，与它作深情对望的。我总是这样想象，那么多的信件通过这个邮筒，抵达了四面八方，这人间有多少温情久久弥漫。

我曾经拥有过一盏墨绿色的台灯，底座是大理石的。我也有过一张墨绿色的布面沙发，我觉得坐在这上面特别地安静。显然这是一种对颜色的热爱，我觉得这样的颜色厚重、沉稳、旷达，更重要的是：宁静。

七

岁月之河不紧不慢地流向了远方。我打了一个哈欠，就从少年成了青年。我再打一个哈欠，就从青年成了中年。中年的时候我喜欢打瞌睡，喝小酒以及和人吹牛皮，这大概是一种恶习。当然有时候我也很自律，在无所事事的日子里爱上了写小说。有一个小说叫作《麻雀》，发在《人民文学》上的，后来被《小说选刊》《小说月报》等多家选刊选上了。这个小说会被一家影视公司搬上银幕。这是一个谍战的故事，发生地在上海，而其中有一个场景是这样的，陈深通过邮筒传递着情报。为什么情报不被泄漏，因为收信件的年轻邮递员是共产党地下组织的人。后来这个邮筒被炸了，因为邮递员发现了四面八方向他涌来的特务，他已经无法逃开，只能把随身带着的手雷扔进了邮筒，把所有的情报炸毁。

我固执地选择了邮筒作为此中的道具，是因为我觉得邮筒是有故事的人。

邮筒，是我墨绿色的亲人。

八

扳着手指头计算，这几年我已经没有写过信了，也没有过和邮筒的长久对视。认识一些在邮政局上班的人，但是见到他们的时候他们总是穿着便装。我一直好奇地想，他们为什么不穿制服？为什么不穿呢？更多的时间里，我把自己关在屋子里码字、踱步、喝茶，仿佛是一头红着眼睛的困兽想着突围。

有一天傍晚，路灯已经开始亮起来了，我从单位出来，沿着保俶路往北山街走，看到了路边一只安静的邮筒。其时车流滚滚，红灯绿灯不停转换，人们行色匆匆。只有夕阳无限美好，披洒在墨绿色的邮筒上。我站在离邮筒一丈远的地方，久久没有离去。

我知道这是与亲人的一场对视。这样的情感深植于我的骨髓，像战后两个疲惫身躯的突然偶遇，像一场百感交集的重逢。很多时候，我们完全可以选择沉默，因为沉默就是千言万语。

（选自 2015 年 3 期《金城》）

童　话

马　良

我拥有一本特别美好的书，一本香港出版的《安徒生童话》，繁体字，很厚的铜版纸，封面是硬纸板的，沉甸甸的显得特别隆重。里面有那种最老派的铜版画插图，我一直推测那种画应该是个早就死了的外国老头子在颤抖的烛光下用鹅毛笔蘸着乌贼墨汁画的。我曾经非常喜欢这本书，每天都要花些时间去读它，而且在书页里夹了很多风干的花儿、树叶和蝴蝶，等等。后来我失去了这本书，再也找不到了。每个人在成长里都有段特别"浑蛋"的岁月吧，我十三四岁时候就是那样，拼命渴望长大，渴望和童年一刀两断，我把所有当时觉得小儿科的东西都丢了或者送给了别人，那本书也是在那时离开我的，如今想起来真让人痛心，不只是这些东西，痛心的是我青春期的开局竟是这样地又蠢又绝情。

书没了，还好在记忆里留下了一个故事，几十年后我再次拿起另外一本

《安徒生童话》读的时候，这个故事还是活着的。大约是小学三四年级，功课奇差的我唯一比较正经的爱好就是喜欢看书，以至于不经意之间竟然成了上海市少年儿童图书馆的读书积极分子，图书馆馆长亲自到我的小学颁发奖状，那是我人生里获得的第一次荣誉，那个馆长和我们校长一起念出我名字的时候，我激动得几乎在大庭广众之下晕过去。那天之后我在图书馆便有了特权，可以借很多书回家看，也顺理成章成了那里的"吉祥物"。某天早上，校长把我从教室里叫出来，总是一副阴阳怪气不愿意和小孩子一般见识的他，这回竟然蹲下身子，和我平起平坐地说起话来，看来的确是大事。原来今天有外国人来图书馆搞一个图书捐赠仪式，我作为上海市小学生代表接受馈赠，学校为我设计了几个程序，要我照办：一、仪式开始之后要朝气蓬勃地向前迈一大步；二、向外国人敬一个英姿飒爽的少先队礼；三、从他手里接过一本书；四、亲切握手；五、把书举在胸前；六、向右转身，面对照相机和电视台的摄影机；七、再一次灿烂地笑。对于这套东西我倒也不紧张，因为之前差不多的事情也干过，倒是那时外国人很少见，我对于能近距离观察高鼻子蓝眼睛的老外非常好奇。

不久之后仪式开始，捐赠人是一个个子非常非常高的金发老外，图书馆馆长正向着电视镜头以及台下聚集的一些不知道从哪里冒出来的人介绍着这位先生，还有几位肚子很大的市里的领导干部。我那时候小，搞不太明白他们到底是谁，现在推算起来那老外大约是个外交官，来自于一个叫丹麦的国家，那是我第一次听到这个国家的名字，我正好奇地偷偷瞅着这人的大鼻子，不料他扭头看到了我，那时我脸蛋上已经被涂了两团胭脂，像猴屁股一样，被他突然这么一看，慌得赶紧转头，估计脸上更是红了。他居然两步走近我，从桌上拿起一本书，递到我手里，还蹲下身来和我说起话来，这可让我大吃了一惊，一来是他一开口居然是流利的中文，二来这完全打破了先前那个戴眼镜的工作人员教我的程序，我正不知道是应该马上敬礼还是握手，他已经把那本书打开了，并轻声和我说："这是《安徒生童话》，里面有很多好玩的故事，是我小时候最喜欢的书，你也会喜欢的。"我那时还远远不是一个久经考验的无产阶级战士，经他这么一说，手那么一指，竟立即就忘了身在舞台，好奇地低头翻起书来，只短短几分钟，我的耳朵便再也听不见馆长和几位领导干部在扩音器前的絮絮叨叨了，也把那个老外撂在了一边，书里那些可爱的、我从来没有见过的插画立刻就攥住了我的心：扛着枪在蛋糕上大踏步前进的小锡兵；一个小孩骑着猪在美术馆里看展览；头上顶着巨大盘发的公主睡在很多层的床垫上，满脸不舒服的表情；还有夜莺和一个清朝中国皇帝在聊天，这一切实在是太好玩了，我完全入迷了。这时突然有人唤我，我抬起头来，发现所有人都看着我，这才意识到我犯错误了，捐赠仪式开始了，他们都在等着我敬礼握手傻笑呢。我窘极了，可是似乎没人恼怒，那个老外在看着我微笑，几位领导干部看到老外笑了，于是也咧嘴笑了，馆长看见领导都笑了，于是跟着笑了，然后那个板着脸的支部书记也只好笑了，再然后台下那些莫名其妙的人也都莫名其妙地笑了。

　　之后的事情倒是按部就班，敬礼、握手、手捧书转身、灿烂地微笑等，一件件事情都做得干净漂亮。其实我早就心不在焉，魂魄已经存在那书里了，就等着仪式一结束，马上夹着外国叔叔送我的书，飞奔回家，趴在床上一页一页仔细地读。那被我只瞥了一小眼的童话世界，已经在一瞬间俘虏了我，我魂不守舍地不停傻笑着，直到所有人的鼓掌声响起，这才回过神来，仪式结束了，馆长和外国叔叔以及领导们开始交谈，再没人注意我，任务完成。我满心欢喜，拿着书转身刚要下台回家，突然背后被人拉住，回头一看是那个阴阳怪气的支部书记，我顿时感觉不妙，接下来发生的事情的确非常不妙，甚至可以说悲惨，他劈手从我胸前夺过了那本《安徒生童话》，然后一句话都没说，手往大门口一指。骗子！骗子！骗子！骗子！我狠狠地在心里咒骂起来。

　　这就是我和《安徒生童话》初次见面的故事。再见安徒生我已经是三十多岁的人了，某天夜宿父母家，住在父亲的书房里，照例每次都会从那高阔的书架上选一本侍寝的"颜如玉"，那天晚上竟看到一本二十世纪九十年代版本的《安徒生童话》，想必是父亲最近这些年的收藏，之前没有见过。于是就再次翻开看起来，不料一看就看了一夜，直到天亮。这次的阅读体验让我震惊极了，这哪里是我小时候读过的安徒生，这些故事分明不是写给孩子看的！安徒生笔下太多冰冷的现实，无法抗争的宿命，还有那些徘徊在光亮的边缘，几乎要被照亮了，却最终还是深陷在黑暗里的可怜人，即使穿着童话的温软衣裳，依然是如此的冰冷伤感。可这还是我孩提时候读过的那些故事啊，那时为什么没发现呢？为什么要这样写童话呢？这是一种启蒙吗？为孩子们将来要面对的严酷的生活做些铺垫吗？

　　那天的后半夜，书已经读得差不多了，躺床上就在想这些事儿。不过想这种太深刻的事情，用我那不太富裕的智慧一定是解决不了的，只好借用些"由此及彼"的推理，其理论基础大致来自于：一个人无论多伟大，作为一个生物苟且活着的基本规律大致都一样，每个人都是由天真的孩子成长为顾虑重重的成年人的，这种从透明到浑浊的过程都是一样的。安徒生一定也"浑蛋"过，他在少年时代一定也有过那种要和天真纯洁一刀两断的念头，像个没头苍蝇一路跌撞着想要去轰轰烈烈地拥抱生活，即使生活像婊子一样肮脏无情。最终生活一定也很公平，像对我们一样无情地给成年的安徒生一个又一个大耳刮子，所以他也会清醒，也一定会备受打击。我在百度上仔细搜了他的生平看，这位消瘦羞涩的曾自诩为"丑小鸭"的童话先生在三十岁那年放下了曾经给他带来声誉的诗歌和戏剧创作，开始专心一致地为孩子们写作。托尔斯泰曾经这样评论安徒生："他是个孤独的人，因为别人无法理解他，所以他写童话给孩子们看，可是孩子们也还是依旧不理解他。"是的，我想也是，三十岁的他一定经历了某种折磨，但有意思的是，最终这痛苦催生的却是个温暖抉择。天快亮的时候，我突然豁然开朗，也许那些童话本来就不仅仅只写给孩子们的童年，他早就为我们所有读者长大之后的第二次阅读设下了伏笔，他为我们曾经柔软的天真希冀而写，也为我们如今历经风雨之后的叹息而写。这就是他的方式，他写那些飞升旋转的肥皂泡，写下五彩绚烂，同时也没有忘记写下破灭。突然就觉得很感动，带着这样的念头再看他的作品，竟觉得其中满是宽厚。原来他是为了我们每一个读他童话的孩子成年之后波澜起伏的一生而写，原来他笔下的残酷和破碎，仅仅为了守护一个"真"字，真实和天真这两个词共有的那个"真"，正是这份难以觉察却不曾磨灭的"真"，陪我们一起长大，教我们直面生活，真正身处现实，勇敢地和所有黑暗同生共存。他孤独一生，却将专注柔情都献给了自己的热爱，也告诉了这个世界，在毫不矫饰的痛苦里，也终究存着慈悲和爱。

　　当然，我知道一定会有人说，你又不是安徒生，你怎么知道他怎么想的，也许他写这些黑暗故事，仅仅就是想吓唬一下那些无知小孩，直言不讳说些生活的可怕真相。的确，有种人就很是善于用自己的冷漠给别人上课，并自以为是地觉得有资格做这个世界的教导处主任，前文提到的那个书记就是这样干的。安徒生怎么想的，我的确不知道，但我知道安徒生一定不是个"操蛋世界的教导处主任"，我深深地相信这一点。

　　前面那个故事其实我没有讲完，留了一段想放在最后，我接着讲。那个支部书记一言不发地把我手里的书夺了过去，放回桌上，和那一堆披着红色绸带的赠书放在一起。我难过极了，突然意识到自己只是个小小的傀儡，在他们需要我的时候被拎了出来戏耍一番，配合着演一场戏而已，这世界所有的事情都是假的，都他妈是假的！我心里狠狠地咒骂着，正要转身走的时候，突然看见那位金发的高个子外交官在远处摇了下头，他看到了这一幕，快步走了过来，我至今还记得从那一刻起之后的每一个细节，他说的每一个字，我想这一生我都不会忘了的。这位丹麦先生从桌上再次拿起那本书，对那个满脸尴尬的"冷酷教官"正色道："这一本是我送给这个小朋友的，请不要拿走！"然后他走过来，把那本沉甸甸的书递给了我。我永远记得那一瞬间，好像突然间站在了一小束耀眼的光芒里，我看见高大的安徒生先生弯下腰微笑着对我说：这是给你的礼物，好好读吧。

（选自 2015 年 5 期《书城》）

柳青的"于心不安"

何向阳

柳青以小说传世，散文不多。最近得到一本《柳青小说散文集》，其中一篇，教人耳目一新。

《建议改变陕北的土地经营方针》写于 1972 年。虽以散文入辑，不如说是一封"信"，这封"信"曾写于 1955 年，给了当时的中共陕西省委第一书记，第一书记未见，被转给当时的中共陕西省委农村工作部。1957 年，作者问及第一书记本人查寻，原件已找不到。此后，柳青忙于写作，没有再写。直到他受审病重，"呻吟床笫之余，又想起这件事情。"而真正的引子是，"陕北老家来此探亲的家属和亲友，谈起那些连年干旱所造成的集体经济困难和人民生活艰苦状况，我听了于心不安，促使我重新认真考虑这个建议。"

文章开宗明义，气候干旱，水利受限，地形零碎，机械受限，在"命脉""出路"均呈劣势、不宜农业生产背景下，柳青提出了一个大胆的苹果产区计划，从土壤潮湿度、虫卵不能过冬、坡地通风透光三方面论述，并搬出中国农业科学院院长金善宝的日照长温差大糖分积累说支持，谈陕北作为苹果产区优于渤海胶东半岛、辽东半岛和辽西苹果产区的地方，并由此联系到产业移民、作业分配，在"直风梁"上植树养蚕，在沟谷种粮种菜植草，"坡地——梁地——谷地，果树——桑树——粮食，这就是陕北经营土地最理想的经济地理面貌。"其实直到现在，我都很难设想写出《创业史》的作家会这样事无巨细："桑树更新下来的老枝，桑皮造纸制箱，装出口苹果，桑枝编筐，装内销苹果。在经济地理上两种经营这样和谐地全面衔接，也是世界上少有的"，这时的他，已是站在与法国南部地中海沿岸和加龙河下游的葡萄产区与美国西海岸加利福尼亚的苹果产区对比角度说着陕北。还不算，他进一步言说经济结构，从18世纪英国说起，他令人感动地勾画农业结构变化之后的延安、绥德、榆林三城市的工业前景，他说水电站——修三至五个，他说铁路——除运蚕丝产品到天津外，"先修最重要的一两条线与华北和关中相通，再修次重要的两条，还需修境内支线"，他说，"使得这个富饶地区的经济得以尽可能充分地发展和这个地区光荣的革命历史相辉映"。正是这最后一句，有一种教人动容的风骨。

又三四十年过去，陕北苹果基地远无纸上规模，西安往延安的铁路修通也在最近十年。这篇文字当然也远够不上名篇，作为柳青创作，更无法与《种谷记》《铜墙铁壁》《创业史》比肩，就是放在柳青散文里讲，也没有《一九五五年秋天在皇甫村》影响广泛，甚至从文辞角度要求，它可能在有些人眼里根本算不上散文，但是，它确实为我们打开了一个通向他创作的甬道。柳青之所以能写出《创业史》，不仅在于他切实地参与了农村发展的历史，不仅在于他在村子里一住就是许多年，还在于他的对于农民福祉的憧憬里真切的出发点，那个对贫穷与疾苦的乡村人的一个作家的"于心不安"。

了解了这个"于心不安"，也才能记住为给集体买稻种从渭河下游坐几百里火车却舍不得花两角钱住店的蛤蟆滩的小伙子，才会知道这个原型"王家斌"的梁生宝内心的热火里燃着柳青的那一份。

（选自 2015 年 7 期《美文》）

都教吃饱了

杜国庆

写下题目，不禁先感叹下。世事无如吃饭难，有饭吃，且能吃饱，自开天辟地以来，一直是我们老百姓最大的愿望与要求。所谓天地君亲师，本是至高无上的信仰，而老话"民以食为天"，又从实际出发轻轻巧巧地釜底抽了薪。顾城曾感慨，说中国人见面就知道说你吃了吗，却不问你伤心吗，这真是诗人才能想出来的可爱的呆话。

都教吃饱了，语出《水浒传》。第四回里，鲁智深为刘太公出头，与李忠在火把下相认，说及周通抢亲：

> 智深道："既然兄弟在此，刘太公这头亲事再也休提。他只有这个女儿，要养终身。不争被你把了去，教他老人家失所。"太公见说了，大喜，安排酒食出来，管待二位。小喽啰们每人两个馒头，两块肉，一大碗酒，都教吃饱了。

且不说鲁智深霸气的"休提"委婉的"不争"，这句"都教吃饱了"，真是教人叹服，语气上的这个酣畅饱满，情理上的这个体切逢迎，都在了。恕我不客气地讲，这段描述，三流作者很可能不会写小喽啰，只写到"管待二位"，二流作者写到"一大碗酒"，大约也就停住了吧？究其原因，怕不单是笔力的问题，而是那几百人在这些作者的笔下不过是个场面上一带而过的陪衬。施耐庵到底是施耐庵，在施耐庵的眼里，他们都是你来我往活生生的人。一句都教吃饱了，提醒了我们，小喽啰们也有胃，小喽啰们，一个也不能饿着。细节是什么？这就是细节。格物是什么？这就是格物。

金圣叹批评《水浒传》目光如炬，但是他对这句却只下了一个无关痛痒的评语：皆黄昏所备宴席。猜想起来，金圣叹应该是出于立场的考虑，所以没有多说吧，如单纯从创作的角度看，问题就比较简单。至于刘太公奉上的吃食，杀馋又实在，可望又可即，一口酒，一口肉，再一口馒头，小喽啰们是可以吃到嘴的。这个吃，吃得皆大欢喜吃得喜出望外，吃就是吃，不像我们的小学生，出门春游，归家还要作文。几百号搏命求生存的人，那一夜，化拳头为馒头，我相信他们一定会心生类似如今带薪休假的愉悦感吧。扯远了。

　　同样是分而食之的底层会餐，《水浒传》八十三回写的便是另一番情境。招安后，宋江领旨，带梁山兄弟们北伐辽国。行前，御赐酒肉，朝廷贪官从中克扣斤两，一个小卒不干了，抄书如下：

> 　　那军汉中一个军校，接得酒肉过来看时，酒只半瓶，肉只十两，指着厢官骂道："都是你这等好利之徒，坏了朝廷恩赏！"厢官喝道："我怎的是好利之徒？"那军校道："皇帝赐俺一瓶酒，一斤肉，你都克减了。不是我们争嘴，堪恨你这厮们无道理……"

　　先插一句，这个"肉只十两"，小时候读，迷糊了好长时间，因为一斤十两，人家只扣了半瓶酒，没扣肉，可军校振振有词说扣了，这点讲不通啊。后来才晓得，自秦时，一斤即为十六两，所以半斤八两。一斤十两，则是一九五八年以后的事。再看军校与厢官，对骂、拔刀、僵住、死磕，终于：

> 　　军校道："俺在梁山泊时，强似你的好汉，被我杀了万千。量你这等贼官，直些甚鸟？"厢官喝道："你敢杀我？"那军校走入一步，手起一刀飞去，正中厢官脸上，剁着扑地倒了。众人发声喊，都走了。那军校又赶将入来，再剁了几刀，眼见的不能够活了。众军汉簇住了不行。

　　这段，写愤怒，写蛮横，写动作，写群体，都精彩，但最值得留意的，其实还是最后一句"众军汉簇住了不行"，教人看见一种无声的强硬的对抗。半瓶酒和十两肉，显然不仅仅是个能不能吃得饱的问题，而是分配公正与否的问题。那名军校就算能吃得饱，但"不是我们争嘴"实因"强气未灭"，自己合理的利益被无故抹掉，迟早会有冲突的发生。这节，冲突的起因是食物，倒是颇有今时"分蛋糕"的意味。此后，杀人偿命，宋江"滴泪"军校酒血，又是一段血泪史。

都教吃饱了，这句话不晓得可出现在其他三部名著里。从已经阅读的印象看，《红楼梦》是要吃得精，吃得精，本无可厚非，但到了矫情的地步，好比妙玉的茶，王熙凤的茄鲞，就很有些令人发指。依妙玉的讲法，茶喝三杯就是牛骤，这是什么话？《三国演义》，是要吃得多，曹操们动辄数十万大部队，要地要粮，当然越多越好，所以交伐互殴所以暗算阴谋。《西游记》呢，比较特别，他一吃就吃出麻烦来。吃蟠桃、吃金丹、吃人参果、吃子母河水、吃俺老孙一棒，都有趣，但是和饱无关。饱，是属于《水浒传》，属于民间的。

民间的吃，在《水浒传》里洋洋大观。写吃，在《水浒传》里并不是炫耀式的陈列，施耐庵的用心从来不在此。比如林冲，雪夜上梁山前，在破庙里嚼牛肉下冷酒，吃出英雄的困窘与倔强，而到了王伦那里，不受待见，林冲"来到房中讨些饭吃了"，"次日，天明起来，讨饭食吃了"，吃出末路的隐忍和卑微。又比如金枪手徐宁，四更早起，丫鬟"来灶前烧火"，"多时汤滚，捧面汤上去，徐宁洗漱了，叫烫些热酒上来。丫鬟安排肉食炊饼上去，徐宁吃罢，叫把饭与外面当值的吃。"这便写出徐宁生活的平静与为人的周到。"与外面当值的吃"，正是"都教吃饱了"一以贯之的表现。

饶舌这许多，想起一句打油诗来：饭罢闲坐全无事，忽放一屁惊睡猫。这两句，不避世俗，有声有色，一派散漫富足的生活状态。我想，倘人人都能如此这般教吃饱了，吃的无事了，那么顾城所期待的问候，差不多也就自然会普及了。

（选自 2015 年 7 期《向度》）

门　子（外一篇）

蒋　勋

《红楼梦》多读几次，会越来越注意到一些微不足道的人物，像第四回的冯渊，一出场就被打死了，也没有什么后续的故事，当然不会被一般读者关注到。

第四回还有一个有趣的人物，连名字都没有，就被称为"门子"。

"门子"在衙门官署工作。大老爷升堂判案，"门子"就站在大堂案边，看大老爷有什么吩咐，可以在一旁侍候。

"门子"大概相当于我们今天法院的警卫或随扈，地位不高，也不参与判案，但因为靠近老爷，有时也可以说一点儿体己的话，影响案情。

《红楼梦》第四回这一个"门子"，就扮演了这样的角色。

第四回主要说贾雨村复职，到应天府上任做官。贾雨村原来是一个穷酸文人，住在葫芦庙里，没有路费，无法到京城赶考。幸好遇到甄士隐，十分爱才，就资助了他五十两银子做路费，还送了两件冬衣，贾雨村才有机会启程进京。不多久贾雨村考取，外放做了官。但是刚做官，贾雨村不懂人际关系，得罪了人，就被革职了。

革职以后，贾雨村做了林黛玉的私塾老师，有机会认识黛玉的爸爸林如海，林如海的妻子是贾敏，也就是贾政的妹妹。贾雨村因此攀缘上贾府，依靠贾政的有力推荐，就又复了职，补了应天府的缺。

贾雨村到任第一件差事，就遇到一件人命官司。

人命官司主凶是薛蟠，一个豪门青少年，为了争夺一个女子，让奴仆打死了她的未婚夫冯渊。依照案情，贾雨村觉得人命关天，主凶薛蟠打死了人，竟然也不出庭，就白白走了。贾雨村大怒，立刻要发签，下令捉拿薛蟠到案。

这时候，一旁站着的"门子"就使眼色，暗示雨村不要发签。

贾雨村纳闷，不了解这个"门子"有什么话要说，就暂且退堂，单独跟这个"门子"密谈。

这个"门子"其实认识贾雨村。雨村寄居葫芦庙落难的时候，他也就在庙里做小沙弥。后来葫芦庙失了火，这小和尚也还年轻，不耐寂寞，就蓄了头发还俗，改行到衙门当差。

雨村知道是自己穷困时的旧友，就放胆问这个"门子"，为何不让他发签拿凶手。

"门子"问贾雨村："你来做官，没有抄一张'护官符'吗?"

雨村不知道什么是"护官符"。"门子"这才告诉贾雨村，要当官保命，都得有一张"护官符"，"护官符"上写的都是要当官的人不能得罪的家族。"门子"就拿了"护官符"给贾雨村看:

　　贾不假，白玉为堂金作马。阿房宫，三百里，住不下金陵一个史。东海缺少白玉床，龙王来请金陵王。丰年好大雪（薛），珍珠如土金如铁。

　　"护官符"上讲了四大豪门家族——贾家、薛家、王家、史家，彼此联姻，官官相护，一荣俱荣，一败俱败。

　　"门子"这才告知雨村，他方才要发签捉拿的人犯薛蟠，正是皇商薛家的独子。薛蟠的妈妈就是京营节度使即刻要升九省统制的王子腾的妹妹，另一王家姊妹嫁给贾政，就是贾宝玉的妈妈。

　　"门子"特别提醒，这次贾雨村复职出来做官，也正是贾政引荐的。"门子"把官场亲属关系一说清楚，贾雨村即刻明白，薛蟠不是捉拿不到，而是没有一个"官"敢抓他。谁捉了薛蟠，就是与官官相护的四大权贵家族作对，不但官做不成，恐怕连性命都要送掉。

　　"门子"这一番话改变了贾雨村一生。一个原来穷困过的读书人，一个苦读诗书、怀抱理想的读书人，一个考取功名出来做官的读书人，一个做了官相信可以执法公正的读书人，一个坐在公堂上明断是非、认为自己可以为冤屈者伸张正义的读书人，然而，此刻，他的手中有了一张"护官符"。他开始衡量，他要伸张正义吗？他还能怀抱理想吗？还是他只是和历来的"官"一样，好好护住自己的官位，不敢得罪"护官符"上所有的豪门权贵？

　　"门子"像一记当头棒喝，让一直做官做得不顺利的贾雨村忽然有了领悟。

　　"门子"像一个包打听，什么事情都知道，他也告诉贾雨村，引起人命官司的女子，正是甄士隐从小被拐卖的女儿英莲。贾雨村一时或许也会心动，这是大恩人的女儿，于公于私，他都应该秉公处理这件官司，然而，一张"护官符"压得他喘不过气。"雨村低了头，半日说道：'依你怎么着？'"

　　一个读书人"低了头"，一个执法的官员竟然问一个"门子"应该怎么办。

　　"门子"虽不读书，却很知道世俗人情。他教雨村如何虚张声势，假作要捉拿人犯，一面买通冯渊的亲戚，撤回告诉，一面用扶乩降仙，历述薛蟠与冯渊前世冤孽，冯渊鬼魂已勾索薛蟠暴病身亡。

　　贾雨村后来就"胡乱"判了这场人命官司。官司一了，即刻修书两封，一封给贾政，一封给京营节度使王子腾，告知他们"令甥之事已完，不必过虑"。

　　"门子"的"护官符"果真对贾雨村这个官场菜鸟产生了作用，以后一路平步青云，官场顺遂得意，都应该感谢这个无名无姓的"门子"。

但是"门子"因为知道太多事情，又知道雨村贫贱时的窘况，雨村不安，还是找了一个机会，抓到这"门子"的不是，把他充发了事。

"门子"毕竟斗不过已经历练了的读书人贾雨村。

王狗儿

《红楼梦》第六回一开始，写贾宝玉遗精。青少年发育，到别人家做客；午睡时做了一场春梦，"迷迷惑惑，若有所失"。等他醒来，丫头袭人来替他系裤带，手伸到大腿处，冰冷黏湿一片。袭人吓了一跳，问是怎么了？宝玉红了脸，捏捏袭人的手，不让她声张。袭人是十五岁上下的少女，也略懂得性的事情，飞红了脸，赶紧替宝玉换了干净衣裤。又趁没有人，问宝玉："那是哪里流出来的？"

华人社会避讳谈性，但是人人都好奇。青少年对性懵懂模糊，找不到询问对象，没有年长成熟的人可以指导解说，只有胡乱摸索。

《红楼梦》写青少年的性，写得真切，也不耸动夸张。第六回宝玉与袭人的对话，是许多青少年性事萌芽年龄的真实写照吧。

以后宝玉生理上的需求欲望大概也都与袭人分享，两人早已有了肉体关系，只是贾府上上下下都还以为宝玉只是个不懂事的孩子。

《红楼梦》作为一部长篇小说，有特别错综复杂的线索编织结构，第六回一方面交代豪门贵族青少年贾宝玉的遗精，另一方面就编织新的一条线索，开始讲述一个与贾宝玉毫无关系的人物——刘姥姥。

如果贾宝玉是一条青金色的线，青春华丽细致，刘姥姥恰是一条暗灰沉滞老气的线，两条线在同一章节中交错，经纬错落，相互并行对比，使《红楼梦》一部大小说织出繁复的图纹锦绣。

刘姥姥第一次出场就在第六回。为何作者会安排一个豪奢家族青少年的遗精事件之后，接着写一个乡下穷老太婆的生活窘况？大小说的铺排耐人寻味。

刘姥姥与贾府本来无瓜葛，是她女儿刘氏嫁给一个叫王狗儿的穷小子，这王狗儿的爸爸叫王成，王成的祖上做过小官，因为都姓王，就跟王熙凤的父祖辈认作了亲戚。以后王成这一家没落了（若不是没落，儿子不会取名狗儿吧），狗儿迁到乡下务农，养了一男（板儿）一女（青儿），姐弟没有人照管，便把岳母刘姥姥接来同住。

刘姥姥是精明世故的乡下女人，一个大字不识，但通达人情，阅历丰富，求生意志坚强。

王狗儿在小说里也不是重要角色，一个祖上做过小官又落魄了的穷小子，没有办法做本分的农民，在家里喝闷酒，心情不好，怨天骂地，打孩子，骂老婆。刘姥姥看不过去，拿出岳母的身份教训了狗儿一顿。

王狗儿像许多没有出息的男人，刘姥姥骂得好："有了钱就顾头不顾尾，没了钱就瞎生气，成了什么男子汉大丈夫了！"

对刘姥姥来说，村庄上长大，农民都本本分分，"守多大碗儿，吃多大的饭。"《红楼梦》里刘姥姥来自生活的乡土语言太漂亮了，她一出现，常常就对比出书里某些无能的贵族知识分子生活的贫乏、语言的空洞。

刘姥姥把女婿教训了一顿，顺便提醒他，王成家族当年跟王子腾家族连过亲戚，现在王成家族没落了，可是金陵王子腾家族可是飞黄腾达，做了京营节度使，马上要升九省统制。刘姥姥觉得这一条线虽然久未来往，还可以攀上关系，无论如何，对景况穷困、一筹莫展的王狗儿是一个机会。

王狗儿一听，觉得这岳母头脑出了问题。狗儿说了一句现实的话："只怕他们未必来理我们呢！"

王狗儿是负面思考的个性，任何事到他口中都没有了希望。刘姥姥恰好相反，乐观积极，她总是从正向去想事情，绝不放弃任何一点儿可能的机会。刘姥姥大概代表了千千万万在最底层讨生活的穷苦百姓吧，穷到这样子，没有什么会失去，豁出去都可以赌一赌，有任何机会都可以去试一试。

我喜欢刘姥姥骂女婿的三个字"拉硬屎"，有点儿像民间的歇后语——"茅坑里的砖头，又臭又硬！""拉硬屎"更简洁传神，让人一下子就看懂了王狗儿真是一个没有出息、没有担当，还爱撑个老爷架子的窝囊男人。

在家里跷着二郎腿，打孩子，骂老婆，临到有事，头一缩就躲起来，王狗儿当然也就把出面求人帮忙的事都推给岳母，现实里这样的男人也不少。刘姥姥知道这女婿没用，也只好自己想办法。

刘姥姥是《红楼梦》所有女性中最有生命力的一个。这种生命力不来自知识，像是根源于生活的历练，也根源于母姓原始的求生本能，接近于"大地之母"的类型。只是刘姥姥滑稽戏谑，常常装疯卖傻，掩盖了她内在"地母"庄严的本质。

从一件事就可以看出这外表憨傻的穷老太太的精明仔细。她对八竿子打不到的王子腾家族系谱做了分析，知道当年见过一面的王家的二女儿如今嫁给了贾政，正是荣国府邸当家的夫人，贾宝玉的妈妈；刘姥姥甚至打探到王夫人"上了年纪，越发怜贫恤老"，这样的信息就给了又"贫"又"老"的刘姥姥莫大的希望，她准备好要进京到豪门前试一试机会了。

一个社会，穷苦过一段时间，人就容易养成刘姥姥这种生命力，白手起家，从零开始，懂得低声下气讨生活，懂得谦卑求活，通常会在艰难困顿中创造许多发达的机会。反过来看，一个社会，富有安逸太久，就容易出王狗儿这样的人物，靠着过去一点儿得意趾高气扬，觉得世界所有人都亏待了他，失业是经济低迷，生不逢时，没有一点儿机会，能做的就只有跷着腿骂老婆打孩子了。

王狗儿这个角色令人深思警惕。

（选自中信出版社《微尘众：红楼梦小人物①》）

你能找到回家的路吗？

郑　执

我的手心有块疤，不大。

两岁半时，我家住在东北的老平房里，大雪能封门的那种，胡同里一户挨一户。夏天热闹，男人们夜里凑群下棋、打牌、喝冰啤酒，小孩子们就绕在身边乱窜。

我爸在某晚做了一件很隔路的事：他不跟人打牌，自己打铁——光着膀子，手握锤子，脚下不停地踩鼓风机的踏板，阵风呼哧呼哧地响，吹得铁块忽明忽暗，像闪烁的星。我幼时对发光体痴迷，他一扭头的工夫，我伸手一抓，手被烧红的铁烫得滋滋冒烟，尖嚎声划破夜空。

烫伤我的，是一块银。我爸打了一对耳环，送给我妈。

　　爸妈结婚时两家都很困难，婚宴只有一桌，嫁妆就一对耳环，我妈喝多了还弄丢一只。婚后两年，家里仍没钱。有一天，我爸发现墙上的老苏联挂钟上有层质地极好的包银，便突发奇想，撬下来熔成块，再亲手一点点敲打成耳环。

　　他是个没情趣的人。改革开放，下海赚到钱那几年，他都是将钱直接给我妈，就是没亲自给我妈买过东西。他说自己没审美，不懂什么叫好看。他打的那对耳环，就是俩大圆圈，像《西游记》里女儿国国王戴的。我妈也没换过，戴了整整二十年。二十年里，他让全家从平房搬上老楼房，几年后又搬进新一点、大一点的三居室。

　　第一个老楼的套间，37 平方米，我住了七年，童年最快乐的时光都安放在那里了。套间在六楼，夏天晚上我往往玩得太晚，回家已经天黑。我怕黑。当年老楼还没装声控灯，上楼前，我会先朝六楼的窗户大喊两声"妈"，见我妈探出头来摆手，我才冲进黑漆漆的楼道，一进去就能听到邈远的回音：

　　到几楼啦？

　　二楼！

　　现在到几楼啦？

　　四楼！

　　四楼上五楼的转弯处，台阶上已可见光。

　　那几年的晚上，我爸常在外应酬，半夜才回来，关门声很轻。又过了几年，我们搬进了大一点的房子，他的关门声彻底没了，人去了南方闯荡，后又出国，再回到家已是两年后。

　　他回家那天，除了我妈，没人知道他被朋友骗光了钱。我只记得出租车停到家门口，我跟我妈下楼迎接，我爸一把抱住了我妈。多年后，目睹过这一幕的我才幡然醒悟，那绝非那个男人的常态，他本是跟浪漫绝缘的人。

　　我妈只说了一句：还能找到家就好。

　　他成长的环境是"书香门第"的反义词：自幼混社会，狐朋狗友，烟酒不离身，光身上的疤就上百处。后来他跟俗世的很多男人一样，犯了世俗的错误。但这个家并未因此崩坏，我妈将更多的注意力转移到我身上，一切平静地过渡了。只是房子没有再变得更大，我妈的耳环也一直没换过。

　　我到青春期，跟他的话更少了，除了周末要生活费，平日住校连个电话也不打。他总是照我开口的数目多给，花不了我就攒着，给当时喜欢的女生买礼物。这方面我倒是遗传他，都没创意，无非是项链、手链，还多是男女配对的两件，土。

我还记得，当时能负担起最好的是石头记。

大学离家远，我爸一次给我整年的生活费让我自由支配，我便买得起施华洛世奇，再后来是 Tiffany 最便宜的那款纯银对戒。

转眼大三，奥运会结束后的那年冬天，他被查出癌症晚期，只剩两个月。

我办了休学，回家专心陪他走完最后的日子。

头一个月，我们昼夜不停地说话，多过之前二十年的总和。后一个月，他不够气力说话了，时睡时醒，身体再也无法自由行动。最后半个月，他对我说，我要回家。这里的墙太白了，我不喜欢。

他在家过了最后一个年。那年春晚小沈阳首秀，说"这个真没有"那句时，他卧在床上笑了三声。大年初三，他陷入昏迷，经常无意识地呼喊，都是阴一半阳一半的话。他嚷得频率最高的一句是：放我回家。大年初五，他安静了半日，到晚上平静地走了。我一直在他身边。

送葬在外地，一处佛教信众的私人道场。三天里过程很曲折，万事由我妈二十年的老友、一位虔诚的居士妥当安排，我跟我妈都信任她。除我们三人外，其他在场者是素昧平生的三百位居士，他们齐声诵经，场面壮观祥和。

火化前，我问：为什么他总嚷着要回家？

居士：想家。

我：他以后还能回家吗？

居士：只要他想。

我：以后再搬家，他不会迷路吗？

居士：留件最熟悉的东西给他，他就能找到。

后悔自己说这些，大家都沉默了。二十年，最熟悉的还能剩什么。

我妈从始至终静静的。她摘下耳朵上那对大圆圈，交到我手上。

我把两只耳环放进他的两只手掌，攥紧。一个人推他进了火化间，谁都没看到我哭。

某一刻，我突然想，不如成家吧。

休学一年后，我回到大学。朋友们都忙毕业，我不急，我想着买个什么戒指好。从那年开始，我决意自力更生，不再要家里的钱，无关逞强，就算是对他的交代。

自然买不起 Tiffany 了，我买回了最挥霍那几年里曾不齿、认为是属于中学孩子的施华洛世奇。当时的那个人打开来看，睫毛下闪过某种东西，那种东西跟我隔着很长一段距离。

我很知趣，却又免不了落俗，一瞬间又觉得该去赚钱了，开始钻研创业的点子，有的胎死腹中，有的半路夭折，事实证明我不是那块料。倒也无所谓，有所谓的是，一些东西做了陪葬——我再不想写东西了。我觉得周遭一切都无趣，于是夜蒲，酗酒，昏天黑地，很快花光最后的钱。期末考试临近，我递交了退学申请。

我打电话说，我退学了。

我妈说，那就回家吧。

我回到家，闷在家里不爱出门。

我妈问，真的不写了吗？我说嗯。

我妈问，真的甘心吗？我说嗯。

我妈说，那就出门走走吧。

多年来，每一次不知该去哪里时，我都会不由自主地走回最初的那栋六层楼。我喝了酒，又是晚上，楼道太黑了，我不敢上去看，就在楼道口坐下，突然哭出来，却不知道自己在哭什么。哭声大起来，楼道一瞬间亮了，原来这么多年早装了声控灯，可那种光始终不够自然。

我好像听见回音：

到几楼啦？

我这是到几楼了，我真的不知道了。

我迷路了。

这不是那嚷着要回家的男人想回的家，也不是我怕黑时最需要的光，因为这儿没有为你留着的门。除了回家，我还能去哪儿呢。

路那么长，有人走快了，这是没办法的事。你有权悲伤，但你必须自求多福，必须找到回家的路。终有一天你会发现，这条路是个圈。你最需要的，不是路上捡来的，而是原地不动的。人生有时需要兜圈子，很多事只有从弯路走来才会明白：你在乎谁，你说了算。谁在乎你，你说了不算，时间说了算。

那个漫长的夏天过，阴差阳错地又回到学校，花掉了比别人多两年的时间。那多出的两年里，我完成了一本书，献给那个迷过路的男人。

去年的一天，我莫名其妙地收到一笔稿费，根本忘记了是在哪本东西上写了篇什么。刚好第二天要飞回家过年，心想买点什么带回去呢。

买对耳环吧。

（选自 2015 年 7 月江苏凤凰文艺出版社《从此学会隐藏悲伤》）

你会想念你自己吗？（外一篇）

张小娴

当青春走到尽头，你会想念你自己吗？多年以后，突然就明白，蓦然回首，在灯火阑珊处的那个人，也许不是别人，而是那时年轻的自己。最深的爱、最痛的恨、最甜蜜的希望、最苍凉的失望，从来不是对别人，而是自己对自己的。我们与之周旋一生的，原来是自己。

柏拉图在《对话录》中说，人本来是雌雄同体的，终其一生，我们都在寻找遗失了的那一半。真的是这样吗？抑或，我们寻找的那一半，不是别人，而是自己？人生的漫漫长路，我们都试图去了解真正的我到底是个怎样的人。虽然痛苦，却也要学着去面对和接受那个既熟悉也陌生的我。唯有认识自己，生命才是完整。

我是如此爱你，可我总想成为一个最优秀的自己，只为遇见那个不一样的自己。

千帆过尽，不管爱过几个人，猛然回首，你终归发现，人与之苦恋一生的，原来是自己。唯一能够阻碍我追寻幸福的，是我自己。人生最难跨过的一关，是自己那一关。

回首往事，真不知道是恍如昨日还是已经太遥远了，抑或两种感觉都对？时间多么不可思议，恍惚之间，如梦如露，记忆的春天总会重来，红颜弹指老。到底是生命虚妄还是时光虚妄？不管浮世多么苍凉，我多想带着你的爱同行，等我们都老了，一起想念曾经的自己。

多希望一路上有你，可谁知道这爱是否可以渡到永恒，直到死亡把我们隔绝，谁都可以没有谁，路还是要走下去。人生的路，难道不可以独自完成吗？是啊，有些东西，没有也可以，譬如陪伴、譬如牵挂、譬如爱和温暖……可是，有的话，人生是会不一样。唯愿这一辈子，你会看到最好的我。我并不那么想跟自己苦恋。

朋友这花红

我常常想，会不会有人是从来没有被朋友出卖过的呢？

要是你这么幸运，也许是你太年轻了，要不就是你根本没有朋友。

小小的出卖，谁都会遇过。

他在背后说你是非，把你的秘密到处张扬。你当时也许深深受到伤害。然而，到了后来，你会庆幸，他伤不了你，倒是让你认清了他。

大大的出卖，诸如骗了你的积蓄，利用你的信任，抢走你的男朋友或女朋友，抢了你的工作，等等，你当时好恨他，可这也只能怪你自己有眼无珠吧？

被朋友出卖，就像失恋和失望，都是人生的一部分。它会让我们苗壮成长。

你被出卖过，并不是从此不再相信朋友，而是更感激真心对你好的朋友。

你失恋过，也并不是从此不再相信爱情，而是了然明白爱情不是人生的全部，你以后会更珍惜那个宠你爱你、对你好的人。

被朋友大大小小的出卖，就跟失恋一样，要是早晚会发生的话，早比迟好。这样你可以早一点了解人生，你也复原得比较快。

等到四十岁才失恋，人生四十才被朋友出卖，像就四十岁才长出第一颗暗疮，而且是一颗大毒疮，真是太惨了。这个时候，再回头已是百年身。

本来我可以说出一串被朋友出卖的经验，但是，何必呢？

做人还是潇洒一点的好。何况，这些小小的出卖并没有把我打倒。我宁愿带着温暖的友情走我的路，记着对我好的人，原谅那些曾经对我不好的朋友。他们和我一样，也不过是凡人。

走的路越长，你越明白，朋友是一笔额外的花红，得之我幸，不应该对朋友有太高的要求。

我们也许都有过这样的经验。有一个人，你以为他是你最好的朋友，你什么都跟他说。然而，有一天，你发现，原来他最好的朋友不是你，他也并没有什么都跟你说。你不免感到失落，怀疑自己是不是一直以来都有点一厢情愿。

可是，这种想法多傻啊。你最好的朋友也可以有另一些倾诉对象。即使是最好的朋友，也用不着什么都告诉对方。只有小孩子才会打勾勾说：

"我把我的秘密告诉你，你也要把你的秘密告诉我！"

有时候，我们跟朋友的距离远了，并不是因为他有什么不好，只是因为我们自己的故事变得复杂了，有太多的事情不知道从何说起，也有太多的秘密只能藏在心里。不想对你说谎，或者害怕你痛心的责备，只好假装我忘记了你。

其实，我还是常常想起你。

（选自中信出版集团《你会想念你自己吗》）

自 行 其 道

赵翼如

儿子的自行车曾让我很纠结——一骑远行，滚出的车轮背离了升学走向。

当中考冲刺的"战车"呼啸而过时，儿子悄悄逃了。他骑上一辆自行改装的单车，单车装有复杂的变速器、避震器，把头盔一戴，骑车去登山，在同学看来是很酷的样子。

那是他最自由的一夜。妈妈出差去了，他踩着呼呼转动的轮子，骑进黑暗中，体验无依无傍的快感——撒手兜风，一路释放着"战车"的"火"。星空下的紫金山，有梦一样的神秘高远。他像个摇摇晃晃的精灵，车灯投下的一圈亮光，照出满山疯长的野花野草……

他在"人人网"上的个人主页，封面就是一个骑自行车的小孩儿，飞过月牙状的拱桥。星月与车轮，融成光与影的联盟，有飞扬的生命色彩——这是茫茫题海中的小小孤岛，由此从分数构筑的围墙里逃逸而出。

　　我曾在一个火车头底下发现罕见的场景：钢筋骨骼的缝隙里，活着一群小昆虫，居然在弥漫的烟雾中一下一下弹跳！那是置身绝境的操练？

　　孩子骑车寻找自己的角落，寻找那份让自己痴迷的惊奇。15分钟——他以这样的快速骑上了紫金山山顶。在星空下大声叫喊，似乎一点点叫回了自己。然后练习表演特别车技：停在车上不动，拐很小的弯……回家已是凌晨6点。

　　想起惊恐一幕：朋友阿敏的儿子骑着摩托，以一种危险的姿态在山道飙车，迎头撞上一棵千年古树，偏偏刹车失灵！老树愣了一下，生命就在瞬间被甩出车身，不知从哪里弹回又倒挂树上，当场气绝身亡！

　　听说圆形车轮被撞成多边形，可见其速度的疯狂。

　　我只有用眼泪伴之以唠叨，没收了儿子的自行车。我受不了他脸上腿上的一个个伤疤。

　　某一日，看见他眉毛旁划了道血痕。又一天，他受伤的脚装进了石膏，被人背了回家……"但是老妈，男孩的疤痕，你要当必须经历的东西加以接受。"他倒过来安慰我。

　　当初给他买车，是作为交通工具，因为上学那条路太堵。谁知没多久，这车就"变脸"了。有一天我骑着这车去打气，车店的师傅很好奇：阿姨怎么骑这么酷的准赛车？

　　我纳闷，只是买了普通型的轻便车呀。

　　师傅取笑道，这车除了原来的车架，几乎所有的装置全换了，少说也得花几千块钱呢。

　　回去问儿子，他承认：压岁钱变成了两个轮胎一个坐骑，饭卡上的钱也换了一盏车灯一副碟刹。每天中午只花3块钱买3个包子对付肚皮，剩余的钱都贴了单车小零件。他说其实要的就是那么点小乐趣，还有一个让人分享的小圈子。

　　慢慢地，他组织起一个小车队，又琢磨出一些小名堂——从单车的概念设计到材料应用……

　　他的身影常出现在紫金山坡。感觉活了这么多年，只有一件属于自己的东西，那就是自己改装的自行车。从运动学的角度出发，换掉一些不锈钢配件，改用钛合金。那飘逸流畅的线条，有音乐一样的呼吸。摆弄那银光闪闪的玩意儿，就像在拨弦——听得见多个声部以及踩动起来的和声。

　　每天能脱离常态的时刻，就是放闸飞行。最高纪录，12分钟蹬上山顶！八面来风托起他，抵御着格式化的一成不变。当然，让喜欢的女孩坐在车后游荡乡村，曾是他的美好梦想……

可惜很快有同学的妈妈来告状了：你儿子密谋策划暑假带车队环江 10 天游，我孩子也秘密参与。他们打算先斩后奏，留下纸条半夜偷偷溜走。当妈的肯定不同意，中考临头，这可比什么都重要……

结果妈妈们都不同意，车队计划破产。这是儿子精心为之的败笔。

儿子向我摊牌：中考万一考砸，就去读职业专科。不用操心他的饭碗，已打算好今后开自行车铺。他说自行车的学问大了，光一个气门、一个避震器就有许多技术含量。自行车不光是交通工具，还是健身器材，环保理念，自由元素，青春体验……

他已会帮人简单修车、选车，慢慢争取做成一个自行车俱乐部。练就一身功夫骑车去拉萨，投入到发现之旅中，是他许久的梦想。

儿子告诉我：知道吗，在 90 后的词典中，成功的定义被颠覆了。世界多元，可选的路也多样。考上名校是成功，自在快乐为什么不是？重要的，不是你成功了什么，而是你在这些事情中经历和感受到了什么。

儿子认为自行车还很有可做的空间。在中国，人们以拥有汽车来炫富，可是在丹麦，三分之一的人骑单车上班，以拥有大把时间在单车上晃悠为骄傲。他们认为单车上看到的风景，是坐在汽车里看不见的。开车只能看到路怎样穿过平原，而骑车能体会到景致的千变万化，能感到自己的体重年纪，可自由伸展视野，看路的每一个拐弯……

一切可以用钱买到的东西，本质上比较廉价。现在有的欧洲国家的首相，还骑单车上班呢。

一个车铺开在那儿，它是有尊严的……

（选自 2015 年 11 月 4 日《文汇雅聚》）

站在启功先生墓前

徐　可

一

2005 年 6 月 30 日，北京西郊，香山脚下，万安公墓。上午，一场朴素低调、不事张扬的骨灰安葬仪式在这里举行。

进大门前行十米，右转，前行二十米，路的右侧，就是启功先生的长眠之地。上午十时，先生生前的至亲好友和同事学生一百余人，来到这里为先生送别。先生一向不愿麻烦别人，这最后的告别也没有惊动太多的人。

启功先生的墓地占地三平方米。墓茔东向，前望玉泉，后倚西山；苍松侍于左，坦途通于右。墓碑黑色，设计简洁大方，中间有个曲线的凹槽，形似先生一生喜爱的砚台。墓碑正面刻着逝者的名字和生卒年："启功 1912—2005"；"夫人章宝琛 1910—1975"。启功先生用 30 年时间实现了对妻子的忠贞。阴阳相隔 30 年后，他们终于团圆了。

墓碑背面刻着先生生前所喜爱的一则砚铭："一拳之石取其坚，一勺之水取其净。"先生自号"坚净翁"，书房名为"坚净居"。碑座上，刻着那篇广为人知的墓志铭："中学生，副教授。博不精，专不透。名虽扬，实不够……"

在墓茔旁边一间小小的告别室里，先生的骨灰盒摆在正中的台子上，两边肃立着送别的亲人。启功先生的内侄双手托起先生的骨灰盒，慢步走出告别室，来到墓前。庄严的佛教歌曲在空中回荡，带着亲人们的祝福，先生的骨灰移驻墓穴。两块石板封住了墓口，亲人们再看一眼逝去的长者，把花瓣撒在了墓座上。

二

阳光穿过树叶的缝隙，洒下斑驳迷离的光影。偶尔几声鸟鸣虫嘶，映衬着墓园的寂静。微风吹过，墓旁的松树微微颔首，墓前的黄伞轻轻晃动。站在启功先生墓前，遥望西山，回顾先生传奇般的人生，心绪难平。

启功先生是满族人，1912 年 7 月 26 日生于北京。他虽为皇族贵胄，但家道早已衰落。他一岁丧父，十岁失去为他启蒙的曾祖父和祖父，家里就靠寡母和一个未出嫁的姑姑苦苦操持。在曾祖父和祖父的几位门生仗义相助下，他才得以在汇文学校读书。但因经济困难，他中学未毕业便辍学了，从此养家糊口，背上生活的重担。但他并未因此沉沦，而是发愤自学，先后师从贾羲民、吴镜汀习书法丹青，从戴绥之修古典文学，后来更拜陈垣为师，获闻学术流别与考证之学。几十年来他从未懈怠，终成一代大家。

他在诗词、书法、绘画上均有骄人成就，有"诗书画三绝"之誉。他的画作取法自然，明净无尘，清劲秀润，耐人寻味，二十世纪四十年代就在画坛崭露头角；他的书法博师古人，典雅挺秀，美而不俗，在当代书坛独树一帜，自成一家，被人们誉为"启体"，成为彪炳书坛的领袖；他的旧体诗词格律严谨工整，语言典雅丰赡，意境深远含蓄，学力深厚坚实，深具古典风韵，享誉诗坛。他学识渊博，对古典文学、语言文字学、音韵学、训诂学、历史学、文献学、版本目录学、宗教学等都有广泛的涉猎与研究；他是古书画鉴定专家，尤精碑帖之学，对古书画、碑帖的鉴定独具慧眼，见识卓异，造诣很深，几十年来为整理和保护国家珍贵文化遗产做出了卓越贡献。

先生一生成就当然不是这区区数百字所能尽述，然而从这样的简介中就可以看出，先生有着怎样波澜壮阔的人生，有着怎样璀璨辉煌的成就。著名学者钟敬文先生曾赠诗启功先生赞曰："诗思清深诗语隽，文衡史鉴尽菁华。先生自富千秋业，世论徒将墨法夸。"这样的博学通儒、国学大师，确实令人景仰。启功先生如同一部大书，值得一辈子捧读。

三

与先生一生的学术成就、艺术成就相比，人们更敬重的是他高尚的人格。

人们在谈到启功先生的时候，总是自然而然地要谈到他的为人。确实，启功先生具有中国传统知识分子特有的品格特征：正直善良、谦和慈祥、悲天悯人、淡泊名利、虚怀若谷、包容无际。可以说，中国文人的传统美德——仁义礼智信，他无一遗漏。

先生为人至真。他对祖国、对民族、对人民抱有一颗热诚的赤子之心。他以一颗博爱之心、忧世之心，密切关心着国家的发展建设。每当遇到自然灾害，他总是踊跃捐献善款。他诚恳待人，爱憎分明，从不隐瞒自己的真实想法和观点。

先生为人至善。他对妻子至爱，对母亲至孝，对师长至敬，对朋友至诚，对晚辈、学生关爱至切，和蔼可亲，悉心教诲。为资助考入北师大的贫寒学生，先生于1990年在香港举办书画义卖，筹集资金160余万元，设立了"励耘奖学助学基金"，用于资助和激励青年学生辛勤耕耘、严谨治学。

先生为人至坚。"直如矢，道所履，平如砥，心所企。"这是先生喜爱的另一则砚铭，是对"坚"字最好的注解，也是先生道德操守的生动写照。先生温柔敦厚，平易近人，实则外柔内刚，内方外圆，刚直不阿。先生幼年失怙，少年失学，中年丧母，晚年丧妻，并曾被打成右派、准牛鬼蛇神，一生坎坷，历经磨难。他没有被命运击倒，不仅顽强地生存下来，而且卓有成就，成为一代大家。先生平素为人谦和，宽厚待人，但为人方正，在原则问题上非常认真，绝不随波逐流、随声附和。我们常见的是他"笑脸弥勒"的一面，我也确曾几次见过他"怒目金刚"的一面，那都是在对待原则问题的时候。

先生为人至净。先生性格洒脱，胸襟旷达，淡泊名利，从不计较个人得失，一生不为金钱所动，不为功名所累。他心地纯净，不掺杂念。对人生的坎坷，他总能以乐观的精神、旷达的胸怀加以化解，从不怨天尤人。对假冒他书法的行为、对一些人不负责任的议论，他一笑了之，表现得很超然。先生身为帝胄后裔，从不以此自炫，甚至不愿承认自己姓"爱新觉罗"，自称"本人姓启名功字元白，不吃祖宗饭，不当'八旗子弟'，靠自己的本领谋生"。有人戏称他为"大熊猫"，先生一本正经地辟谣："我不是大熊猫。大熊猫是国宝，我还有自知之明，哪敢自称国宝呢？""宠辱无惊希正鹄"，"何必牢骚常满腹"，这样的诗句常常在他的诗中出现，表现的正是他宽广的胸怀。他像一条静谧的河流，宁静平和、清澈见底。

四

启功先生是 2005 年 6 月 30 日凌晨 2 时 25 分去世的。先生似乎特意选择了这样一个安静的时刻，悄悄地走了。

时光匆匆，在先生人生最后的十几年中，我有幸随侍左右，常常拜读这部大书。十几年，在历史长河中只是短短一瞬，可在人的一生中却是长长的一段。在千千万万人中，我是有福了。我悟性不高，至今未得书中精髓；可粗粗翻阅之下，已经获益匪浅。先生高尚的人格时时感动着我，一桩桩看似不起眼的小事，如今回想起来，还是令我热泪盈眶。我至今忘不了先生手执铅笔为我修改习作时认真的表情，也忘不了先生面对有人以他名义作假的行为，委托我代发声明时愤怒的神情；我忘不了先生谈到工人下岗、农民负担重时焦急的神态，也忘不了先生手持放大镜细看我的幼子照片时开心的大笑；我忘不了先生身体健康时每次执意把我送到楼梯口频频挥动的双手，更忘不了先生坐在轮椅上双手抱拳目送我离开时留恋的眼神。

为什么我的眼里常含泪水？为什么我的胸口常常隐隐作痛？"故人不可见，江水日东流。借问襄阳老，江山空蔡州。""有人夜半持山去，顿觉浮岚暖翠空。"古人的一句句悼亡诗，此时读来更觉心痛。一座大山移去了，心灵的依靠何在？

还是在盛年之际，先生就为自己提前写好了墓志铭，并表示"六十六，非不寿"，表现出对生命的达观。如今，距离"六十六"二十多年了，先生以 93 岁高龄辞世，是真正的"非不寿"了。人们为什么还是这样悲痛？这是多么巨大的一种人格力量，至今令我们感动不已。

五

可是，就是这样一位善良慈祥、深受人们爱戴和敬重的文化老人，却也遭到某些人的攻击和诋毁。有人对先生的书法有这样那样的非议，有的说他写得太多太滥了，有的嘲笑他的字是"馆阁体"，有的借"收费"说三道四。但他们恰恰忘记了一点：启功先生从不把书法作为牟取利益的工具。社会上之所以有大量他的书法作品，一方面是因为喜欢他的书法的人太多了，认识或不认识的，懂不懂书法的，都想方设法索求；更重要的是因为他从来没有把自己的字当回事，从不以此自矜，从不以书法家自居，从国家领导人到平头百姓，从学者教授到环卫工人，几乎是有求必应，免费供应。一些索字者不忍心"剥削"他老人家，或给点吃的，他和大家分享了；或给点玩的，他放在书柜里与朋友共同欣赏；或给点花的，他转头就交给学校或需要帮助的人。退一步讲，就算"收费"的话，也是劳动所得，而且是一位高龄多病的老人的劳动所得，又有什么可以非议的呢？

启功先生的书法并非登峰造极，批评不得，启功先生也并非完人，毫无瑕疵。正常的学术批评、艺术探讨无可厚非。可是，那种人身攻击、造谣滋事是一切正直、善良的人们所不能容忍的。事实证明，无论宵小之徒如何诋毁，都无损于先生的形象，人们还是一如既往地热爱着启功先生、敬重着启功先生。

对付这样的人，还是启功先生的办法高明。早在二十几年前，他就写下了这样的诗句："开门撒手逐风飞，由人顶礼由人骂。"顶礼也罢，辱骂也罢，这一切与我何干？先生已乘鹤而去，留下一群俗人喋喋不休，争论去吧。

六

有的人活着，他已经死了；有的人死了，他还活着。死者倘不埋在活人的心中，那就真真死掉了。站在启功先生墓前，六月的阳光暖暖地照在身上。我凝视着先生的照片，先生慈祥的笑容在阳光下格外灿烂，我们似乎又在进行着轻松的对话——心灵的对话。一时间，我竟出离了悲伤。我又一次捧读着一本大书，对人生多了几分感悟，对生命多了几分敬畏，对荣辱多了几分超然，对得失多了几分洒脱。

万安公墓历史悠久，环境幽雅。启功先生生前的许多友好都先后安葬在这里，想来长眠于此地的启功先生也不会感到寂寞吧。

落花无言，人淡如菊。启功先生去了，可他没有死，因为他永远埋在我们这些后人的心中。

（选自 2015 年 7 月 9 日《文学报》）

我拍看不见的风景

谢小灵

拍摄者只能是我。你瞧，我对画面的处理果敢又庄严，我看到了远处的树林和地平线，还有庸常隐约的爱。

这是我愿意的时光。

摄影作品的气质与大自然的联系就像发生在某些早上的神迹。要使得你看见真切又强烈的寂寥，宽广又立体的空间，作为一个坚定耐心的观察者，我倾心于在画面中采用对比的色彩，动和静紧密契合融为一体，风由纤纤手指在原野上漫漶抚过，一部分生成宇宙稳定的土壤，原野上的苍白的柔光没有完全睁开眼睛，它们是陆续而来的，沉淀与闪耀的交替使用的手法源自于生动天真的冲动，取景尽量单一，单一直到唯一，摄影师与天籁一样，没有工于心计，这让人安慰。

这幅作品对你说的是有质地的清晰和不贫乏的幻想，你我于虚无之处将获得实在的人生庄严，尘世在这里独自退却，画面后面的尘世又端庄升起，土壤在沉稳的暖色调里延续空间，如同在大提琴里的速度，音步充满扎实的音节，像体操冠军落地的步子，有着落。

太阳开始升起，它是你们碗中打散的蛋花，惺忪迷离，似乎将有繁花在空中流动，将有河流在天空复活，近景的摄影元素全部珠圆玉润：有手摘清晨的露珠和沐浴在金光之中的旷野，中景类似爱意，一个儿童将面对层层的甜蜜，远处有人将俯身走向自己，远山黛色以消失表明存在，借助了在天空打补丁的白云，画面外祈祷的人，视觉性的自然之物呼之欲出，此时，我被发现直接完成了对牧歌情怀的赞美。

静谧又神秘，大地之上是无穷的不确定的未知，大树之上的叶片覆盖树影，这接近唇齿相依的纯粹拍摄，万物入夜后，夜色饱满，夜色稳定，夜色扎实成长，一两点光影中的夜色又勃勃生机，树木的举止都带有神来之笔的不可言说的味道，一小块一小块树荫在拾捡大片月光，有人若有所思，或许回忆带着某人，走回某个无序之地，画面如同镜子，反射的并不是物象，而是心灵，是我内心深处灵魂对宇宙世界的感受，画面由暗绿从褐色中升起，在最暗的心灵中，也出现总会在远处的灯光，这种离得好远的灯光，用非耀眼的神态望着人。

接着，我要把风拍摄进来，风在土地上的作为不计得失，风在树叶中穿行，如少女在老屋中闪出，那么清新活泼又干净，那么好。我清楚地记得我少年的朦胧与悸动，我现在都记得那一瞬间。我要留在那儿。

若是在某日下午走近这幅画，故事便开始奔跑了，时光推后，你弱化这故事，你随意用铅笔削去一点情节，满纸甜蜜和忧伤的笔屑，是人类心灵不可或缺的。这种不热衷抛头露面的心灵，总能够大于或小于光影色能给予的。

构图色彩光影，都有相对立的布置，也由此带来极具魅力的张力。月光遇见黑夜，一种浓色彩与另一种浓色彩相遇，若从理性上分辨，该是有冲突的可能，但我知道朴素、坦然会帮我良好地过渡了这一矛盾。

土地是每个人心中天然的护身符，那儿可以衍生温柔的感情以及最原始的念头，只要人与自然友好地接触。选取土地作为主要的摄影元素无疑为视觉意义上的空间感做出了贡献，要是我一直去彰显土地的面貌，眼前的自然界有了一种仪式性的举动和姿态。人在世间的努力与土地分不开。在红绿分明的承接组合中加入了忠实的、本分的平静与热爱，一直在大地上行走，照着人的原样子活，等于活在火焰中的火，火在火焰中大步流星地消失，人在欲望中消失的欲望，在时光停顿的地方开始了有触觉的联想，观图已不是我的目的，祈祷，走回去，走到远处的深处去，也许从头为树木自然动物冠名，也许简单到和它们有一样的心事。我几乎佩服了自己留住时光与气息的本领。

依次推出在远景中发光又逐渐退却的烟火，人的肉身扎根的芳香，村庄的早晨，一时间我变成了一个幸福的人，我们毫不怀疑我们可以打开也可以拍到自身这幅画面，远处的连绵的云层，听见亲切呼声的河水传来，昨夜梦中相见的群山，诗意的田野，灿烂的阳光，每棵树的淳朴，能让心灵远景出现在这些迷人的小细节里，月光抚摸之下的所有道路和方向以及朦胧的爱意，不假思索的好感，在晨光之中睡着的安宁。我是通过我的摄影镜头见识着有点异质的风光，也是一种可以留存时间的景象，且是一种听见方言的有来历的画面，我着实拥有发明权，我带我走得那么远，这时，感觉主义成了我的审美宣言，形式对思想怀着精准的表达能力，让我们喜悦起来。

我当然会让构图中有留白的成分，如同一条默不作声的路，它孕育着诗意与悲凉，路散发出的曲线有着感动人的气质，也敞开了无数的可能性，请一而再，再而三地倾听一条伸向远方的路，感受体验光影，浮云的静。摄影师我还没有让人走进画面，我对地平线的拍摄有持久的兴趣，你将遇上瞬间下的大地天空以及植物，拍摄的细节光影表明摄影师我对自然与世界坚强又柔顺的理解，人和道路有着同样的人生，一条道路，热闹或者荒芜，你在路上，你在通往路上的路上，远方正给你安静。

这些都是我耳熟能详的场景。树生活在树荫之中。光线直接打在光里面，还有富于变化的旋律，生活中那些熟知的表象，日常生活的，我深爱的我，我服从的自然，我乐意得到最简单的快乐，这是一种纯摄影，镜头外的背景，在水平与垂直的空间上有所作为，透明又可靠的图画摄影。艺术感的突发性以及相称的情思，红，吉祥又深远。红色统辖了画面。红色的背景，闪着光泽的薄雾，红颜色的恭良让位于攻击性，传达了无法克制的喜悦，与厚道的绿在主导画面，一切营造着红绿交织着发酵后的效果，构图呈现纯真又古朴的统一基调。

你如果已经开动你叙事性的意念，我会把你算作一位我严格意义下许可的新读者。你不只有共鸣，你更将获得灵魂上的鼓舞。我以为摄影是由爱而非理智得到的艺术冲动。所有艺术都要基于爱，基于对对象内在空间力所能及的解释，进而产生出对动静的分割，对自然与幻觉等完整的自足的把握，世界剩余的光，可信的虚影，正面透视下的河水、种子、天明前赶回去的星辰，纯净的气息，事物在各层次空间上有着稳定又微妙的呼应，线与线组成的平静，黄金分划和幻觉呈现的空间，错落超脱尘世之美，这种可能的拍摄才能使我无限投入。你瞧瞧，还是什么画面都没有出现。现在你知道了，我只拍可能的摄影作品。

摄影的艺术化特质把大地上的细节放大，空气，土地的形体、声响、质地，明暗都有了真实的存在，视觉的敏感、高低、近远，深浅强弱冷暖，缘由艺术的呈现，把你拉出图画的互补色，相近色的限制，出色的画面正发出的邀请，我期盼的天真与会心，影像在摄影艺术的比例，均衡构图，多层空间等方向上一丝不苟，都在齐心帮助我求得生活中的最终真实。

"太阳落山了，花儿闭上了"，黄昏中的故土和家园，多半是人们由经验来补充完成的，请重视再次对远去的景物、土壤、飞鸟、花朵、河水、耕地进行追忆，曾经的存在被萦绕得迷人又精美，不再重现的完美也为我们提供着饱满的忧伤。那是我们步步丢掉的世界。

永不重复才有长久魅力，如果拥有创造性的光和影，去透视尽头的事物，这有利于影像抓住我们，尘世的一切终将消失，我比较倾向你要步入世界神域的宁静，有一瞬间你拍到自然无边的消失，那才是具有超时空的永恒感。

现在你知道了，我还没有见过这个地方，但是我不放弃只拍这尚未抵达的景象，那是未知的又是将要来的，你只有定居在去往任何路的路上，走着走着，有一天就会遇上了，就拍了，就是这样。

（选自 2015 年 9 期《美文》）

旧书店的两代人

苏枕书

明朗的旧书店

比起敞亮的晴天，更喜欢在清凉的阴天出门去旧书店。晨昏未辨，街心极静，时间好像也走得缓慢些。离家往北约两公里处的一乘寺商店街有一间萩书房，沿着北白川一直走就能到。这家店营业时间是中午十二点到晚上九点，大概店主也爱睡懒觉，所以很适合懒洋洋地散步过去。门口立了块招牌，是店主的大幅自画像，摆着幽默的姿势，上头写：明朗的旧书店。不用担心，欢迎进来！和我拍照片吧！非常有趣。

和大部分旧书店一样，店门口也有百元区。文库本不足观，杂志、画册质量尚佳。店内靠墙两排高书架，中间一排书架，空间纵深。书架之间虽也逼仄，但走在其中并不觉压抑，大概是灯光充足，店主又播着音乐的缘故。边边角角有各种用心的装饰：旧挂历、老照片、明信片、旧海报。

室内铺着木地板，踩上去咯吱咯吱响。店主在柜台内仪态悠闲，偶尔起身换唱片，果然气氛"明朗"。

这家店开创于 1987 年，在一乘寺区域算是资历很老的旧书店。店主都是京都人，是一对兄弟，弟弟井上嘉次是十足的书虫，沉迷推理、艺术、世界音乐。哥哥井上贤次喜欢车和披头士，对读书倒没太大兴趣，但很喜欢卖书，因为可以遇到很多有意思的人。兄弟俩热衷搜寻各种少见的推理小说、漫画、有趣的画册，虽然口味冷僻，但难保不遇上一两位同好，一见倾心也是有的。他们等待着这样未知的惊喜，觉得一切都可期待。

两兄弟轮流守店，每天黄昏五点半是交班时间。二人相貌很接近，乍一看很难分辨，但只要同他们交谈，就能一目了然。哥哥贤次非常健谈，爱笑。弟弟嘉次讷于言，羞涩，很少抬眼直视别人。贤次道："大家都说，弟弟健谈的那部分都被我拿走了。"

他们的父亲也开了一家旧书店，在乌丸御灵前的街边的家中，店名也叫"萩书房"。为作区别，他们的店就在名字后头缀个"Ⅱ"，更显俏皮。京都地方小，旧书店同行之间大多来往密切，彼此都装了一肚子掌故。贤次很乐于讲这些。

"咱们这个店，跟传统旧书店比起来，其实真不是一回事呢。虽然——看看咱们柜台后头，也摆满了古典文学大系、大和汉辞典什么的，怎么样？很有旧书店的感觉吧！但是我们都没有在传统店里做过学徒，也没有去神田神保町修行过！我们就这么凭着感觉开店啦。就算自成一格好了！萩书房流吧。"贤次讲起这些，都很兴奋，"一般旧书店老是一副板着脸的感觉，我才不要这样呢，所以才在门口放那幅画儿。我希望萩书房是那种很容易进来的店，不给客人任何压力。谁都可以进来坐一坐，转一转，听听音乐。"

日本传统店家大多讲究传承。江户时代的旧书店都收学徒。学徒工作出色，将来出师才有资格顶着师傅家的名号开新店，比如京都寺町有名的竹苞楼书店的初代主人最早也在别家做过学徒。昭和以来虽然渐少"学徒"这种称呼，但要开旧书店的，多半还是得在大书店里见习一段时间才有底气。

旧书店的醍醐味

关于旧书店的乐趣，兄弟二人也各有心得。哥哥贤次说："有时候某某纪念馆来订书，我看到自己卖出的书，放在干净的玻璃窗内，真是不知道有多开心。京都虽没遭遇大规模空袭，但也蒙受战乱，损失了好多珍本旧籍。历经劫难留下的古书，纸页间留有昔日光阴的味道，静静躺在窗明几净的地方，我们又有机会触摸它们，翻开它们，没有什么比这个更让我感动高兴的了。"弟弟嘉次道："有时候到别人家收购书籍，在书架上看到自己久寻不得的书，心里简直要大声欢呼，但表面上还是老老实实，不声不响打包。也有那种不舍得拿到店里卖的书，挣扎纠结好久，还是拿出来卖。我已经和它们相遇过，不妨让更多想着它们的人也有机会邂逅。"

贤次说，如果有余裕，他很想把书店扩建一下，辟一间咖啡厅。这样大家可以更从容地看书。到了晚上一起喝酒听音乐，一定很开心吧。

"不过，钱是个问题。"贤次有些不好意思，指了指地板，"一踩就有声音对吧？唉，都二十六年了，一直没有重新装修过。"他是个乐天派，又转笑颜道："不过客人们都说，嘎吱嘎吱才有感觉呢！"

贤次常说父亲年事已高，体力精力均极不济，总店的书正逐渐转移到分店："父亲才是京都那种老派的旧书店主人呢，对旧书是最了解的。只可惜我没有学到什么，还是弟弟更有父亲的感觉。"

某日去同志社，过高野川、贺茂川，走到乌丸通，恰好路过萩书房总店，就掀帘进门。一座二层木楼，底楼是店面，二楼是住宅。门脸很不起眼，门口两箱百元特价书，书纸蒙尘，脆薄旧黄。店内六排书架，书籍想是久未整埋，落灰很严重。

主人井上恭治年已八旬，做了五十年的旧书生意。昭和三十年（1955）开始摆书摊，昭和四十年（1965）前后在乌丸鞍马口自家开设本店，屋号是兄长所赐——他读书多，称秋天是读书天，叫"萩"就很好。

萩，《说文解字》曰："萧也，从草，秋声。"段注曰："古多以萩为楸。"萧是一种蒿类植物，生于河滩沙地，高三尺，夏季开绿色花。楸为落叶乔木，夏季开黄绿色细花。宋时初秋满街叫卖楸叶，妇人小儿以此剪成花样簪戴。

而日文中"萩"为日本汉字，即胡枝子，取秋天开花之意。如"椿"指山茶，在春天开放。胡枝子是豆科的落叶亚灌木，秋之七草之一。日本人极爱此花，为《万叶集》中最多歌咏的植物，又训作"芽子""生芽"。《枕草子》"草花"一节有言及胡枝子："胡枝子的花色很浓，树枝很柔软地开着花，为朝露所湿，摇摇摆摆地向四边伸张，又向着地面爬着，那是很好玩的。尤其是取出雄鹿来，叫它和这花特别有关系，也是很有意思的。"日本古歌中说到鹿，必提胡枝子。周作人注云："其用意不详，但其由来已久。"如大伴家持有歌云："胡枝子旁雄鹿立，朝露如珠犹未消。""雁来胡枝子花散，雄鹿声鸣渐消沉。"胡枝子生于原野，原野有鹿鸣，原也是自然风致。胡枝子夏秋开花，正是雄鹿长鸣之时，故亦有说法称胡枝子和鹿寓指夫妇。京都赏萩处有上京梨木神社、左京迎称寺、真如堂、上贺茂神社等，以梨木神社最著名。每年 9 月 15 日开始有"萩祭"，在花前设茶席，表演尺八、筝曲、狂言、传统舞蹈，至秋分之日（9 月 23 日）方止。人们在短册上作俳句，系于盛开的萩花枝头，婉转摇曳，故而"萩书房"是个很美的名字。

之前在分店和贤次聊天时，他说父亲年事已高，耳朵不好，精力不济，不大爱说话，亲眼见此，不免酸楚。转了两圈，满目残册零帙，尘灰寸积。终于挑了两本书，到柜台边付账。井上先生缓缓从内间出来，很客气地招呼，手虽微颤，气息也不稳，但包书的动作仍娴熟完美。尝试聊几句，不想他很善谈。他说，早些年生意好时，同志社、京大、府立大的老师、学生都常来逛，店里小，人挤来挤去转身都难。后来就没什么人了，生意难做。儿子们开的分店虽然收拾得干净漂亮，但生意也不好，收入根本不够交房租。房租多少？那边一个月十万，哪里够呀。还好这边的房子是自己的，挣点儿钱也刚够糊口。基本都是靠吃家底过日子。大儿子虽然爱说话，但是不是真的喜欢看书，只是觉得好玩。小儿子话少，是真的喜欢书。好在他们开了间网店，稍稍有些进项。旧书过时啦，又脏又多灰，别说年轻人不喜欢，我都有些受不了……吃了灰要咳嗽，老了，不行了……收拾不动啦。新书好，干净漂亮。现在的人不缺钱，为什么不买新书呢？在网上看或者用其他新鲜的途径看，也很好啊，反正旧书真的过时了……

说了很久，似乎非常累。停了停，回头看一眼老妻，又缓缓过去替她擦拭嘴角，有些抱歉地对我道："这间店很多的书都转到分店去啦。还是去那里的好，这里实在也没什么了。"

　　1990 年 10 月 15 日，京都古书研究会发行的季刊《京古本屋往来》发行第五十号，请了很多书店主人寄语未来，畅想十余年后第一百号发行时该实现怎样的梦想。当时贤次这样写："一百号发行时，希望总店能有五层楼房，一楼给父亲住，二楼我住，三楼是弟弟的店，四、五楼是仓库。"这样可爱的理想很有贤次的风格。虽然萩书房总店不免凋零，幸有分店仍蕴无限生机。如此想来，也就不太伤感了。

（《京都古书店风景》 苏枕书/著，中华书局 2015 年 8 月版）

（选自 2015 年 9 月 24 日《文学报》）

百 姓 的 壶

徐　风

　　不能想象，乡下的老茶馆若是消失了，那人们还怎么活下去。

　　是的，中国的乡村大抵没有教堂。庙宇，是用来供奉神灵的；只有茶馆，才是人们宽慰心灵和洗涤精神的地方。乡坯。这是玩壶一族对乡下人做壶的统称。孬壶者，乡坯也。所谓乡坯，即是工艺粗糙，样式僵板，泥料不够纯正，等等。有钱人不屑用手摸它，文人雅士更不屑用正眼瞧它。于是，大量的它们就只能进入百姓的寒舍，乡村的茶坊。

　　那茶，粗的；那壶，不但粗，还拙呢。窑场上的废壶，瘪的无妨，残的无妨，只要不漏水，捡了来，用久了，一样放出光来，称包浆。几十年，几百年，那包浆如镜子一般，照见人的前世今生。

　　村人说，城里小姐生伢，乡下婆娘也生伢。管它什么乡坯不乡坯的，那壶里全是百姓的乐子呢，没有茶叶也成，大麦炒一炒，比茶叶还香呢。一壶一壶喝下去，一样舒心润肺。有时候，人就是活一壶茶。人的精气神全在壶里。那壶跟着人的姓名，寿根、春生、坤大、来福、根宝。人叫什么，壶就叫什么。人走了，壶也跟着走，入那黄土，几百年后坟被扒了，壶又重见了天日。壶默默无言，壶不可能说咱儿百年后还是一条好汉。

黄龙山下某村农民王老二的喝茶生涯持续了一个花甲。他每天清晨起来，去自家地垄拔几把青菜，摘几只茄子、青椒，放进一只弧度很长的竹篮里。搭背在肩上。然后，踩着清晨残月的光亮，去一箭之地的小镇茶馆喝茶。他口袋里并无茶钱，不过无妨，茶喝到一半，他会站起来，把茶壶盖子反盖在壶上，这个约定俗成的动作表明他过一会儿还要回来。他去了哪里呢？老茶客们都知道，他去菜市了，一会儿他把那新鲜的青菜和茄子、青椒卖了，他就有了茶钱。农民王老二就这样喝茶，这一壶茶对于他非常重要。太多的风霜、劳累、委屈、不平，都可以被这一壶茶浇却得干干净净。这壶茶一喝就喝了 60 年。有一天王老二喝茶的位置空着了，但没有人占他的位置，好像他还在那儿喝茶，后来许多天，王老二一直没有来。大家终于知道，王老二来不了了。奔赴黄泉的路上，他没有来得及带上那把喝茶的老壶。它一直被冷落在壶架上吃灰尘，后来被一位城里来的先生收走了，说那壶，虽然是乡坯，但上面有一个花甲的包浆呢，这壶应该进博物馆的。于是，农民王老二虽然殁了，但他进博物馆了，这事情一直被王老二的茶友们议论着，最终还是老大不解。

江南乡镇的小巷深处，一年四季都飘着茶香；鼎沸闹市、寻常巷陌的老茶馆更是星罗棋布。无论时代兴衰、王朝变更，壶中沸水依然滚，茶里言语扑面香。太多的王老二把生命里的宝贵年华留在了一壶茶里，泡老了悠悠岁月，恍惚了百年人生。门楣寒碜的老茶馆里，那一排排黑苍的紫砂老壶已经记不清伺候了几代茶客，温暖了多少从风雪驿道而来的寒士，抚慰了多少潦倒失意的心灵，承载了多少普通人的欢愉和惆怅；垒起七星灶，砂壶煮三江；一个砂壶四个杯，风清月朗美紫砂。它支撑着一个乾坤，汇聚着绵绵浩气；记叙着昨夜长风，寄托着人生的念想。

在陶都宜兴的大街小巷，只要你稍加留意，便可以看到琳琅满目的各式紫砂陶器。一些普通的门楣、寻常的宅第，推门进去，没料想竟是一个叹为观止的紫砂艺术世界。世代相传的壶艺，于平淡中彰显出博大与丰厚，新和旧的故事都在壶里。当你终于领略了宜兴的风土，解读了荆溪的湖山，尤其是从那醉人的茶香里遥想那千年的往事，你才能叩响古老紫砂的门环。

（选自世界知识出版社《南书房·徐风散文随笔选》）

做个有"文化"的人

王开岭

有知识不等于有文化。文化的用途，不是用来考试，而是用来生活，陪你度过整个人生。

木心先生有首诗，叫《从前慢》，"记得早先少年时，大家诚诚恳恳，说一句，是一句……从前的日色变得慢，车，马，邮件都慢，一生只够爱一个人。从前的锁也好看，钥匙精美有样子，你锁了，人家就懂了。"

在今天看来，这些令人惊奇的细节叫"美"，叫"诗意"，但在另一个时间，它就是一种生活方式、一种朴素至简的生活契约，就是"过日子"本身。"诗意"是后来的事，是光阴让其有了锈迹一样的诗意。作者写它，我们读它，就是温习那份生活，温习其中的那份常识，并向那古老的契约和自觉精神致敬。

其实，这就是文化，文化的背影。

所谓"文化"，在我眼里，即祖祖辈辈积攒的那点家业，即光阴深处的那股静气和定力，即历经淘洗留下的那套规则和标准，即万变不离其宗的那个"宗"。正是这个宗，给我们提供了一种身份认同，没有它，我们不知自己是谁，即没有身世和渊源，即缺少基因支持，即不知"从哪里来，到哪里去"。

较之俗称的"发展""前行"，文化即"拖后腿"的那股定力、那具尾巴。它是一种反向力，是一种制约盲目、防止脱缰的力量。汽车有加速和油门系统，更有减速和刹车装置，文化即后者。它类似松鼠的尾巴，拖着你，纠正你，给你压阵。没这尾巴，你的跑、跳、变向、稳定性，都有问题，你会没有前途。

文化的特征，一是老，二是慢。老就是古老，它帮我们收藏光阴和记忆。老建筑、老村落、老街区、老字号、线装书、繁体字、长者、古董、碑帖、祠堂、族谱、习俗……都是"老"的载体。然而现在，"老"的东西太少，超乎寻常地少。我们的很多"老"都是非正常死亡，"破旧""反封""割资"，把无数的"老"扔进了火堆。如今，城乡乱改造也是个悲剧，很多"古"被篡改或清空。

慢，即舒缓、耐心、从容，即对细节的迷恋、对节奏的维系、对秩序的遵循。纸质阅读意味着慢，鸿雁传书意味着慢，笔墨纸砚意味着慢，手工馒头意味着慢，长篇小说意味着慢……现在的问题是太快、太匆遽、太日新月异，来不及停驻，来不及凝神，一切进入了快餐年代。那种慢慢读一本书、慢慢写一封信、慢慢爱上一个人的生活，正越来越远。

木心那首诗，留恋的就是这种生活。留恋，不是折返，不是退回去，而是珍惜，是为一路走来却丢了家传、丢了贵重物而遗憾。

在一篇文章中我说："变和巨变是一种意义，不变和少变也是一种意义，甚至蕴藏巨大的未来价值。"文化就是那种不变和少变的东西，它意味着某种稳定和永恒的指向性。

现代教育，不仅要培养知识人，还要培养文化人，培养热爱文化且用文化来生活和走路的人。

如今"国学"盛行，不少小学和幼儿园也开始"诵经"，甚至读了"三字经"就被要求给父母洗脚。须留意的是，我们常借文化消费之名来行知识消费之实，常把文化当文本来传授、当课业来考试。尤要警惕的是，莫把"国学"当教旨，莫把它的全套价值观当成严苛的道德律令和训诫，要知道，在现代语境下，国学不需要"立威"，它应该是朴素、简明、温和的，而非深奥严厉、让人生畏的东西，它所有的价值观内容，都应以价值观选项的形象出现在孩子面前，而不再是权威，更非宗教和新意识形态。

传统文化，应给现代人提供更多的精神舒适性和心灵自由度，而非相反。

对于未来世界，朋霍费尔曾预言："在文化方面，它意味着从报纸和收音机返回书本，从狂热的活动返回从容的闲暇，从放荡挥霍返回冥想回忆，从强烈的感觉返回宁静的思考，从技巧返回艺术，从趋炎附势返回温良谦和，从虚张浮夸返回中庸平和。"

这是很乐观的憧憬，但愿别辜负它。

（选自 2015 年 6 月 4 日《今晚报》）

消　遣

戴　蓉

在南方过冬天，站在阳台上望望野眼是种不错的消遣。

对面人家的天台上，木板箱里种着几行小青菜，当中却突兀地窜出一枝红月季。想到微博里有人科普，玫瑰长了一张大饼脸，月季的五官很分明，情人节小伙子们送的一束束都是月季，不由得一个人咧着嘴笑了起来。一场突如其来的阵雨，打在天台的红砖地上，风吹日晒的大红方砖瞬间沁出油润的红，空气中泛起尘土味。栽在瓦盆里的橡皮树根须伸出了盆外，悄悄撑裂了盆底的几块红砖。衣物被匆匆收走的晒台，这个时候反而有了一种潦草的风情。有太阳的日子里，邻居会在露天的桌子上晒水仙花、红葱头，偶尔也能看到摊在小竹匾里的米粉。有人把一长串芥菜晾在竹竿上，歪着头欣赏了几秒，突然注意到我的目光，一丝羞赧的笑容爬上嘴角，随即矜持地关上窗。

几米开外的东街，过年前常有出殡的队伍经过，年前去世的人，丧事是不好拖到年后办的。在铜管乐队敷衍的乐声里，听不出灵车后披麻戴孝的亲人是否在号哭。送葬的亲友们手里握着菊花的动作有点僵硬，居然有人一边走一边把手机贴在耳边说起话来。人世真是繁忙，一口气在千般用，即便前有灵柩也不能让有的人消停。五色彩纸扎的花圈在阳光里显得格外耀目，我总是纳闷为什么花圈要做得这么夸张滑稽，与伤心肃穆完全不沾边，就像我一直不明白城里为什么需要这么多时装店，那些衣服整个城市里的人一起穿上几茬都够了。

东湖公园里的桃花早早开了，散发着浓烈甜香的是一树树含笑，粉白的花朵镶着一道俏丽的紫边。很多人分辨不清的假槟榔和蒲葵，漫不经心地挥舞它们巨型的绿手掌。这个城市不知道从什么时候起，说蹩脚普通话，开口分贝奇高，脚上穿人字拖的外乡人多了起来。不过即便故人又如何？有人问的问题年年让我感叹，既然话题贫乏如此又何必勉强搭讪？索性一个人找张小叶榕下的石凳子呆坐吧。

（选自 2015 年 3 月 22 日《新民晚报》）

告诉你，什么叫"亡国奴"

李茂杰

　　我是黑龙江省望奎县人，1936 年生的。伪满时，父亲在县城里做剃头匠，家里四男一女 5 个孩子还有我母亲全靠他一个人养活，所以生活非常艰难。记得有次我在一个同学家里吃了碗"大碴子粥"，被我妈给骂了，从此再也不敢到同学家去吃了。那时，我家连"大碴子粥"都吃不起啊。

　　望奎县是 1932 年被鬼子占领的。当时县城有城墙和四座城门，东门里有个卖"驴马烂"（驴肉马肉炖烂的熟食）的小贩。鬼子进城时，见他卖的"驴马烂"挺香，就围着吃上了。小贩急得向鬼子要钱，鬼子二话不说，拿起军刀就把他的胳膊砍了。从此，中国人走在街上，见到日本人就得离得远远地绕着走。

　　1945 年 3 月 1 日，我 10 岁了才上小学一年级。每天上学，全校学生先要在操场上升"国旗"、唱"国歌"。不是升一面"国旗"，而是升两面"国旗"，先唱伪满洲国国歌、升伪满洲国国旗；再唱日本国歌、升日本国旗。学校里也有日本学生，全体日本学生编一个班，学校不让本地学生和日本学生说话。

　　一年级开三门课："国语"有两门，满语和日语；还有一门数学。我记得很清楚，有一次，日语老师叫我站起来，问我"塔麻姑"（鸡蛋）是什么，我把"塔麻姑"和"塔拔姑"（香烟）搞混了。日语老师马上用汉语说，你的，手，伸出来，然后拿起板子狠狠地抽着打了三下，手当场就肿得鼓了起来。回到家，见着爸妈也不敢吱声啊。

　　望奎县是产粮区，但平时中国人不能吃大米，只有日本人才能吃。只有到过年了，才供应一点细粮。如果日本人是一家分配一袋白面的话，中国人就是一个人一斤。那时，东北种的是"旱稻"，不是江南的水稻，旱稻脱粒了中间有一条细红线，所以叫"精米"。只有过年时才一人配给一斤精米，老百姓自己也不敢吃。因为当时老百姓有句话："打精米、骂白面、不打不骂吃小米饭"，啥意思？就是如果警察上你家打你了，你就得给他吃大米饭；骂你了，得给他吃白面。谁也不知道警察啥时候闯进门啊，得把精米白面留着。老百姓哪敢和警察、鬼子讲理啊。

1945年，我大哥李庆福18岁。当时所有满18岁的青年都要去当"国兵"，但他体检没通过，没通过国兵体检的年轻人叫"国兵漏"。但"漏"下了也跑不了，要强制参加"勤劳奉仕队"。那年4月，我大哥就被送到孙吴给日军挖工事，就是日军防备苏军进攻的西岗子要塞。8月的一天，我大哥和他的一个好同学邹本德偶然发现他们营地四周围起了汽油桶，正好有事就向日本小队长请了假。谁知，他们走出营房才一里来地，就听见枪响，紧接着营地发生了惊天动地的爆炸，浓烟滚滚，这把我大哥和他同学吓坏了，觉得营地回不去了，赶紧逃回家吧。从孙吴到望奎，有好几百里呢。他俩还不敢走城镇，只能走偏僻的山路。我哥告诉我，路上去一户老乡家要饭，那老乡看他俩蓬头垢面的样子就问："你们是人，还是鬼啊？"我大哥就把前因后果说了。老乡一看他俩可怜，就送了一人两个大饼子，他俩就着凉水吃了。走了七八天，才回到家，见到我妈，全家都哭了。

我爸那时也给鬼子抓劳工了。幸亏赶上光复，劳工队散了，我爸、我大哥才活着回来了。

日本投降前一天，小鬼子在望奎县架上了机枪；但"八·一五"当天一大早，小鬼子全蹽了。我记得日本人住的"望奎寮"着火了，浓烟冲天。县消防队还要去救火，旁边老百姓说：小鬼子都逃走了，你们还救啥啊？

第二天，忽然整个县城沿街的家家户户都挂出了中国的国旗，这才知道原来望奎就有抗日的地下组织在活动。可之前，咱没见过这旗帜啊。我爸才告诉我说：儿子，这是中国旗，咱们是中国人啊。我奇怪了：咱不是"满洲国"人吗？我爸说，日本鬼子在，不敢告诉你咱是中国人，怕你出去说，就要被当成"国事犯"抓进去啊！

什么叫"亡国奴"？就是苦到你到底是哪国人你自己都不知道。

（选自2015年9月22日《文汇报》）

大 声 气

颜 歌

　　开出成都市西三环，顺着羊西线笔端端开二十分钟，就开到了我们郫县的县城郫筒镇上。也就是一眨眼的工夫，天宽了，地广了，深深一口，吸进去的是故乡的气，吐出来它还是故乡的气，原汤化原食，眼角眉梢都舒坦起来。

　　回家三件事：走路不揣钱，吃饭盐味重，说话大声气。

　　今天说的是说话大声气。

　　第一个说话大声气的就是我爸爸。他站在院坝里打个喷嚏，一院子的楼房，第一层到第六层楼梯上的灯都要被他"刷"一声震亮；他走到家门口招呼我回去吃饭，一声出去了，没有哪家的小娃娃不赶忙丢了东西就往回跑；他给我奶奶摆个龙门阵，我奶奶八十多岁了，再是耳朵不好也要起个声音喊他："戴伟！你小声点嘛！"

　　他们说是因为我爸爸现在长胖了，声音就特别大。但是，反正我没见过他年轻时候瘦的样子，更没听过他小声说话。

　　第二个说话大声气的就是进修校收发室的曾八伯。他每天吃了饭没事做，就站在院子门口，看到这个喊一声："周三孃！走人户回来啦！"看到那个喊一声："宋老师，才下班啊？今天吃饭迟哦？"不然就说："蒋燕子，有一封你的信，广州写来的！"

　　也就是多亏了他这么一个人，我们院子的人全都对彼此的生活一清二楚：今天周家多吃了一盘盐煎肉，明天汪家下了三两臊子面，至于打架吵嘴，婚丧嫁娶，更是不在话下。

　　也有人说他烦人得很，也有人说多亏了他我们院子才从来没有遭过贼，直到很久以后他不在收发室上班了，我们才开始深深地想念他。

　　还有修剪刀的，磨菜刀的，卖蚊子苍蝇蛆蚤药的，说出来都是些有名有姓的好汉。总而言之那几年，在我们镇上，每个人说出来都是一口标准的郫县话，说半个字都要张大了嘴，鼓饱了气，卷实了舌头，然后"啪"的一声喊出来：白是白，黑是黑，吃饭是吃饭，国家是国家。偶尔冒出来一个成都人，尖起舌头扁起嘴，说一句细声声的"吃饭"——简直就要被哈哈哈笑话半天。

当然了，有些道理我们也是懂的。比如"有理不在声高"，有时候也相互劝告"轻轻说话不费力"——但是真正走出门去，跟人家雅声雅气地摆两句，人家就说："今天咋了？没吃饱啊？咋没声气呢？走走走！我招待你吃饭！"

只有在一种情况下，大声气是不被喜欢的。我爸爸带我去医院看病，等在走廊上，多远就听到有个人在呻唤。"哎呀！哎呀！痛啊！痛啊！"——全部的人就都伸着颈项看，看了半天，看到有一个四十多岁的男人被扶着走过来了，表面上是好好生生的，穿得甚至还舒舒气气，就是嘴里面一声接一声地喊："哎呀！痛啊！哎呀！痛啊！"——把半个医院都喊穿了。

其他人倒还忍着，没说啥子，有个干瘪瘪的老太婆忽然说："小伙子！你这么大个人了，也就是生个病嘛！喊这么大声喊啥喊！羞人！"

这男人也是没想到，就跟个气球被针尖尖戳了一般，"噗"地哑了。我们就看着他蔫巴巴地走了，我爸爸说："你看到没，吃苦吃痛要忍到，哎呀呀地喊啊，人家要笑！"

坏事都不要出门，好事才能传千里。心里面有了真情意，见人说话才是大声气。这些事情也不用多说了，反正县城里人人都是这样长大的。等到我们高中毕了业，到城里面读书了，毕业了，工作了，终于发现要轻声细语地说普通话才显得舒气；跟人聊个天，不能说："我爸说"，"我姨妈说"，或者"谢老五说"，而要说："我听说"，"我朋友说"，或者"有人说"才是合适——世上的一切都清淡了，模糊了，疏远了，也就显得高雅了，文明了，恰当了。

于是你好久没有看见你的爸爸，也好久没有看见你的妈妈，更不要说其他的张三叔陈二姐周四伯。你一年到头回一趟家，沙发茶几电视冰箱一样没变，你坐在客厅里连 Wi－Fi，生怕错过了外面世界上的精彩，这个时候你爸爸在厨房里煮饭，忽然喊："戴月行！快点下去帮我买包盐上来！"

你就吓了一跳，忍不住想："哎呀，我爸这人说个话真的是好大的声气啊。"

（选自 2015 年 8 月 27 日《南方周末》）

编 后 记

　　此年度精短散文选本由漓江出版社动意策划之时，正值桂香袭人的秋初。想来经过诸多琐屑程序，待成书与读者见面之时，应已是岁首春初。一本书，在秋初萌芽，于春初绽放，美好寓意不言自明，甘浓滋味俱在其中。

　　按照选本的惯例，编选者或以题材来结构：历史，文化，乡土，自然等。或以作家地域来梳理：港澳台地区，大陆，海外等。或以原发处为源头：杂志，报纸，网络，结集等。此次漓江出版社以精短散文为旨趣，则是以篇幅的尺寸为要义。所谓精短，既精且短。顾名思义，有此特点的散文，均在可选之列。作为《散文选刊》的编者，我们不禁想到刊物常设的一个栏目，名为"碎玉集"，顿时觉得非常会心。碎，谓之小，谓之微，谓之细，谓之短。玉，谓之坚，谓之润，谓之密，谓之美。如今，这么多精短散文汇聚一处，简直就是页页镶玉，篇篇成珠，一书在手，满纸芳华。

　　有一种说法：优秀的小说都具有诗性。好散文自然也是。通观本书，这些精短散文恰如一首首玲珑小诗。依内容所奉，有咏物诗，如：《最初的甜，最初的咸》《弟弟的树》《杯里春花》《鸟迹蝶影随想录》《百姓的壶》。有怀人诗，如：《田里的文学女人》《生命诚可贵》《我与早餐店老板娘的关系》《錾磨师傅》《站在启功先生墓前》。有行旅诗，如：《白沙》《普通青年看午夜巴黎》《赣南七则》《深夜的火车》。有田园诗，如：《北中原民间环保手记》《扛一株玉米进城》《雨水和惊蛰》《草木灰》《瓜秧》。有感悟诗，如：《不较劲的智慧》《记住乡愁，就是记住春天》《其实，我们都是演员》

《你会想念你自己吗?》……而这些皆具诗性的散文篇章，调性却又不尽相同。有明朗飘逸，有幽暗沉郁，有妖娆娇俏，有端庄安详，有弦歌雅意，也有诗酒风流，有情势汹涌，更有高风热血……可谓佳品荟萃却各有神采，共居一室却韵致缤纷。也正因此，对于我们而言，本书的编选过程很自然就成为一个繁复的审美过程，也成为一个畅快的享受过程。

当然，对力所不逮的目外之作，我们也不得不葆有深深的遗珠之憾。好在相比于遗憾，收获总是更让我们欣慰。想来对于亲爱的读者朋友们也是如此。若果真如此，那应当就是写作者们的极大幸福，也是编选者们的最大幸福。

葛一敏　乔　叶